Tatjana Scheel

Vielleicht habe ich dich nur erfunden

Roman

Für Andrea, Takim und Taïma

Für schwarze Katzen

Für Mama – und alle,
die im Herzen bunt geblieben sind

Als niemand anrief, wusste ich, dass du es warst.
Steffi Kadenbach

Nasen sind wichtig. Das wusste ich schon immer, und als ich Sheelas Nase zum ersten Mal sah, musste ich sie sofort anfassen. Sheela war eine völlig Fremde, aber ich konnte nicht widerstehen, ich musste diese Nase berühren, um zu verstehen, was für ein Mensch sie war, ob sie zu mir passen würde oder nicht.

Sobald ich merkte, was ich da tat, zog ich schnell die Hand zurück und entschuldigte mich dafür. Andererseits war es doch logisch und richtig und sogar notwendig gewesen, dass ich diese Nase angefasst hatte! Wie sonst hätte ich für den Bruchteil einer Sekunde in die Zukunft blicken können? Schließlich hatte ich sofort erkannt, dass diese Frau eine wichtige Rolle in meinem Leben spielen würde, weshalb ich jetzt ganz schnell entscheiden musste: Passt die Nase, oder passt sie nicht?

Natürlich passte sie. Groß, schief, markant – die perfekte Hakennase. Die Form stimmte, die Oberfläche, die Temperatur. Sie war wie gemacht für meine Hand. Wie hätte es auch anders sein sollen. Eine nicht passende Nase hätte ich bestimmt nicht einfach so angefasst. Man weiß ja doch, was man tut. Intuitiv weiß man so was.

Es gab da aber gleichzeitig noch ein anderes Gefühl. Ein kurzes Erschaudern. Ein alarmiertes Aufhorchen wie bei Witterung akuter Gefahr. Eine flüchtige, aber schreckliche Vorahnung, gefolgt von dem Impuls, schreiend wegzurennen, um die eigene Haut zu retten. Aus irgendeinem Grund beschloss ich jedoch, diesem Gefühl nicht nachzugehen. Ich traf die falsche Entscheidung.

TEIL I

Sizilien

In drei Wochen schreibe ich Abitur, was mir völlig egal ist, da ich verliebt bin und einen neuen Freund habe. Blöderweise bin ich aber nicht in meinen neuen Freund verliebt, sondern in dessen besten Freund, den ich aber nicht haben kann, weil er mich nicht ausstehen kann. Also habe ich was mit seinem Freund angefangen, wir nennen ihn mal Donald Duck, weil bei ihm auf dem Klo immer diese Hefte rumliegen und weil ich seinen echten Namen nicht aussprechen kann, ohne einen Würgeanfall zu bekommen. Er ist vier Jahre älter als ich, außerdem ist er superreich und fährt ein abartig teures Angeberauto, was mich ein bisschen abtörnt, weil ich protzige Autos schon immer lächerlich fand. Als er mich zum ersten Mal damit abgeholt hat, muss ich wohl so was gesagt haben wie *Ach schade, ich dachte, der da ist deiner* – gemeint war ein orangener Volvo Kombi aus den Siebzigern –, woraufhin er mich angesehen hat wie eine Geisteskranke, oder wie einen Hippie, was für ihn ein und dasselbe ist.

Sein Vater hat irgendwas mit Pornos zu tun und seine Mutter, die Christiane heißt, ist einfach nur *coole, reiche Hipster-Hausfrau*, die den ganzen Tag sexistischen Gangster-Rap hört, den auch ich gerne höre, obwohl die Texte so scheiße sind. Wenn ich mir Christiane so ansehe, wie sie immer ganz cool mit dem Kopf zur Musik nickt und bei den wilderen Stellen extrem schnell und gekonnt *twerkt*, worum ich sie heimlich ein bisschen beneide, hoffe ich dann doch, dass ich in ihrem Alter woanders sein werde.

Donald Duck lädt mich in das Ferienhaus seiner Eltern nach Sizilien ein, und ich – obwohl ich dringend für das Abi lernen müsste – sage gegen den Willen meiner protestierenden Mutter zu. Ich wollte schon immer nach Sizilien. Obwohl das totaler Quatsch ist. Seit ich vor einem Monat *The Godfather* gesehen habe, bilde ich mir ein, schon immer nach Sizilien gewollt zu haben. Der Hauptgrund für meine Zusage ist allerdings das Meer, das man schon vom Flughafen von Palermo aus sehen kann und nach dem ich in gewisser Weise süchtig bin – eine meiner gesünderen Süchte. Donald Duck hingegen ist eindeutig sexsüchtig – genau wie sein Vater und seine Mutter –, was sich bei ihm allerdings erst jetzt zeigt, dafür aber in aller Deutlichkeit. Dabei hatte ich ihm von Anfang an klar zu verstehen gegeben, dass ich nicht mit ihm schlafen will und werde, weil sich unsere Körper gegenseitig abstoßen. Seiner zumindest meinen, was man dadurch erkennt, dass ich jedes Mal, wenn er mir körperlich zu nahe kommt, einen Ausschlag bekomme. Als ich ihm einmal, nachdem er mich gerade geküsst hat, zum Beweis unserer körperlichen Inkompatibilität meinen Arm mit den roten Flecken hinhalte, nickt er traurig, aber verständnisvoll, und damit ist die Sache erledigt. Für mich jedenfalls. Für ihn hingegen scheint das alles nichts weiter als ein lustiges Spiel zu sein, denn sobald wir sizilianischen Boden unter den Füßen haben, redet er ungehemmt und ohne jede Rücksicht über Sex und nichts anderes mehr. Er habe über zehn Lieblingsorte, an denen wir es miteinander treiben müssen, er sei schon ganz aufgeregt vor lauter Vorfreude, und schade eigentlich, dass wir nicht schon in der Flugzeugkabine mit dem Sex begonnen haben. Mir wird ganz mulmig zumute. Als wir dann nach fast zwei Stunden Autofahrt in einer wunderschönen Villa etwas außerhalb eines kleinen Dorfes ankommen, ist mein linker Arm bereits voller roter Pusteln. Christiane fragt, was es damit auf sich hat, und ich antworte ehrlich: „Die krieg' ich immer, wenn ich mich nicht wohl fühle. Wenn mir jemand zu nahekommt."

„Ich weiß, was du meinst." Sie legt mir ihre Hand auf den Rücken. Eine Berührung, die sich falsch anfühlt, so als käme sie nicht von Herzen, als hätte sie einen Hintergedanken, den ich bloß noch nicht einordnen kann. „Ich verstehe. Du hast Angst vor Nähe." Christianes Stimme wird plötzlich ganz weich, als würde sie mit einer Zehnjährigen sprechen. „Das kenne ich, glaub mir. Ist ganz normal. Aber man darf dem halt nicht nachgeben, sonst wird's immer schlimmer. Niemand weiß das besser als ich, ich hab das alles durch, glaub mir. Aber schließlich ist Angst doch dazu da, überwunden zu werden, stimmt's? Capisci?" Sie lacht und zwinkert mir verschwörerisch zu. Ihre Stimme ist inzwischen hart und viel zu laut, als gäbe es irgendwo irgendwelche Zuschauer, die nicht verpassen dürfen, was hier geredet wird. „Cause if you don't do it, you'll loose it, you know!" Sie streut gerne fremdsprachige Wörter und Redewendungen ein, um zu betonen, dass sie nicht bloß eine einfache Deutsche, sondern eine echte Weltenbürgerin ist. Allerdings bin ich etwas überfordert.

Hat sie mir gerade versucht zu sagen, dass ich mit ihrem Sohn schlafen soll? Ich fühle mich bedroht und schließe mich direkt für zwei Stunden im Badezimmer ein. Wie gerne würde ich jetzt meine Mutter anrufen, die doch schon immer geahnt hat, dass mit Donald Duck und dessen Familie etwas nicht stimmt, aber zu allem Unglück ist vorhin mein Handy ins Klo gefallen und seitdem kaputt.

Donald Duck ruft nach mir und fragt, ob ich nicht mal aus dem Bad kommen will, er habe schon das Bett vorgewärmt. Mir kommt das nackte Grausen und ich fange an zu heulen.

Zwei ganze Tage halte ich das durch, wobei ich mir die absurdesten Ausreden einfallen lasse, um mir den Kerl vom Leib zu halten, und mich immer wieder stundenlang im Bad verkrieche. Doch dann ist plötzlich der Badezimmerschlüssel verschwunden, sodass ich mich nirgendwo mehr verstecken kann. Kaum hat Christiane das Haus verlassen, um einkaufen zu gehen, kommt Donald Duck hereinspaziert, ohne anzuklopfen. Er baut sich vor mir auf, nackt und siegessicher grinsend, und sofort juckt es mich am ganzen Körper.

„Ich will jetzt mit dir schlafen", sagt er.

„Ich will nicht", sage ich.

Er wird wütend. „Wenn du nicht mit mir schlafen willst, warum fährst du dann mit mir in den Urlaub?"

Gute Frage. Aber mir fällt keine Antwort ein. Außer: „Hast du vielleicht Alkohol da?" Eine bessere Strategie habe ich – leider – nicht.

Er grinst. „Klar."

Wir gehen rüber und trinken irgendwas Starkes, ich bekomme nicht mit, was es ist, kann keinen klaren Gedanken mehr fassen, bin nur froh über den kurzen Aufschub, den er mir gewährt, bis er plötzlich wieder vor mir steht. Sein Penis gefällt mir überhaupt nicht. Er legt sich lasziv aufs Sofa und fragt mich, ob ich ihm einen blasen will. Ich antworte, dass ich das absolut nicht will, sonst müsse ich sofort kotzen. Er sieht mich an, forschend und auch ein bisschen streitlustig, dann zieht er mich zu sich hin und sagt, dass ich es trotzdem tun soll, tun muss, das sei ich ihm nun wirklich schuldig – und ich fange an.

Es dauert keine fünf Sekunden, bis ich kotzen muss. Direkt auf ihn drauf. Er kreischt laut und schubst mich angewidert von sich weg, so fest, dass ich gegen einen Stuhl knalle. „Tut mir leid", stammle ich noch, doch er scheint mich nicht zu hören.

„Ich mach' dich fertig, du hässliche Nutte!", brüllt er wie ein Wahnsinniger, und ich muss plötzlich lachen. Aber kein souveränes, über den Dingen stehendes Lachen, das der Situation vielleicht angemessen wäre, sondern ein hysterisches, verzweifeltes Lachen, mit dem ich nur kaschieren will, wie sehr ich mich schäme und wie sehr es mich gleichzeitig ärgert, dass ich mich schäme, weil es, verdammt noch mal, keinen Grund gibt, sich zu schämen!

„Selber schuld", höre ich mich leise murmeln, und das hat er trotz des Lärms ganz genau gehört.

„Ich mach dich fertig", sagt er wieder und wischt sich mit einem Kissen die restliche Kotze vom Körper.

Ich höre mich wieder lachen – oder ist das ein Weinen? Beides wahrscheinlich, und mein Gleichgewicht muss ich auch verloren haben, denn auf einmal finde ich mich auf dem Boden wieder.

„Hör auf zu lachen, du Fotze!", brüllt er mir jetzt entgegen, und ich höre tatsächlich schlagartig auf. Mit Leuten, die *Fotze* als Schimpfwort benutzen, will ich nichts zu tun haben, das war mir schon immer klar. Und diese Klarheit ist es, die mich jetzt aufstehen und aus dem Zimmer gehen lässt. Ruhig, entschlossen und ohne Eile. Ich kann meine eigene Angst nicht mehr spüren.

„Ich will, dass du mein Haus verlässt!", ruft er mir noch hinterher. Überflüssigerweise, denn ich bin sowieso längst auf dem Weg zu meinem Koffer, den ich bis jetzt nicht ausgepackt habe. Ohne einen Blick zurück verlasse ich die Villa.

***

Ich sitze auf den Stufen einer dem Verfall überlassenen Hausruine und betrachte die in warmes Abendlicht getauchte Umgebung. Mir ist bewusst, dass um diese Zeit keine Busse mehr fahren und dass ich heute nicht mehr weit kommen werde, aber es kümmert mich nicht. Für mich zählt nur, dass ich wieder atmen kann. Seit meiner Ankunft in Sizilien habe ich nicht vernünftig geatmet und das hat sich bereits ungünstig auf mein Gehirn ausgewirkt. Jetzt sitze ich da, umgeben von friedlicher Ruhe und schönster Natur, und bekomme endlich wieder Luft. Salzige Meeresluft. Als würde ich erst jetzt merken, wo ich bin. Zum ersten Mal nehme ich den typischen Geruch des Südens wahr. Den Geruch des Meeres, obwohl das Meer gar nicht so nah ist, vermischt mit etwas Verbranntem, da sie im Süden komischerweise immerzu irgendwas verbrennen müssen. Ich weiß noch aus meiner Kindheit, dass es auf den zahlreichen Autofahrten nach Italien immer irgendwann nach Verbranntem zu riechen begann, und da wusste ich, dass das Meer nicht mehr weit sein konnte. Die ersten Palmen würden zu sehen sein, gefolgt von Pinien, Oliven- und Eukalyptusbäumen. Etwas später würde ich die ersten Möwen schreien hören, die natürlich auch zum Meer gehören und die ich daher so gerne mag. Im Gegensatz zu den meisten Italienern, die die Möwen nicht ausstehen können, unter anderem wegen ihres lauten Geschreis um sechs Uhr morgens. Plötzlich fällt mir auf, dass ich, seit ich hier bin, noch keine einzige Möwe gesehen habe, auch nicht unten am Meer. Entweder es gibt sie nicht auf Sizilien, oder es liegt daran, dass ich überhaupt noch nichts gesehen habe, so angespannt und blind war ich durch die letzten Tage gestolpert. Wie ein Huhn, das eine diffuse Ahnung davon hat, dass ihm gleich der Kopf abgehackt wird.

Ich nehme einen langen und tiefen Atemzug, wie um mir nochmals klarzumachen, dass ich jetzt frei bin und der Gefahr entronnen. Wie traumhaft es hier ist! Wie ruhig und friedlich und, obwohl noch nicht mal Sommer, schon relativ warm. „Welcome to Sicily“, sage ich, Christiane imitierend, in die Stille hinein, „benvenuto.“

Nach ein paar Stunden oder Wochen oder Jahrhunderten – es ist bereits dunkel und leider auch frisch geworden – kommt eine Nonne vorbei und sieht mich seltsam fragend an. Doch vor Nonnen habe ich mich schon immer gegruselt, also sehe ich trotzig in die andere Richtung und lasse sie vorbeiziehen.

Und nun? Ich muss pinkeln, habe Durst, Hunger und außerdem tut mir mein Herz weh. Aber noch sind die Schmerzen nicht groß genug, um mich zum Handeln zu bewegen. Nach der Nonne kommt niemand mehr vorbei. Die Gegend ist komplett ausgestorben. Fast schon unwirklich, so tot wirkt alles. Komisch, dabei sagt man doch, Sizilien sei so lebendig und voller Touristen!

Aber dann passiert doch noch etwas. Ich bin gerade am Pinkeln, wobei ich darauf verzichte, mich hinter einem Baum zu verstecken, da hier sowieso niemand vorbeizukommen scheint, als sich in ebendiesem Moment ein laut ratterndes Mofa nähert, darauf zwei Jungs. Den einen nehme ich gar nicht wahr, aber nur, weil der andere so schön ist. Er hat schwarze, verwuschelte Haare und eine Nase, wie sie mir gefällt, ganz krumm und schief und unverhältnismäßig groß, er sieht aus wie ein böser Zauberer, der aber nur zu den Bösen böse ist, und da ich gut bin, habe ich von ihm nichts zu befürchten. Schnell ziehe ich mir die Hose hoch. Er lächelt mich im Vorbeifahren an, und ich lächle artig zurück, obwohl ich eigentlich viel zu erschöpft dafür bin und mir auch gar nicht nach einem Lächeln zumute ist. Aber so bin ich eben erzogen worden: Wenn man angelächelt wird, hat man zurückzulächeln.

Mit lautem Knattern verschwindet das Mofa wieder in der Dunkelheit. Mein Kopf fällt schwer auf den Koffer neben mir und ich schlafe sofort ein.

***

Als ob ich mich keinen Millimeter bewegt hätte, wache ich pünktlich zum Sonnenaufgang in genau derselben Haltung auf. Es ist mir unerklärlich, wie ich trotz Durst, Hunger und Kälte so gut habe schlafen können. Ich freue mich, dass ich am Leben bin, dass mich niemand belästigt oder entführt oder mir eine Niere entwendet hat und dass mir nicht mal etwas geklaut wurde. Zur Feier des Tages setze ich mir meine Kopfhörer auf, wobei ich mir jetzt extra nicht Nirvana anhöre, sondern den wunderschönen *Sicily Song* aus *The Godfather*: *Brucia la terra*. Eine Träne der Erleichterung kullert mir die Wange runter, und das schon so früh morgens, ich bin gerührt von meiner eigenen Rührseligkeit.

Der erste Tourist, ein Jogger mit Hund, läuft an mir vorbei, gefolgt von ein paar Einheimischen in alten, meist recht kleinen Autos oder auf Rollern. Wohlgemut gehe ich los Richtung Dorf, aus dem man schon die Kirchenglocken bimmeln hört. Auf dem Weg dorthin komme ich an zwei überfahrenen Katzen vorbei, von denen mich die erste nicht weiter interessiert, weil sie aussieht wie Matsch und nicht mehr viel mit Katze zu tun hat, die zweite aber sehr unangenehm berührt, weil sie so klein und verzweifelt aussieht und ihr Mund offen steht, als hätte sie gerade noch voller Hoffnung nach ihrer Mama geschrien, bevor sie schon im nächsten Atemzug unter die Räder geraten war. Es kommt mir so vor, als hätte ich während meines bisher nur sehr kurzen Sizilienaufenthalts unverhältnismäßig viele tote Katzen gesehen. Würde sowas in einem Film passieren, müsste man dies sofort als schlechtes Omen deuten. Hoffentlich ist mein Film anders.

In einem der nicht wenigen Cafés des Dorfes, die sie hier Bar nennen, sitzen ein paar Männer und frühstücken. Ich kaufe mir eine Flasche Wasser, Kaffee und eine *brioche alla crema*. Selten hat mir ein Frühstück so gut geschmeckt. Ausgehungert wie ich bin, bestelle ich das Gleiche direkt nochmal, als ein bayerisches Pärchen um die dreißig auf das Café zugeschlendert kommt und schließlich an einem der Nebentische Platz nimmt.

Den bayerischen Touristen findet man ja immer und überall in Italien, das lässt sich leider nicht vermeiden, weder wenn man außerhalb der Saison reist noch wenn man auf irgendwelche Berge hochklettert – der bayerische Tourist ist immer da und es stört mich jedes Mal, ihm zu begegnen, obwohl ich ja selbst einer bin, wenn auch unfreiwillig. Das Pärchen ist hart am Diskutieren, wobei die Stimme des Mannes unangenehm schrill ist, sodass ich gezwungenermaßen jedes einzelne Wort mitbekomme. Es geht darum, dass der Mann einen solchen Hunger hat, dass er jetzt nicht bloß ein kleines Frühstück haben will, sondern was Ordentliches braucht, ein Steak zum Beispiel, oder noch besser: *Schpaghetti Bollo*. Die Frau versucht ihm zu verklickern, dass er in diesem Café ganz sicher keine *Schpaghetti Bollo* bekommt, erst recht nicht um diese Uhrzeit. Aber der Mann will nicht hören. Er winkt den Kellner herbei, mit seiner lauten Stimme und dem rollenden R, und wundert sich dann sehr, dass es hier tatsächlich keine *Schpaghetti Bollo* für ihn gibt.

„Hab ich doch gesagt", schimpft die Frau, und der Mann erwidert: „Hoid dai Bapn!"

Ich weiß nicht, ob es einfach nur dieser Dialekt ist, der mir jedes Mal die Nackenhaare aufstellt, oder diese typisch bayerische *Mia-san-mia*-Einstellung, ein Stolz und eine Überheblichkeit, die mir gerade angesichts des Dialekts völlig unbegründet erscheinen. Jedenfalls bin ich unsäglich erleichtert, als die beiden schließlich aufstehen, um woanders ihre Suche nach den ersehnten *Schpaghetti Bollo* fortzusetzen.

Sobald sie weg sind, zwinkert mir ein gut gekleideter Opi von einem der Nebentische verschwörerisch zu. Ich ergreife die Gelegenheit und frage ihn in meinem dürftigen Schulitalienisch nach dem Weg zum Flughafen. Der Opi strahlt fröhlich, und mir fällt auf, dass er außergewöhnlich attraktiv ist. Für einen Opi. Er erklärt mir – wobei er sogar extra aufsteht und zu mir an den Tisch kommt –, dass es zwei Möglichkeiten gibt: Entweder ich nehme den Zug, der aber ziemlich weit weg ist, oder den Bus, bei dem man sich jedoch nie sicher sein kann, wann er kommt, und ob überhaupt. Der Opi fragt, seit wann ich hier bin, und als mir klar wird, dass dies mein dritter Tag ist, bringt mich das für einen Moment aus der Fassung, da ich mich absolut nicht daran erinnern kann, was ich in den letzten beiden Tagen getan haben soll, außer mich im Bad zu verstecken. Drei Tage seien sowieso zu kurz, findet der Opi und rät mir zu bleiben. Gerade jetzt beginne nämlich die schönste Zeit. Es werde warm, aber nicht zu sehr, und die Touristen kämen erst in einem Monat, oder noch später. Plötzlich greift er mit seinen beiden Händen nach den meinen und sieht mich freundlich, aber auch sehr eindringlich an.

„Du willst lieber hierbleiben. Ist besser", sagt er und wirkt dabei leicht besessen.

Befremdet ziehe ich meine Hände zurück, doch schon im nächsten Moment merke ich, dass der Opi absolut recht hat. Ich möchte tatsächlich lieber hierbleiben, schließlich wollte ich schon immer nach Sizilien, und außerdem bin ich jung und frei und voller Abenteuerlust.

„Du bleibst also hier", sagt der Opi.

„Ich bleibe also hier", sage ich.

***

Obwohl ich eigentlich nur der Straße hätte folgen müssen, die den Berg runterführt, gelingt es mir trotzdem, mich zu verlaufen. Nach etwa einer Stunde Fußmarsch komme ich dann doch am Meer an, und da ich sowieso schon so weit gelaufen bin, kann ich jetzt auch noch ein bisschen weiterlaufen, um die perfekte Badestelle zu finden.

Ich entscheide mich für die Mole, die, abgesehen von ein paar Fischern, leer ist. Da fällt mir ein, dass ich meinen Bikini bei Donald Duck vergessen habe. Schade, denn der war neu und auch nicht billig. Schnell vergewissere ich mich, dass die beiden Fischer gerade nicht gucken, dann springe ich nackt ins Wasser. Es ist eiskalt, aber so schön! Ich fühle mich wie eine Abenteurerin und lache ganz laut vor mich hin, auch weil mir die Kotzszene mit Donald Duck wieder einfällt, die ich jetzt, im Nachhinein und in wiedererlangter Freiheit, sogar lustig finden kann. Wie einen unterhaltsamen Film, den ich mir vom Sofa aus ansehe, mit dem ich persönlich aber nichts zu tun habe. Da höre ich sie plötzlich rufen: „Ehi!"

Eine Frauenstimme von irgendwo hinter dem Felsen.

Und schon sehe ich sie auf mich zu hüpfen, keine Ahnung, wo sie so plötzlich hergekommen ist.

„War das dein Handtuch, das rote da?", fragt sie mit Zigarette im Mund auf Italienisch, was sie dann, als ich nicht antworte, in fließendem Deutsch wiederholt. Erst jetzt bemerke ich, dass mein Handtuch, das ich extra direkt neben der Treppe platziert hatte, verschwunden ist.

„Der Typ dahinten hat es mitgenommen." Sie zeigt vage in Richtung Strand, wo ich jedoch niemanden erkennen kann.

Wer nimmt denn einfach ein fremdes Handtuch mit, frage ich mich entsetzt und stelle im nächsten Moment erleichtert fest, dass wenigstens der Koffer noch da ist. Dennoch muss ich recht panisch aussehen, denn auf einmal fängt sie schallend an zu lachen.

„Hier!" Sie zieht mein rotes Handtuch aus ihrer Tasche und wirft es wieder zurück an seinen Platz neben der Treppe. Sie steht jetzt direkt vor mir, auf ihrem schwarzen T-Shirt steht in weißer Schrift: *I can't have kids, my cat is allergic,* was ich sonderbar finde für eine Frau, die kaum älter ist als ich.

„Kommst du von hier?", frage ich sie auf Deutsch und komme mir dabei peinlich banal vor.

„Ne", sie schüttelt den Kopf, „und du ganz offensichtlich auch nicht." Sie grinst mich frech an.

Ich möchte aus dem Wasser raus und warte darauf, dass sie mal kurz wegguckt, was sie aber nicht tut, obwohl ich nackt bin, wie sie genau erkennen kann. Aber sie steht einfach da, raucht und hört nicht auf mich anzustarren. Selten bin ich von jemandem so direkt und unverblümt angestarrt worden – ist diese Frau vielleicht nicht ganz dicht? Groß wirkt sie auf mich, fast riesig, und auch ein bisschen prollig, weil sie ihre langen, glatten Haare mit sehr viel Gel nach hinten gekämmt hat. Außerdem hat sie eine schöne olivenfarbene Haut, pechschwarze Augen und – wie der eine auf dem Moped – eine auffällig große Hakennase. Ihr linker Unterarm ist voller Narben, die mich neugierig machen, aber auch ein bisschen ekeln. Es sind keine Narben vom Ritzen, sondern, wie mir scheint, von ausgedrückten Zigaretten. Sie sieht wirklich ganz merkwürdig aus, und irgendetwas stimmt mit ihren Proportionen nicht. Die Augen und die Nase sind beeindruckend groß, ebenso die Füße und auch der Mund, die Hände hingegen sind winzig, an den Hüften wiederum wirkt sie eher dick, und das trotz der langen Beine, und ihr Hals ist so unnatürlich dünn, dass man sich wundert, dass der Kopf nicht runterkullert. Sie ist die wahrscheinlich schönste Frau, die ich je gesehen habe, aber vielleicht liegt das auch nur an meiner besonderen Verfassung, in der ich anscheinend alles und jeden wunderschön finde.

Ohne sich die Klamotten auszuziehen, aber mit Zigarette im Mund macht sie plötzlich eine fette Arschbombe direkt neben mich ins Wasser. Wir lachen beide und ich bemerke, dass sogar ihre Zähne außergewöhnlich groß sind.

„Ich bin übrigens Sheela“, sagt sie, „und du? Woher kommst du, wer bist du und was willst du vom Leben?“

„Ich bin Alex und komme aus München“, antworte ich und fühle mich dabei wie immer seltsam. Als würde ich lügen. Als wäre mein Name nicht mein echter Name und mein Geburtsort nicht mein echter Geburtsort. Schon immer hatte ich das Gefühl, ich sei verwechselt worden, vielleicht direkt nach der Geburt, oder im Mutterleib, oder sogar schon vor der Empfängnis. „Und was ich vom Leben will, muss ich mir erst noch überlegen.“

Ich lächle sie an, doch sie macht sich nicht die Mühe, zurückzulächeln.

„München, aha. Da wohne ich auch. Aber eigentlich komme ich aus Starnberg, kennst du das?"

„Klar, aber nur vom Namen her."

„Ein Kaff voller Bonzen. Man muss schon schön blöd sein, um freiwillig an so einem Ort zu leben."

Wieder so eine Bayerin, die keine sein will.

Sie greift nach einem Seil, das man nehmen muss, um auf die Steintreppe zu gelangen. „Achtung, hier gibt's Seeigel!"

„Und warum sprichst du so gut Italienisch?" Ich sehe ihr dabei zu, wie sie einen meterlangen Anlauf nimmt und sich für den nächsten Sprung vorbereitet.

„Mein Vater ist Italiener. Denkt er jedenfalls."

Sie rennt los und landet wieder im Wasser. Wir gucken uns an. Lachen. Plantschen im Wasser wie Babyenten, die gerade schwimmen gelernt haben und mächtig stolz darauf sind, obwohl sie es noch nicht richtig beherrschen. Bis die Stimmung von einer Sekunde auf die andere kippt und Sheela mich vorwurfsvoll ansieht. „Normalerweise bade ich auch gerne nackt, aber wenn du da bist, mag ich das nicht."

Ich weiß wirklich nicht, was ich auf so was antworten soll. Ob das als Kritik gemeint ist oder was sie mir damit sagen will. Also zucke ich nur mit den Schultern und bewege mich ein bisschen von ihr weg. Ich tu so, als würde ich *Bahnen schwimmen*, während sie mir die ganze Zeit neugierig dabei zusieht. Schon wieder hat sie diesen starren, viel zu direkten Blick. Langsam beginne ich mich über die Situation zu wundern. Wurde sie vielleicht von jemandem geschickt? Hat sie was mit Donald Duck und dessen verrückter Familie zu tun? Dass sie mich überhaupt so schnell als Deutsche identifiziert hat, obwohl ich so deutsch doch wohl hoffentlich nicht aussehe, kommt mir zudem verdächtig vor.

Da mir inzwischen schrecklich kalt ist, gehe ich jetzt einfach aus dem Wasser – soll sie mich halt nackt sehen – und hülle mich in mein Handtuch. Meine Zähne klappern und ich beginne auf und ab zu hüpfen, um mich aufzuwärmen. Dann ziehe ich mich an. Aus Versehen habe ich Donald Ducks schwarzen Kapuzenpulli mitgenommen, der mir jetzt sehr gelegen kommt.

Nachdem Sheela eine Weile geschwommen ist, steigt auch sie aus dem Wasser und setzt sich neben mich auf die warmen Steine. Ich biete ihr mein Handtuch an, das sie gerne annimmt, sowie ein paar meiner Klamotten. Sie zieht sich umständlich um. Und da passiert es, ich greife einfach nach ihrer Nase, spüre für einen Moment, wie sie in meiner Handfläche liegt, und ziehe dann schnell meine Hand zurück. „Sorry“, sage ich, „aber ich musste das tun.“

Sheela sieht mich belustigt an. „Kein Problem.“ Sie wirkt kein bisschen irritiert, sondern scheint tatsächlich zu verstehen, warum ich das gerade tun *musste*.

„Hast du ne Zigarette?“, frage ich und bin ganz verwundert über mein eigenes Verhalten. Sie zündet uns beiden jeweils eine an. Wir rauchen schweigend und blicken auf das klare türkisfarbene Meer. Die Fischer haben ihre Arbeit beendet und packen ihre Sachen zusammen. Als sie kurz darauf an uns vorbeigehen, gaffen sie Sheela unverhohlen an, mich hingegen scheinen sie nicht mal wahrzunehmen.

„Worüber hast du eigentlich so irre gelacht vorhin, als du dachtest, du bist allein und dich hört niemand?“, fragt Sheela nach einer Weile. Und da ich plötzlich unendlich froh bin, jemanden zu haben, mit dem ich reden kann, erzähle ich ihr die ganze Geschichte. Wie ich hierhergekommen bin und die letzten Tage erlebt habe und wie das Ganze mit Donald Duck geendet ist.

„Das war richtig, dass du ihn vollgekotzt hast“, stellt sie am Ende meiner Erzählung nüchtern fest.

„War ja keine Absicht.“

„Trotzdem ein starkes Statement.“ Sie sieht mich aufmunternd an. „Aber wenn du den Typen von Anfang an nicht leiden konntest, wieso bist du dann überhaupt mit ihm hierhergekommen?“

„Ich konnte ihn schon leiden, ich wollte nur nicht mit ihm zusammen sein. Ich dachte, wir könnten einfach als Freunde Urlaub machen. Schon ein bisschen naiv, oder?“

Sie überlegt. „Ich glaube, dass du genau wusstest, dass es hier Ärger geben wird. Und trotzdem hast du es drauf ankommen lassen. Du bist einfach gekommen, um was Krasses zu erleben. Dann bewundern dich alle, und du bewunderst dich selbst, und dann kannst du allen erzählen, wie toll du bist und was für verrückte Sachen du machst. Ist doch cool, dann weißt du wenigstens, dass du wirklich lebst und nicht nur stumpfsinnig vor dich hinvegetierst. Oder?“

Ich sage nichts dazu.

„Oder?“, fragt sie noch mal und sieht mich dabei schon wieder viel zu lange, viel zu direkt und ohne jeden Filter an.

Sie hat Augen wie schwarze Ufos, und ich frage mich, ob ich jetzt verliebt bin.

***

Da Sheela noch nicht gefrühstückt hat und auch ich noch ein weiteres Frühstück vertragen könnte, nimmt sie mich auf ihrem Roller mit ins Dorf. Den Koffer verstaut sie dabei vorne zwischen ihren Beinen. Wir fahren nur wenige Minuten, was schade ist, denn was gibt es Schöneres, als im Frühling mit dem Roller durch Italien zu brausen!

Zielstrebig steuert Sheela auf ein bestimmtes Café zu. Die Menschen, die uns entgegenkommen, starren sie alle an, ich verstehe nur nicht, weshalb. In dem Café treffen wir zu meinem großen Erstaunen auf die Jungs von gestern, den bösen Zauberer und seinen Begleiter, den ich auch jetzt wieder fast übersehe, da der andere so *schillert*. Die beiden sind gerade in ein intensives Gespräch über ein physikalisches Problem vertieft, von dem ich kein Wort verstehe. Anscheinend ist Sheela mit ihnen befreundet.

„Das ist Alex“, stellt sie mich kurz vor, die beiden Jungs sehen mich verwirrt an.

„Ah, die Frau, die gepinkelt hat!“, sagt der eine, der Nicht-Zauberer, und streckt mir seine Hand entgegen. „Frühstückst du mit uns?“

„Tut sie“, antwortet Sheela an meiner Stelle, und noch bevor ich dem Nicht-Zauberer die Hand schütteln kann, zieht sie mich mit sich zu einem der Tische. Die beiden Jungs nehmen ihr Physik-Gespräch wieder auf und folgen uns langsam. Der Zauberer setzt sich als Letzter hin, mir gegenüber. Er hat mich bisher noch kein einziges Mal richtig angesehen. Die drei reden kurz über einen der Kellner, woraus ich schließe, dass sie häufig hierherkommen, und über das Essen. Sie sprechen hauptsächlich Italienisch miteinander, manchmal aber auch Französisch und nur dann, wenn sie sich explizit an mich wenden, Deutsch. Das alles verwirrt mich vollkommen. Wer sind diese Leute, wie stehen sie zueinander und weshalb sprechen sie so viele Sprachen?

Der Zauberer mit der Nase heißt Ennis und der andere Theo oder Matteo – so viel habe ich immerhin schon mal verstanden. Während Sheela und Theo/Matteo jetzt ein paar Worte miteinander wechseln, sitzt Ennis mit kerzengeradem Rücken da, sieht die beiden streng an und schweigt. Wenn er dann doch mal etwas sagen muss, weil er direkt angesprochen wird, lispelt er leicht, was mir bisher noch gar nicht aufgefallen war, was ich aber äußerst charmant finde, da ich seit jeher eine Vorliebe für lispelnde Jungs habe. Die Coolen und Schönen, in die die Mädchen aus meiner alten Klasse immer verliebt waren, haben mich nie interessiert. Ich stehe mehr auf die Mathe- und Physik-Nerds, aber nicht auf die dicken, unsportlichen mit den Hornbrillen und Zahnspangen, in denen noch Essensreste vom Frühstück hängen, sondern eher auf die dünnen, schweigsamen, die mindestens eine Klasse übersprungen haben und auch Hornbrillen und Zahnspangen tragen, aber immerhin ohne Essensreste. Diese Nerds sind *coole Nerds*, deren Coolness aber für niemanden sichtbar ist, außer eben für mich, da sie ja noch im Verborgenen liegt und sich erst in den nächsten Jahren entwickeln wird. Wenn es dann so weit ist, werden auch die anderen Mädchen auf diese Nerds aufmerksam werden, die dann natürlich längst keine Nerds mehr sind, sondern einfach nur attraktive Verrückte. Manche Frauen stehen auf so was.

Wie selbstverständlich und ohne mich zu fragen, bestellt Sheela ein Frühstück für alle. Es gibt Panini, Focaccia und überraschenderweise Bier. Ich habe noch nie Bier gefrühstückt, aber ich merke, dass es mir guttut, denn mein schrottiges Italienisch wird mit jedem Bier besser und ich fühle mich noch abenteuerlicher als vorher. Nur Ennis trinkt nichts. Er isst auch nichts. Sheela erzählt, dass er täglich nur einen einzigen Apfel zu sich nimmt, was mich natürlich beeindruckt, da ich so was nie zustande bringen würde.

„Ennis verachtet Leute, die Nahrung zu sich nehmen müssen, und Alkohol geht sowieso gar nicht“, sagt Sheela und lacht laut.

Auf einmal begreife ich, dass die beiden Geschwister sind. Die Ähnlichkeit ist in der Tat nicht zu übersehen. Allein die krassen Nasen! Aber auch das fast akzentfreie, aber eben doch nicht ganz akzentfreie Deutsch. Zudem erwähnen beide immer mal wieder eine gewisse Françoise, von der ich erst annahm, sie sei eine unzurechnungsfähige Freundin, die allen auf die Nerven geht, aber wie sich herausstellt, handelt es sich hierbei um ihre französische Mutter.

Auf Nachfrage erfahre ich, dass Sheela und Ennis zunächst in Sizilien aufgewachsen und dann mit vier – in Ennis' Fall drei – Jahren nach Deutschland ausgewandert sind, genauer gesagt nach Starnberg zu ihrer deutschen Großmutter. Zwei Jahre später haben sich ihre Eltern getrennt und ihr Vater ist nach Sizilien zurückgekehrt, während Françoise sich entschieden hat, mit Sheela und Ennis in Starnberg zu bleiben. Eine unkluge Entscheidung, darüber seien sich alle einig, aber Françoise sei eben auch nicht die Allerklügste. Jedes Mal, wenn einer ihren Namen nennt, verdreht der andere die Augen und stöhnt. Sogar Matteo macht da mit, der, wie mir jetzt klar wird, Italiener ist und weder Deutsch noch Französisch spricht. Mit Englisch fängt hier erst gar keiner an.

Matteo ist wohl ein langjähriger Freund der Geschwister, wobei er ganz offensichtlich auf Sheela steht. So, wie anscheinend alle Männer in diesem Dorf auf Sheela stehen. Sie hat so eine alienmäßige sexuelle Ausstrahlung, die man sich zwar nicht erklären kann, die einen aber trotzdem umhaut. Vielleicht ist es einfach nur ihr ungewöhnlicher und viel zu krasser Röntgenblick, dem, wie ich feststelle, auch die anderen immerzu ausweichen. Und da ich auch jetzt nicht will, dass Sheela meine Gedanken liest, sehe ich lieber Ennis an, der dann aber ganz schnell wegsieht, als hätte *ich* den Röntgenblick, was mich natürlich amüsiert, da ich überhaupt nichts röntgen kann, da ich viel zu sehr damit beschäftigt bin, meine eigenen Geheimnisse zu hüten.

„Ennis ist gar nicht so zurückgeblieben, wie es manchmal den Anschein erweckt", sagt Sheela plötzlich und auf eine Art, als wäre Ennis gar nicht anwesend. Dabei versucht sie, mit dem Rauch ihrer Zigarette ein paar Kringel zu formen, was ihr gänzlich misslingt. „Er hat sogar mal eine Klasse übersprungen. Jetzt hat er natürlich noch weniger Freunde als vorher."

Ennis lacht. „Als hättest *du* auch nur einen einzigen Freund auf dieser Welt."

Sheela tut entrüstet. „Matteo ist mein Freund. Und Alex." Sie wirft mir ein merkwürdiges Lächeln zu, das wie ein missratener Flirtversuch rüberkommt.

„Ich bin nicht dein Freund, ich bin dein Geschäftspartner", sagt Matteo und alle lachen, mich eingeschlossen, obwohl ich den Witz kein bisschen verstehe.

Später auf dem Klo zieht Sheela plötzlich die Hose runter, als wäre Nacktheit für sie auf einmal kein Thema mehr. In aller Selbstverständlichkeit entblößt sie ihre Cellulitis an den Hüften und fragt, ob ich ein Rezept dagegen habe. Leider habe ich keins. Aber ich wundere mich, denn bei dieser Frau sieht sogar die Cellulitis gut aus! Vielleicht auch nur deshalb, weil sie sie so stolz präsentiert. Es gibt eben kaum etwas Attraktiveres als Selbstvertrauen.

Als wir kurz darauf wieder an unseren Tisch zurückkehren wollen, steht auf einmal Christiane vor uns. Sie sieht erst mich an, dann Sheela, dann wieder mich – und mir scheint, als könne sie nicht begreifen, mich hier vorzufinden, noch immer in Sizilien und an der Seite von dieser merkwürdigen Alien-Frau. Als würde Christiane mich fast nicht wiedererkennen in diesem neuen Kontext, und auch ich fühle mich so verwandelt, wie ich hier neben Sheela stehe, die jetzt auf einmal meine Freundin ist, dass ich mir gar nicht sicher bin, ob ich Christiane, die mich gerade so irritiert anguckt, überhaupt kenne.

Sheela und ich sehen uns an – sie versteht natürlich genau, wer das sein muss –, und ohne darüber nachzudenken, nehme ich sie ganz fest in meine Arme und drücke ihr einen fetten Kuss auf die Wange, wobei ich fast schon ihren Mund treffe. Christiane sieht das, schüttelt missbilligend den Kopf und verzieht das Gesicht zu einer hässlichen Grimasse, fast so, als würde auch sie auf einmal den wahren Grund erkennen, weshalb ich nach Sizilien gekommen bin, nämlich einzig und allein, um auf Sheela zu treffen, die mir etwas beibringen wird, von dem ich jetzt noch keinen blassen Schimmer habe.

Nach dem Frühstück zieht es uns sofort wieder ans Wasser, aber ohne die Jungs, die anscheinend noch etwas zu erledigen haben. Da Sheela und ich noch immer keine Bikinis dabeihaben, baden wir diesmal in Unterwäsche. Im Gegensatz zu heute Morgen sind jetzt einige Menschen auf der Mole, hauptsächlich Touristen, ein paar Russen, wenige Amerikaner und natürlich die üblichen Bayern.

Es fällt mir unglaublich schwer, mich über Wasser zu halten, ich bin betrunkener, als ich dachte, und gehe ein paar Mal fast unter. Immer wieder muss Sheela mich retten, ich schlucke Wasser und muss schrecklich husten und rülpsen, es ist ein Riesenspaß. Langsam gewöhne ich mich auch an Sheelas seltsamen Anblick und muss sie nicht mehr ständig anglotzen. Das ist irgendwie entlastend.

Wir legen uns auf die warmen Steine in die Sonne und dösen eine Weile schweigend vor uns hin. Ich denke an Christiane und wie sie mich vorhin angesehen hat. In ihrem Blick lag so viel Ablehnung, aber auch so viel Wahnsinn. Ich frage mich, ob das *ihr* Wahnsinn war oder doch mein eigener.

Sheela liegt neben mir und schläft. Wo soll ich jetzt hin, frage ich mich, wo soll ich schlafen heute Nacht? Sollte ich mir nicht bald mal Gedanken machen: Hotel oder Flughafen? Kann ich mir ein Hotel überhaupt leisten, und falls ja, für wie lange? Oder doch lieber zurück nach München? Aber was soll ich dort? Für das Abitur lernen? Was soll ein Mensch mit einem Abitur, wenn es doch absolut klar ist, dass er niemals auf eine Uni gehen wird?! Mich interessiert das alles nicht, schon die letzten beiden Jahre musste ich mich mit allergrößter Mühe in die Schule schleppen, was mir so gut wie nie gelang, nur etwa zwei Tage die Woche, nur so oft wie unbedingt nötig, um wenigstens dieses Abi zu schaffen, wenigstens das.

Darauf hatte ich mich mit meiner Mutter geeinigt, das Abitur muss bestanden werden, danach kann ich tun und lassen, was ich will. So die Absprache. In Wirklichkeit aber steht es für meine Mutter außer Frage, dass ich natürlich nicht einfach nur irgendeine Ausbildung absolvieren, sondern selbstverständlich studieren werde – bei den guten Anlagen! Und wenn schon studieren, warum dann nicht gleich Jura, genau wie sie. Bei diesem Gedanken wird mir ganz unbehaglich zumute. Nicht weil Jura uninteressant ist, im Gegenteil, das ist nur so ein Vorurteil unter den coolen Nicht-Juristen. Jura interessiert mich brennend, so wie mich eigentlich fast alles brennend interessiert, theoretisch. Praktisch jedoch interessiert mich rein gar nichts, da ich – um es mal auf den Punkt zu bringen – die ganze Zeit damit beschäftigt bin zu überleben, oder anders gesagt: nicht durchzudrehen. Allein für die Liebe interessiere ich mich wirklich. Ich kenne sie zwar nicht, die Liebe, aber Liebeskummer, den kenne ich sehr gut. Seit ich lebe, bin ich liebeskrank, es ist sozusagen mein Normalzustand.

In diesem Moment denke ich plötzlich an Ennis und spüre dabei eine Sehnsucht in mir, die mich selbst überrascht. Wo bleibt er überhaupt? Und ich denke an Sheela, die hier neben mir liegt und friedlich schläft, einfach so, nie könnte ich in ihrer Gegenwart einfach so einschlafen! Sheela und Ennis – ich kann mich nicht entscheiden, zu wem ich mich mehr hingezogen fühle, aber es spielt auch keine Rolle, da ich jetzt schon weiß, dass ich dieses Spiel nur verlieren kann.

Welches Spiel überhaupt?

Als hätten meine Gedanken sie geweckt, öffnet Sheela die Augen und blinzelt. „Was glotzt du mich so an?", fragt sie scherzend.

„Alle glotzen dich an."

„Das stimmt. Das nervt."

„Das glaube ich dir nicht, dass dich das nervt. Ich glaube, du findest es richtig gut."

Sheela macht ein seltsames Gesicht. „Nicht, dass du dich noch in mich verliebst!"

„Ich steh nicht auf Frauen", höre ich mich selbst sagen, was ich sofort bereue, weil es sich so lächerlich anhört. Und vielleicht auch gar nicht stimmt.

„Wer weiß ..." Wieder setzt sie so ein merkwürdiges Gesicht auf, als versuche sie zu flirten, aber das kann sie wirklich überhaupt nicht. „Vielleicht machst du ja bei mir eine Ausnahme, hm?"

Ihre Selbstgefälligkeit geht mir allmählich auf die Nerven.

„Wieso willst du unbedingt, dass alle sich in dich verlieben?" Ich bin selbst erstaunt, wie genervt und vorwurfsvoll meine Stimme klingt.

„Will ich doch gar nicht", antwortet Sheela gelassen und zündet sich eine Zigarette an. Mir ist trotzdem klar, dass ich gerade einen wunden Punkt getroffen habe. Manchmal habe nämlich auch *ich* den Röntgenblick, jawohl.

Da wird mir schlagartig bewusst, dass mir heute Morgen während meines ersten Frühstücks etwas Außerordentliches zugestoßen ist.

„Ich bin", sage ich, noch immer ganz baff von meiner plötzlichen Erkenntnis, „heute Morgen von einem Opi hypnotisiert worden."

„Hah, wie kommst du da drauf?"

„Weil ich vor der Hypnose so schnell wie möglich zurück nach München wollte, und danach wollte ich plötzlich hierbleiben."

„Hm ..." Sie wirkt nicht überzeugt. „Und wie soll der Opi das angestellt haben?"

„Er hat mich an den Händen genommen, mir tief in die Augen geblickt und mir gesagt, dass ich hierbleiben will. Dabei habe ich mich total seltsam gefühlt, schummerig irgendwie, aber gleichzeitig auch hellwach und klar und voller Einvernehmen mit allem, was er gesagt hat. Es stand auf einmal nicht mehr zur Debatte, dass ich abreisen würde. Verstehst du?!?"

Wir schweigen einen Moment, bis Sheela das Wort ergreift. „Du kannst gerne ein paar Nächte bei uns schlafen, ist überhaupt kein Problem."

„Bist du dir sicher?"

Sie lächelt. „Ja, ich bin mir sicher."

„Danke", murmle ich und merke, wie erleichtert ich auf einmal bin.

„Cool, dann lernst du auch mal Françoise kennen!" Sie kichert herablassend, als wäre Françoise ein lästiges Haustier, das zu dumm ist, den Fressnapf zu finden.

Wir plaudern gerade über Väter und über männliche Rollenvorbilder im Allgemeinen, als ich in der Ferne Ennis und Matteo auf uns zukommen sehe. Ich merke, dass ich vor lauter Aufregung anfange, nervös rumzuflattern, und versuche dagegen anzukämpfen, indem ich mich voll und ganz auf das Gespräch mit Sheela konzentriere. Sie ist gerade dabei zu erzählen, dass ihr Vater vor über dreißig Jahren aus dem Iran nach Italien gekommen war, mit dem einzigen und bis heute unveränderten Ziel, italienischer als alle Italiener zu werden. Dabei gehe er sogar so weit, dass er die Rechten wähle, die er früher so sehr gehasst habe, was Sheela ihm natürlich nicht verzeihen könne. „Altersverwirrung, oder so. Wobei er ja gar nicht so alt ist, das kann's also auch nicht sein. Ich weiß es nicht, früher konnte man mit ihm richtig Spaß haben, er trinkt nämlich gerne, mehr noch als ich, was eigentlich überhaupt nicht möglich ist." Sie zuckt ratlos mit den Schultern.

„Dann sprichst du wahrscheinlich auch kein Persisch, oder?"

„Nur paar Brocken. Aber die hat mir nicht mein Vater beigebracht. So was würde er nicht tun, der Italiener."

Sie sind schon fast da, ich kann erkennen, dass Ennis Kopfhörer aufhat und grinst. Grinst er vielleicht meinetwegen? Matteo hat einen Joint in der Hand, den Sheela ihm, kaum dass sie hier sind, sofort wegschnappt.

„Was hörst du da?", frage ich Ennis, der mir wortlos seine Kopfhörer aufsetzt. Ich wusste, dass er auf Punk Rock steht, was ich gut verstehen kann, und auf Heavy Metal, was ich schon weniger verstehen kann – aber das hier! *Ein einziger Krach*, höre ich mich selbst denken und fühle mich dabei wie die letzte Oma. Ich gebe ihm die Kopfhörer zurück und mache mir nicht mal die Mühe, so zu tun, als hätte es mir gefallen.

Mit einem lauten Schrei stürzt sich Matteo rückwärts ins Wasser. Als Ennis sein T-Shirt auszieht, gucke ich schnell weg, da ich fürchte, er würde mir sonst ansehen, wie unfassbar schön ich ihn finde! Die sportlichen, durchtrainierten Nerds sind mir immer noch die liebsten. Natürlich ist gerade mein verkrampftes Wegsehen mehr als auffällig, aber Sheela, die, wie immer, alles mitbekommt, besitzt immerhin den Anstand, mich nicht auszulachen oder bloßzustellen, stattdessen springt sie zu Matteo ins Wasser, um Ennis und mir ein bisschen Privatsphäre zu geben. Womit ich überhaupt nicht klarkomme. Auf einmal fühle ich mich wieder besoffen, obwohl ich seit dem Café nichts als Wasser getrunken und auch Matteos Joint nicht angerührt habe. Es liegt an Ennis, der sich jetzt direkt neben mich legt und mich ansieht, ohne etwas zu sagen. Schrecklich. Für solche Dinge bin ich einfach nicht geschaffen, und ich dachte, Ennis wäre genauso, woher nimmt er dann auf einmal den Mut, mich auf diese Art anzusehen? Ich fange an zu zittern – zum Glück nur innerlich – und beginne, irgendwas vor mich hin zu quatschen, keine Ahnung was, Hauptsache reden. Doch dann merke ich, wie albern und peinlich das ist, und unterbreche mich selbst mitten im Satz. Ennis lächelt mich einfach nur an. Umwerfend, dieser Mensch. Das Gegenteil eines bösen Zauberers. Natürlich würde ich sehr gerne auch mal *seine* Nase berühren, aber das ist unmöglich, ich wäre niemals in der Lage dazu, außerdem käme das jetzt auch nicht wirklich spontan. Lieber versinke ich in seinen tiefen Augen, die warm sind und liebevoll, und nicht so düster und unheilvoll wie die von Sheela. Doch schon im nächsten Moment wendet Ennis sich ab, als hätte er schlagartig das Interesse an mir verloren, zieht ein Buch über Quantenphysik aus der Tasche und vertieft sich darin. Den gesamten Nachmittag spricht er kein einziges Wort mehr mit uns und sieht mich nicht ein einziges Mal mehr an.

***

Sheela und Ennis wohnen in einem alten, sehr vornehmen und typisch sizilianischen Wohnhaus mit einer großen, überdachten Terrasse. Alles in diesem Palazzo ist alt und kostbar, die Böden, die Decken und jedes einzelne Möbelstück. Aber das für mich Erstaunlichste sind die unendlich vielen Bücher, welche, teilweise zweireihig und übereinandergestapelt, in die bis zur Decke hinauf reichenden Regale gestopft sind, die sich an jeder einzelnen Wand befinden. Ich fühle mich pudelwohl und möchte sofort wissen, wer all diese Bücher gelesen hat, wobei ich die Frage nicht stelle, da ich die Antwort bereits kenne.

Die nächsten zwei Tage verbringe ich mehr oder weniger damit, anzukommen. Als wäre ich gerade eben erst in Sizilien gelandet, was ja in gewisser Weise auch der Fall ist. Ich schlafe, trinke, esse, atme die gute Meeresluft, schmökere in den vielen Büchern und beobachte Sheela und Ennis, wann immer ich die beiden zu Gesicht bekomme, was gar nicht so häufig ist, da sie ständig irgendwas zu tun haben. Aber ich bin bei Weitem nicht der einzige Gast in der Wohnung. Leute in meinem Alter und ein bisschen drüber gehen hier ein und aus, machen Party oder bringen das angeblich beste Gras der Welt vorbei, das ich nicht anrühre, da ich davon Paranoia kriege. Matteo ist sowieso Dauergast, der – wie ich – hier schläft und glücklicherweise hervorragend kochen kann. Nur Françoise, auf die ich inzwischen extrem neugierig geworden bin, ist nirgendwo zu sehen. Auch am nächsten und am übernächsten Tag nicht. Irgendwann kommt der Moment, an dem ich mich tatsächlich frage, ob sie nicht eine reine Erfindung der Geschwister ist. Zuzutrauen wäre ihnen das nämlich schon. Oder haben sie sie längst ermordet und in irgendeinem Loch vergraben? Auch das kann ich nicht mit absoluter Gewissheit ausschließen. Liegt vielleicht aber daran, dass ich nur selten nüchtern bin, wenn ich mit ihnen rumhänge. Sheela trinkt wie ein Loch und raucht wie ein Türke – diesen Ausdruck kannte ich gar nicht, aber ihr Vater Shaham hatte ihn immer benutzt, weil sie während seiner kurzen Zeit in Starnberg neben türkischen Einwanderern gewohnt hatten, aus deren Wohnung, selbst wenn sie nur für eine Sekunde die Tür öffneten, immer ein extrem starker Geruch von Nikotin und Weichspüler drang.

Neben dem Trinken und Rauchen lässt Sheela auch sonst keine Drogen aus. In erster Linie wird in dieser Wohnung aber vor allem gerne gekifft, und zwar von früh bis spät, nur Ennis und ich machen da nicht mit, aber Ennis zählt sowieso nicht als echter Mensch. Eher als eine Art Roboter mit Seele. Ganz mein Typ. Er isst tatsächlich nur einen Apfel am Tag, ich habe es genau beobachtet. Dass er davon anscheinend genügend Energie und das alles bekommt, grenzt für mich an ein Wunder. Aber ich bin ja hier sowieso im Haus der Wunderkinder, inzwischen weiß ich nämlich, dass Sheela ebenfalls eine Klasse übersprungen hat, nachdem sie aber auch noch ein Jahr früher eingeschult worden war. Gut, dass wenigstens Matteo da ist, auch so ein Normalsterblicher wie ich, sonst wäre das alles viel zu deprimierend.

Zum Mittagessen sind wir in einem Restaurant verabredet. Gestern waren Sheela und Ennis nach Palermo gefahren, um ihren Vater Shaham zu treffen, der dort eine kleine Osteria betreibt. Zugegebenermaßen war ich enttäuscht, dass sie mich nicht mitnehmen wollten, da ich Shaham gerne kennengelernt und auch Lust auf ein bisschen Sightseeing in Palermo gehabt hätte. Stattdessen war ich gezwungen gewesen, die letzten beiden Tage mit mir alleine zu verbringen, was ich lieber vermieden hätte, da ich mich vor mir selbst fürchte. Ich war direkt auf einen Berg gestiegen, in der Hoffnung, so vor mir selbst davonlaufen zu können, doch mein Plan war nicht aufgegangen. Danach war ich am Strand entlangspaziert und anschließend hatte ich das Café mit dem Hypnose-Opi besucht, in der Hoffnung, ihn dort wiederzufinden und um Rat fragen zu können. Doch er war nicht dort gewesen und ich war allein mit meinen konfusen Gedanken geblieben, die ich krampfhaft versucht hatte in Worte zu fassen und in einem Notizbuch festzuhalten, doch am Ende waren nur verstörende Zeichnungen dabei rausgekommen.

Ich bin zu früh dran, was ganz gut ist, denn in dem Restaurant spielen sie gerade *Bella Ciao*, eines der früheren Lieblingslieder meiner Mutter. Vermutlich spielen sie es nur für die Touristen, spielen es jeden Tag rauf und runter, aber mich stört das nicht, das Lied rührt mich trotzdem zu Tränen, jedes einzelne Mal, wenn ich es höre, und vor allem dann, wenn ich bewusst auf den Text achte. Ich bin froh, dass die anderen mich jetzt nicht sehen können, wie ich hier sitze, weinend wegen der Widerstandskämpfer, die für die Freiheit gestorben sind, ich bin nicht bloß gerührt, sondern fühle mich auf ungesunde Art verletzlich. Würden Ennis und Matteo mich so sehen, wären sie bestimmt irritiert, da sie mit so einer Gefühlsduselei nicht viel anfangen können, vor allem Ennis nicht. Sie würden sich wundern, mich aber in Ruhe lassen. Nicht so Sheela. *Hast du schon mal für den Widerstand gekämpft?*, würde sie provozierend fragen, und ich würde den Kopf schütteln. *Hast du schon mal etwas ähnlich Mutiges getan?*, würde sie weiter bohren, was ich ebenfalls verneinen müsste. *Warum heulst du dann so selbstmitleidig rum?* Sie würde mich mit einem so geringschätzigen Blick ansehen, bis ich mich selbst ganz klein und pathetisch fühlen würde und nie wieder *Bella Ciao* würde hören wollen.

Ich weiß nicht, weshalb ich solche Gedanken über Sheela hege und ihr derartige Dinge unterstelle, aber das läuft schon den ganzen Tag so. Erst denke ich an Ennis, und es geht mir gut, dann kommt mir Sheela in den Sinn, und ich verkrampfe mich schlagartig und kneife boshaft die Augen zusammen. Dabei weiß ich wirklich nicht, was sie mir angetan haben soll, und als sie schließlich im Restaurant ankommt, mich herzlich umarmt und mir einen Tapir mit einer krummen Nase in die Hand drückt, den sie mir extra aus Palermo mitgebracht hat – mein persönliches Krafttier! –, ist mein Unmut vergessen.

„Wie süß der ist! Und diese Naaase!“, schwärme ich aufrichtig gerührt und drücke den Tapir an mich wie einen lieben Freund.

„Ja, oder?! Wir haben alle sofort an dich gedacht, als wir den gesehen haben. Aber gekauft hat ihn dir Matteo."

Als ich erfahre, dass auch Matteo mit nach Palermo gefahren ist, kehrt augenblicklich meine Enttäuschung zurück – warum durfte der mit und ich nicht?

„Danke." Ich winke mit dem Tapir in Matteos Richtung, der aber nichts davon mitbekommt, da er gerade auf seinem Handy rumtippt.

Ennis ist nirgendwo zu sehen, was meine Unruhe noch weiter vergrößert.

„Komm mal kurz mit!" Sheela winkt mich zu sich. Ich stehe auf und folge ihr. Dabei fällt mir auf, dass sie in ihrem Männerhemd extrem gut aussieht. „Was ist mit dir?" Noch im Rausgehen zündet sie sich eine Zigarette an. „Du wirkst ganz unsicher und feindselig und irgendwie neben der Spur. Bist du gekränkt, weil wir ohne dich nach Palermo gefahren sind?"

Das mag ich an Sheela. Ihre Wachheit. Ihre Direktheit. Ihren Mut, die Dinge beim Namen zu nennen.

„Nein, na ja, eigentlich nicht ..." Ich komme mir vor wie ein sehr kleines Kind, das soeben von den Erwachsenen beim Lügen erwischt wurde, aber immer noch hofft, dass die Erwachsenen seine Lüge vielleicht doch nicht als Lüge entlarven.

„Ich hatte überlegt dich zu fragen. Palermo hätte dir bestimmt gefallen. Aber ich wollte einfach nicht, dass du einen schlechten Eindruck von Shaham bekommst. Manchmal ist er zwar total cool, aber manchmal ist er auch ein richtiger Depp und gibt nur dummes Zeug von sich. Nächstes Mal, okay?"

„Okay." Jetzt fühle ich mich wie ein etwas älteres Kind, das heute zwar wieder kein Eis bekommt, dafür aber wahrscheinlich morgen.

„Matteo hat dich vermisst. Er ist verknallt in dich." Sheela lacht herzlich.

„Was?"

„Das hat man doch schon von der ersten Sekunde an gesehen."

Sie zieht an ihrer Zigarette und sieht dabei unabsichtlich einen an uns vorbeieilenden Kellner an, ohne dabei zu flirten und ohne jede Koketterie, und trotzdem verliebt er sich offensichtlich schlagartig in sie. Ich weiß nicht, wie sie das macht, wie das funktioniert, es muss irgendwas Metaphysisches sein.

„Armer Matteo. Er himmelt dich total an! Hast du wirklich nichts bemerkt?"

„Nein."

„Lustig. Du lebst schon manchmal in einer Blase."

Wir gehen zurück an unseren Tisch. Matteo hat aufgehört zu telefonieren und zappelt ungeduldig auf seinem Stuhl hin und her. „Los, los, bestellen! Ich sterbe vor Hunger!" Hektisch wedelt er mit den Speisekarten vor unseren Gesichtern rum. Dann winkt er den Kellner herbei und bestellt ein großes Wasser und vier Gläser, was mir sofort wieder gute Laune bereitet, da dies bedeutet, dass Ennis wohl doch noch kommen wird.

Keine zwei Minuten später steht er vor uns, braungebrannt in einem engen schwarzen T-Shirt und einer grauen Jogginghose – einer der Sorte, die einen knackigen Po noch viel knackiger aussehen lässt. Er grinst uns alle an, als hätte er soeben den Nobelpreis gewonnen, dabei freut er sich einfach nur darüber, dass – wie er in Palermo festgestellt hat – seine Katze Müsli noch lebt, die er längst tot geglaubt hatte und von der er nun ungefragt ein paar Anekdoten zum Besten gibt. So viel habe ich ihn noch nie zuvor reden hören! Völlig unbekümmert plappert er munter drauflos, gibt belangloses Zeug von sich und kümmert sich nicht im Geringsten darum, ob wir ihn gerade intelligent finden oder nicht. Aber nicht bloß Ennis, auch Sheela und Matteo wirken wie ausgewechselt und reden schnell und wirr durcheinander. Kreuz und quer werden verschiedenste Themen angerissen und schon im nächsten Moment wieder verworfen, triviale und hoch bedeutsame Themen gleichermaßen. Es wirkt, als hätten sich die drei seit Jahren nicht mehr gesehen, dabei waren sie doch eben erst zusammen in Palermo – oder waren sie vielleicht gar nicht dort?

„Und du?“ Matteo wendet sich plötzlich mir zu. „Wo willst du hin mit deinem Leben?“

Wo kommt das denn jetzt her? Ich blicke Hilfe suchend umher und entdecke dabei lauter fröhliche Gesichter, die erwartungsvoll auf meine Antwort warten. „Ähm ...“

Ennis ergreift das Wort: „Es gilt, das Gebiet zu finden, in dem man am besten ist. Stimmt’s, Alex?“

Manchmal wirkt Ennis furchtbar steif in seiner Ausdrucksweise, aber ich finde ihn trotzdem niedlich und nicke ihm aufmunternd zu.

„Wohl eher das Gebiet, in dem man am zufriedensten ist“, sagt Matteo.

„Das sollte das Gleiche sein“, findet Ennis.

„Nicht zwangsläufig“, höre ich mich zu meinem eigenen Erstaunen sagen, „wahrscheinlich ist es relativ egal, welchen Beruf man ergreift und was man macht – wichtig ist, wie man es macht.“

„Genau, auf die Einstellung kommt's an“, sagt Sheela in dem für sie so typisch spöttelnden Ton.

„Auch wenn du vielleicht die richtige Einstellung hast, musst du noch lange nicht so billige Jobs machen“, sagt Ennis.

„Wer sagt, dass meine Jobs billig sind?“ Sheela lächelt gelassen.

„Du selbst.“

„Du meinst die Promotion-Jobs? Die sind gut bezahlt.“

„Ich meine die Model-Jobs.“

„Noch besser bezahlt.“

„Komplett unter deiner Würde.“

„Nicht, wenn du es so machst, wie ich es mache.“

„Wie machst du es denn? Ironisch?“

„Genau.“

Sie grinst ihren Bruder an, der sich jetzt an mich wendet: „Wusstest du, dass sie die Schule abgebrochen hat, drei Wochen vor dem Abitur – ungefähr da, wo du dich jetzt gerade befindest?!“

„Bei mir sind es nicht mal mehr zwei Wochen. Aber nein, das wusste ich nicht.“

„Würdest du jetzt die Schule abbrechen, so kurz vorm Ziel? Einfach nur, um ein Statement zu setzen?“

„Ich glaube nicht.“ Ich wende mich an Sheela. „Hast du das jemals bereut?“

„Kein bisschen.“

„Kommt noch“, sagt Ennis, aber auch davon bleibt Sheela völlig unbeeindruckt.

„Ein Abitur kann man nachmachen, wenn man will“, schaltet sich jetzt Matteo ein.

„Nur will ich was ganz anderes“, sagt Sheela.

„Was willst du denn?“, frage ich neugierig, und sie lächelt mich geheimnisvoll an.

„Kannst du’s nicht sagen oder willst du’s nicht sagen?“

„Ich kann nicht.“ Wieder mal sieht sie mir ein bisschen zu lange in die Augen, sodass ich ihrem Blick ausweichen muss.

„Ach so. Ich dachte, du bist eine, die genau weiß, was sie will.“

„Ich habe so eine Ahnung ...“

Ennis verdreht die Augen. „Ahnungen sind was für Dilettanten.“

„Quatsch.“ Sheela lächelt gelassen.

„Ahnungen sind Spiegelungen der Wahrheit“, sage ich und wundere mich, was ich da für Zeug von mir gebe.

Aber Sheela geht sowieso nicht darauf ein, sondern wendet sich wieder Ennis zu. „Alter, du kennst mich halt nicht. Bruder hin oder her.“

„Das stimmt“, sagt Ennis, „ich kenne dich wirklich nicht. Aber ich weiß, dass du es niemals ertragen würdest, mittelmäßig zu sein.“

„Ne, das nicht. Bevor das passiert, stürz ich mich lieber von dem Berg hier." Sie deutet auf den Berg, den ich heute Vormittag erklommen habe. Der ideale Selbstmord-Berg, das hatte ich mir auch schon gedacht, als ich dort oben an der Klippe gestanden war.

„Und du, Alex, was steht an nach'm Abi?", fragt Matteo, als würde er mich dafür entschädigen wollen, dass mein vorheriger Kommentar einfach übergangen worden ist.

„Puh, wenn ich das wüsste. Meine Eltern haben sehr konkrete Pläne für mich. So viele große Pläne, dass ich vor lauter Plänen meine eigenen nicht sehen kann."

„Oh ja, das kenne ich", stöhnt Matteo, „deshalb studiere ich ja jetzt auch Philosophie." Alle lachen. „Ist nicht lustig. Philosophie ist was höchst Mathematisches." Er blickt zu Ennis. „Eigentlich sogar mathematischer als die Mathematik selbst."

Ennis zuckt ungerührt mit den Schultern.

„Du könntest Lügendetektor werden", sagt Sheela plötzlich zu mir.

„Ist das ein Beruf?", fragt Matteo.

„Stimmt", jetzt wendet sich auch Ennis an mich, „manchmal hast du ein intuitives Verständnis von Dingen, von denen du überhaupt nichts verstehst. Erst lieferst du die Antworten und dann, weil du sie gleich wieder vergisst, stellst du die dazugehörigen Fragen, auf die du dann keine Antworten mehr findest."

„So was nennt sich Kunst." Sheela zwinkert mir zu.

„Ja, genau!" Matteo schlägt begeistert in die Hände. „Du solltest Künstlerin werden!"

„Hast du eigentlich Geschwister?“, fragt Sheela.

Ich sage sofort „Nein!“, wobei mir dann einfällt, dass das gar nicht stimmt. „Doch! Aber er ist noch ein Baby, und mit Babys kann ich nichts anfangen.“

Ich bekomme sofort ein schlechtes Gewissen. Warum sage ich solche Sachen? Sheela sieht mich merkwürdig an, mit einem Blick, der mich wirklich sehr irritiert, dann wechselt sie abrupt zu einem neuen Thema, das sofort eine hitzige Diskussion auslöst, der ich nur noch mit halbem Ohr folge.

„Alles Unfug!“, höre ich Ennis, der sich jetzt wieder anhört wie ein Neunzigjähriger, und dann geht es – soweit ich das mitbekomme – um die Newtonschen Axiome, um die Natur der Wellenfunktion für Quantensysteme, um die Frage, ob die Physik eine axiomatische Wissenschaft sei und ob sie auch innerhalb der Matrix funktioniere ... oder war das umgekehrt? ... Und so weiter und so fort, und ich will schreien, seid doch mal still, ich kann meine eigenen Gedanken nicht mehr hören, aber dann kommt zum Glück das Essen, endlich, und für einen Moment halten einfach mal alle die Klappe.

Bald darauf sitze ich auf den Stufen vor einer Kirche, von denen es in diesem Dorf unzählige gibt – so viele, dass ich den Überblick verloren habe –, und starre auf das Handy in meiner Hand. Matteo hat es mir geliehen, damit ich meine Mutter anrufen kann.

Sie ist nicht in der Kanzlei. Sonderbar. Die Sekretärin erklärt, ich könne sie zuhause erreichen, also rufe ich zuhause an, lasse stundenlang klingeln und möchte schon wieder auflegen, als sie schließlich doch noch rangeht.

„Alexandra, wie geht's dir? Wie ist es auf Sizilien?" Es tut gut, ihre Stimme zu hören.

„Ja, geht mir ganz gut. Mittlerweile wieder. Und Sizilien ist echt schön. Wir gehen sogar baden. Aber es gibt so viele Kirchen hier, ich versteh echt nicht, wozu die hier so viele Kirchen brauchen!?"

„Und mit Donald Duck verstehst du dich gut?"

Ich meine, das Baby im Hintergrund brabbeln zu hören.

„Ne, wir haben uns überhaupt nicht verstanden, er ist voll der Arsch, deshalb bin ich auch ausgezogen, aber dafür hab ich jetzt echt interessante Menschen kennengelernt, die –"

„Du, wart mal kurz!" An der anderen Leitung raschelt es. Dann höre ich jemanden einen spitzen Schrei ausstoßen – war das das Baby? Oder der manische Ehemann?

„Alexandra, ich muss aufhören, ruf mich bald wieder an, ja, und pass auf dich auf!" Sie legt auf.

Wozu wieder anrufen?

Wozu wieder anrufen, wenn sie doch sowieso keine Zeit hat, zuzuhören?

Wozu wieder anrufen, wenn ich ohnehin in ein paar Tagen nach Hause fliege?

Fliege ich denn nach Hause? Soll ich nicht besser hierbleiben und, wie Sheela, das Abitur sausen lassen? Soll ich auch mal ein echtes Statement setzen?

Ich starre auf meine Füße. Ich brauche neue Schuhe. Da mir plötzlich etwas wehtut, eine unbestimmte Stelle in der Magengegend, stehe ich schnell auf und renne los. Wenn man rennt, tut es weniger weh.

***

Matteo hat dudeligen Jazz aufgelegt und kocht unser Abendessen. Er steckt seine ganze Liebe da rein, deshalb schmeckt es auch so irre gut. Sheela und ich sehen ihm vom Sofa aus zu. Wir haben Wollsocken an, die wir lachend in die Luft strecken, während wir auf dem Rücken liegen und unsere Popos dehnen. Ich sage ihr, dass ich Regisseurin werden möchte und auch schon eine Idee für meinen ersten Film habe. Das fühlt sich an wie ein unerwartetes Geständnis. Tatsächlich habe ich noch nie jemandem davon erzählt, nicht mal Onkel Alf, und ich frage mich plötzlich, seit wann ich diesen Wunsch hege oder ob ich das alles gerade nur spontan erfunden habe. Aber selbst wenn es so wäre, selbst wenn dieser Wunsch erst in diesem Moment entstanden ist, wird er allein dadurch, dass ich ihn vor Sheela laut ausspreche, zu einer Tatsache, die nicht mehr in Frage gestellt werden darf.

„Ich mag keine Filme." Sheelas Stimme entbehrt jeglicher Ironie. Sie meint es ernst, was mich völlig vor den Kopf stößt – wie kann ein Mensch keine Filme mögen?!

„Und Bücher?", frage ich mit schriller Panikstimme. „Du liest aber doch Bücher, oder?"

Sie zuckt gelangweilt mit den Schultern. „Wenn's Sachbücher sind ..."

Ich sehe sie entgeistert an. Wer bist du überhaupt? Der ganze Zauber ist verflogen.

„Warum erzählst'n du so'n Scheiß?", fragt Ennis, der plötzlich aus dem Nichts aufgetaucht ist. Er kommt vom Joggen und ist komplett verschwitzt, wodurch er übertrieben gut aussieht, was mich in diesem Moment jedoch völlig kaltlässt, da ich mich erstmal beruhigen und neu ordnen muss. Ich verstehe Sheela nicht. Mag sie jetzt Filme, oder mag sie keine? Warum lügt sie immer so sinnlos rum? Lügt sie denn überhaupt, oder ist das alles vielleicht nur ein Test? Prüft sie mich, ob ich es wert bin, ihre Freundin zu sein?

„Sheelas Lieblingsfilm ist Terminator II.“ Ennis sieht mich an und lächelt. „Den hat sie heimlich schon über zwanzig Mal geguckt, und manchmal weint sie auch dabei.“

„Terminator II – fantastischer Film!“, ruft Matteo begeistert aus der Küche.

„Klar mag ich Filme. Was denkst du denn?!“, sagt Sheela zu mir und schenkt mir noch ein Glas Wein ein. So was hat sie noch nie gemacht. Sie ist niemand, der anderen Leuten Wein einschenkt. Sie schenkt nur sich selbst ein, oder sie bekommt eingeschenkt. Mein Misstrauen wächst kontinuierlich.

Ennis verschwindet in der Küche und kommt Apfel kauend wieder zurück. Er setzt sich direkt neben mich aufs Sofa. So nah waren wir uns seit dem Tag an der Mole nicht mehr. Ich nehme seinen Geruch wahr, den ich sehr gut leiden kann, und würde jetzt am liebsten mit ihm allein sein. Aber Sheela geht sofort dazwischen, sie findet irgendeine Ausrede, irgendeinen Grund, weshalb Ennis jetzt sofort aufstehen und irgendwas tun soll, sie kommandiert ihn von mir weg und Ennis folgt ihrem Kommando widerstandslos. Darüber ärgere ich mich dermaßen, dass ich trotzig aufstehe, ohne zu wissen, wo ich hinsoll, also helfe ich Matteo in der Küche, worüber dieser sich zunächst freut, aber sobald ich den ersten Teller fallen lasse, schiebt er mich sachte zurück ins Wohnzimmer, wie ein Kleinkind, das unbedingt helfen will, dabei aber nur im Weg rumsteht.

Sheela hat es sich inzwischen auf dem Sofa bequem gemacht und liest ein Buch. Kein Sachbuch, soweit ich das erkennen kann. Ich bemühe mich darum, ihr nicht in die Augen zu sehen, und bin froh, dass auch sie mich weitestgehend ignoriert. Da ich nicht weiß, was ich tun soll, nehme auch ich mir ein Buch aus dem Regal, schlage es irgendwo auf und lese fünfzig Mal denselben Satz: lkjdoaiuohf lakjf aö lksfjaölkf.

***

Nach dem Abendessen, bei dem Ennis zu meiner Enttäuschung schon wieder nicht anwesend ist, fragt Sheela, ob ich noch einen Spaziergang mit ihr machen will.

Und ob ich das will! Ich wünsche mir nichts sehnlicher, als dass der Zauber der letzten Tage wiederkehrt.

Die ersten paar Minuten gehen wir schweigend nebeneinanderher. Noch immer herrscht eine Distanziertheit zwischen uns, die ich kaum ertragen kann.

„Guck mal, der Mond!“, sage ich, aber Sheela reagiert nicht darauf, da sie Smalltalk nicht leiden kann. So schön ist der Mond heute auch gar nicht, auf jeden Fall war er schon mal schöner.

„Wo ist eigentlich Françoise?“, frage ich. Keine Ahnung, wie ich darauf komme. Hauptsache reden.

„Auf Entzug“, sagt Sheela, und ich bin überrascht, dass sie mir überhaupt antwortet.

„Oh.“ Mehr weiß ich dazu nicht zu sagen.

„Komm, lass uns baden gehen!“, schlägt sie plötzlich vor. „An der Mole. Mit Mond.“

„Aber das ist doch arschkalt!“

„Na und?“

Mir ist überhaupt nicht nach Baden zumute, alles an mir ist schwer, mein Körper, meine Glieder, vor allem mein Kopf, ich würde sofort untergehen.

„Komm schon“, drängt sie, „ich bade auch nackt!“

Als ob das ein Argument wäre.

Dann bleibt sie abrupt stehen, sieht mich finster an und sagt, in einem Ton, den ich noch nie von ihr gehört habe: „Ich will jetzt baden gehen. Und weil du eh nicht weißt, was du willst, machen wir jetzt einfach das, was ich will. Okay?“

Ich überlege kurz, ob ich mich stur stellen soll, weil mir ihr herrischer Ton nicht passt, doch dann setzt sich mein Bedürfnis nach Harmonie durch, und der unbedingte Wunsch, Sheela zu gefallen. „Na gut.“

„Cool!“ Sheela rennt los, und ich muss mich anstrengen, um mit ihr Schritt zu halten, aber ihre Euphorie ist ansteckend und mit jedem Schritt wird mir etwas leichter zumute.

An der Mole ist kein Mensch, also können wir uns ungestört ausziehen und ins Wasser springen. Die Kälte macht mir erstaunlicherweise nichts aus, ich bewege mich viel, lache pausenlos, ohne zu wissen, warum, und bin ganz aufgedreht. Nachts im Meer zu baden ist einfach ein völlig anderes Erlebnis als am Tag. Auch der Mond sieht jetzt wieder hübsch aus.

Als wir aus dem Wasser kommen, fühlt sich die Luft ganz warm an. Als wäre der Sommer eingekehrt, und vielleicht ist er das ja auch, ganz plötzlich, in ebendieser Minute. Ich ziehe mich an, kuschle mich in Donald Ducks schwarzen Hoodie und lege mich auf die noch immer warmen Felsen, um die Sterne zu betrachten. So was mache ich nämlich nie, Sterne betrachten.

„Du hattest recht, der Mond ist echt schön heute.“ Sheela legt sich direkt neben mich.

„Na ja, der Mond halt. Ist doch immer irgendwie schön.“

„Ne, finde ich nicht. Ich finde, der ist heute anders, irgendwie ganz besonders schön."

Ich inspiziere den Mond, kann aber nichts Außergewöhnliches daran feststellen. Oder vielleicht doch? Ich kneife die Augen zusammen, damit ich besser sehen kann.

„Ich brauche eine Brille", höre ich mich sagen, „aber nur nachts, nur zum Mondangucken. Ich habe gerade festgestellt, dass ich nachtblind bin."

„Ne, das liegt nicht an deinen Augen, das liegt am Mond. Er ist verschwommen und er hüpft."

Sheela hat recht, mit dem Mond stimmt was nicht. Er ist verschwommen, obwohl keine einzige Wolke in der Nähe ist, nicht mal eine klitzekleine, hauchdünne Wolkenschicht, und er scheint sich außerdem zu bewegen. Seltsam.

„Wovon handelt eigentlich der Film, den du machen willst?", fragt Sheela unvermittelt.

„Ähm ..." Ich habe keine Ahnung, wie ich diese Frage beantworten soll. „Von einem Mädchen, einer jungen Frau, die sich in einen Typen verliebt, der ganz anders ist als ihr Vater ..." Ich warte darauf, dass sie mich unterbricht, doch sie sieht mich aufmerksam und geduldig an, bis ich meine Gedanken geordnet habe und fortfahre. „Aber es zeigt sich, also erst auf den zweiten Blick, dass er eben doch nicht so anders ist, sondern ihrem Vater verdammt ähnlich. Aber die Liebesgeschichte geht natürlich nicht gut aus. Also die beiden lieben sich schon – sofern sie überhaupt in der Lage sind zu lieben, sie sind ja noch so jung –, aber sie können einfach nicht miteinander. Also keine Romeo-und-Julia-Geschichte. Eher die Geschichte von zwei Königskindern. Aber eigentlich ist es keine richtige Liebesgeschichte, es geht eher um sie, sie ist die Hauptfigur, die versucht herauszufinden, wie sie zu Männern steht. Und zu Frauen. Und zu sich selbst. Sie weiß noch nicht viel über sich, sie fühlt sich überall fremd, wie ein Alien, das aus Versehen verwechselt und in eine Menschenfamilie hineingeboren wurde, zu der sie gar nicht passt."

Sheela hört mir noch immer mit all ihrer Aufmerksamkeit zu, wodurch ich mich allmählich entspanne.

„Aber das Wichtigste ist sowieso, wie die Geschichte erzählt wird. Sie soll schon real sein, aber gleichzeitig auch nicht. Ein magischer Realismus, oder so. Verstehst du?"

Sheela sieht mich schweigend an. Noch immer sagt sie kein Wort, sodass ich ihr insgeheim unterstelle, dass sie meine Geschichte belanglos und viel zu konfus findet. Aber dann nickt sie anerkennend. „Gefällt mir." Mehr sagt sie nicht.

„Danke", murmle ich und fühle mich erleichtert.

„Es ist halt scheiße, Regisseur zu sein", sagt sie plötzlich, „vor allem als Frau. Die Filmszene ist unbarmherzig und wird von narzisstischen Vollidioten dominiert. Die Leute, die das Sagen darüber haben, was produziert wird und was nicht, haben nicht nur keinen Geschmack, die haben halt auch keinen Mut, keine Offenheit und – das finde ich eigentlich am allerschlimmsten – keine Fantasie! Es sind BWLer, verstehst du, und keine Kreativen, auch wenn sie das so gerne wären. Wie sollen diese Leute dein Werk einschätzen? Deine Ideen? Die können doch nicht mal selber denken! Und wenn du als Frau, die noch dazu keine Sau kennt, wirklich was Gutes, Mutiges, Neues erschaffen willst, keine neue Geschichte, die gibt's sowieso nicht, sondern einen ganz eigenen, neuen Stil, wenn du aber nicht bereit bist, dich dafür zu prostituieren, dann hast du keine Chance. Außer natürlich, du hast die nötigen Beziehungen. Oder du verkaufst halt einfach deine Seele. Geht auch. Aber das würde ich an deiner Stelle nicht tun."

Wir schweigen eine Weile, während ich über ihre Worte nachdenke. „Woher weißt du das alles?", frage ich verwirrt.

„Ich habe einen amerikanischen Onkel, der Filmproduzent in Hollywood ist. Einer der erfolgreichsten der Welt. Ich sag dir jetzt nicht seinen Namen. Er ist nämlich total irre und pervers. Ich will nichts mit ihm zu tun haben, bäh!" Sie schüttelt sich angewidert und zündet sich dann eine Zigarette an. „Willst du auch eine?"

„Unbedingt."

Ich weiß nicht viel über die Filmszene und kann auch nicht einschätzen, ob es stimmt, was Sheela da erzählt. Vor allem aber beschäftigt mich die Frage, ob sie wirklich diesen Onkel in Hollywood hat und wer das sein soll. Oder ob sie vielleicht doch nur eine verdammte Lügnerin ist. Kann man bei Sheela wirklich nicht wissen. Schon öfter habe ich sie bei kleineren Lügen erwischt, die unbedeutend und vor allem völlig unnötig waren. So erzählte sie mir beispielsweise, dass sie beim Einkaufen gewesen war, wobei ich im Nachhinein erfuhr, dass nicht sie, sondern Matteo eingekauft hat. Wozu diese sinnlose Lüge?

Ein anderes Mal behauptete sie, dringend nach Palermo fahren zu müssen, um dort etwas ganz Wichtiges zu erledigen. Bei einem Spaziergang durchs Dorf entdeckte ich sie jedoch rein zufällig in einer trostlosen Bar, in der sie mit einer Gruppe älterer Männer, die alle ziemlich nach Mafiosi aussahen, Karten spielte, trank und rauchte. Sie schienen um Geld zu spielen, die Stimmung war todernst. Als ich Sheela später fragte, ob sie wirklich in Palermo oder vielleicht doch eher in einer Bar beim Kartenspielen gewesen war, sagte sie nur, *beides*, und verließ achselzuckend das Zimmer. Ich rechnete nach. Zeitlich wäre es überhaupt nicht möglich gewesen, beides getan zu haben. Es sei denn, sie hätte lediglich zehn Minuten Karten gespielt. Aber wer glaubt so was.

„Du solltest es versuchen mit deinem Film!", reißt Sheela mich aus den Gedanken. Dann wird ihr Ton ganz priesterlich: „Wenn du an dich glaubst, kannst du alles schaffen, absolut A-L-L-E-S!"

Ich breche in Gelächter aus. „Du hörst dich an wie so ein Life-Coach aus L. A.!"

„Ich *bin* ein Life-Coach aus L. A.! Das ist meine wahre Identität!" Sie steht auf und breitet theatralisch die Arme aus. „Wenn du fliegen willst, kannst du fliegen, Alex, du musst es nur wirklich wollen." Sie rennt, als würde sie gleich abheben. „Willst du fliegen, Alex, willst du?"

Ich muss lachen. „Du glaubst diesen Mist wirklich, den du hier verbreitest, oder?"

„Klar. Aber nicht weil meine Kindheit so wunderschön und meine Eltern so superlieb waren und mir so ein tolles Urvertrauen mit auf den Weg gegeben haben, sondern einfach weil eine andere Einstellung ja wohl nichts bringt, oder?!?“

„Hm.“ Ich stehe ebenfalls auf, denn irgendwie ist jetzt klar, dass wir gleich von hier weggehen werden, um uns irgendwo zu betrinken. Doch dann, ohne jede Vorwarnung, schubst sie mich plötzlich heftig, sodass ich nach hinten falle und auf dem Rücken im Wasser lande. Lachend springt sie hinterher. Ich bin außer mir vor Wut.

„Das hat voll wehgetan, du Arsch!“, brülle ich und stürze mich auf sie. Wir versuchen, uns gegenseitig unter Wasser zu drücken, doch was zunächst wie Spaß und Übermut wirkt, wird zu einem Kampf, der viel zu ernst ist, um noch als Spiel durchzugehen. Ich ringe nach Luft, als Sheela mich schon wieder nach unten drückt, viel zu lange, sodass ich in Panik gerate – warum übertreibt sie so? Und plötzlich muss ich an Françoise denken, die wahrscheinlich längst tot ist, ertränkt durch die eigene Tochter, der nun auch ich zum Opfer falle. Irgendwie gelingt es mir, mich aus ihrer Umklammerung zu befreien, aufzutauchen, Luft zu holen, ihre Schultern zu ergreifen und sie mit aller Kraft nach unten zu drücken, wobei diesmal ich diejenige bin, die es übertreibt, die ihr strampelndes Opfer viel zu lange unter Wasser hält. Irgendwann lasse ich los, keuchend schnappt Sheela nach Luft, auch ihr ist das alles längst nicht mehr geheuer, auch ihr steht die Angst ins Gesicht geschrieben. Erschöpft schwimmen wir ans Ufer. Dabei sprechen wir kein Wort miteinander. Wir sind beide zu Tode erschrocken.

***

Zwei Stunden später weht mir ein milder Sommerwind um die Nase, als ich hinten bei Sheela auf dem Roller sitze und wir eine Bergstraße entlangkurven. Es riecht wieder nach Süden. Nach Meer, nach Eukalyptus und nach Verbranntem. Ich schließe die Augen und atme tief ein und aus. Der Vorfall im Wasser wirkt lächerlich klein im Vergleich zu den Glücksgefühlen, die ich gerade empfinde.

Wir halten vor genau demselben Club, in dem ich schon mal mit Donald Duck gewesen bin. Für einen Moment werde ich unruhig und frage mich, wie es wohl wäre, wenn ich ihm jetzt begegnen würde. Aber dann sehe ich Sheela an und stelle mir vor, wie sie Donald Duck mit einem gekonnten Kung-Fu-Move gegen die Wand schleudert. Obwohl sie, soweit ich weiß, keinen Kampfsport macht, aber sie hat eben so eine Superwoman-Aura, dass es eigentlich klar ist, dass sie irgendwelche geheimen Kräfte besitzen muss. Fragt sich nur, welche. Und weshalb sie sie vorhin im Wasser nicht angewandt hat.

Der Eintritt ist unverschämt hoch, aber auch das kriegt Sheela im Handumdrehen gelöst, denn sobald sie dem Türsteher irgendeinen Quatsch ins Ohr flüstert, winkt er uns fröhlich durch, ohne dass wir überhaupt etwas zahlen müssen.

Sobald wir den Club betreten – die Musik ist leider nicht so berauschend, aber was kann man von einer italienischen Dorfdisco schon erwarten –, scannt Sheela blitzschnell alle Typen durch. Sie entscheidet sich für drei sizilianische Jungs, die übertrieben cool in der Ecke rumstehen und Bier trinken. Sie geht direkt auf die Typen zu und fängt ein Gespräch mit ihnen an, ohne mich in irgendeiner Weise miteinzubeziehen. Um ihr zu zeigen, dass ich auch ohne sie bestens zurechtkomme, stelle ich mich selbstbewusst an die Bar und spreche die Barkeeperin auf Italienisch an, woraufhin diese mir unfreundlich und auf Englisch antwortet, dass mein Italienisch nicht zu verstehen ist und dass ich mich gefälligst hinten anstellen soll.

Sheela unterhält sich noch immer mit den coolen Jungs, die über alles, was sie sagt, laut lachen, als sie einem von ihnen unvermittelt das Bier aus der Hand reißt und damit schnurstracks auf mich zugeht. Er sieht ihr verwundert hinterher, sagt aber nichts.

„Hier." Sheela drückt mir das noch fast volle Bier in die Hand.

„Kennst du die?" Die Frage hätte ich mir auch sparen können.

„Nö."

„Und warum kaufen wir uns nicht selbst ein Bier?"

Sie zuckt gelangweilt mit den Schultern. „Dann kauf dir halt eins!"

Sie lässt mich stehen und geht tanzen. Ich sehe zu dem Typen hin, dessen Bier ich in der Hand halte, und da ich ihn sympathisch finde, trinke ich es leer, während er mir aufmerksam dabei zusieht. Plötzlich setzen sich meine Beine in Bewegung und ich merke, wie ich auf ihn zugehe. Normalerweise würde ich das jetzt nicht tun, doch heute fühle ich mich furchtlos und stark. Ich stelle mich ganz dicht vor ihn hin und sehe ihn einfach nur an. Ohne ein Wort zu sagen. So was habe ich wirklich noch nie getan, ich merke, wie das Adrenalin einschießt. Auch er sieht mir direkt in die Augen, ohne ein Wort zu verlieren. Kein *Hi, wie geht's, wie heißt du, woher kommst du?* Gar nichts. Er scheint routiniert in diesen Dingen zu sein. Ich hingegen spüre, dass ich diese Spannung nicht mehr viel länger ertragen kann, weshalb ich mich umdrehe und Richtung Tanzfläche gehe. Er folgt mir und wir tanzen zusammen, als gäbe es nur noch uns auf dieser Welt.

Irgendwann merke ich, dass Sheela mich ansieht. *Wie* sie mich ansieht. Wie lange ihre Blicke dauern, sodass ich mich immer wieder frage: Meint sie wirklich mich? Ich tanze noch ein wenig enger mit dem Typen, kann ihn genau spüren hinter mir, während Sheela vor uns tanzt, allein und mit einem merkwürdig abgehackten, aber durchaus zu ihr passenden Tanzstil. Sie lässt uns nicht aus den Augen, es gefällt ihr ganz und gar nicht, wie nah ich dem Typen bin, sie fixiert mich, als wäre sie ein Raubtier und ich ihre Beute. Dabei ist sie so schön und so faszinierend in ihrer Eifersucht, noch tausend Mal schöner und faszinierender als ihr schöner und faszinierender Bruder, der eben doch nur *Sheela in Klein* ist.

Als sie nach einer Weile plötzlich weggeht und uns auf der Tanzfläche zurücklässt, fühlt sich alles schlagartig anders an. Der Typ ist mir zu nah, zu aufdringlich, er riecht auch gar nicht so gut, nicht wie Sheela oder Ennis, den ich gerade sehr vermisse, von dem ich aber genau weiß, dass er niemals in einen solchen

Schuppen gehen würde, er verachtet diesen ganzen Partykram und tanzen würde er bestimmt auch nicht mit mir, schon gar nicht auf diese Art. Ich mache noch ein bisschen weiter, gerate aber immer mehr aus dem Rhythmus und löse mich schließlich ganz von dem Typen, der noch versucht, mich aufzuhalten, aber ich renne einfach weg.

Auf dem Klo gibt es eine Menge Koks und eine Menge gut gelaunter Leute. Mittendrin Sheela, die sich routiniert die Wimpern tuscht und einen dunkelroten Lippenstift aufträgt. Sie tut so, als hätte sie mich nicht bemerkt. Ich stelle mich neben sie und versuche, mir ebenfalls die Lippen nachzuziehen, wofür ich eine Ewigkeit brauche, da mir die nötige Übung fehlt. Als noch mehr Koks großzügig herumgereicht wird, dreht Sheela sich zu mir um und sieht mich herausfordernd an. Einem spontanen Einfall folgend fange ich an, *Bella Ciao* zu singen, und überraschenderweise steigt sie mit ein. Unsere Stimmen harmonieren wunderbar miteinander, ich wusste gar nicht, wie toll ich singen kann, es kommt mir so vor, als würde ich durch Sheela lauter neue Fähigkeiten erwerben. Als wir fertig sind, klatschen die Leute begeistert in die Hände und rufen nach einer Zugabe, die wir ihnen jedoch verwehren, da wir nicht wissen, was wir sonst noch singen könnten.

Ein älterer Typ in einem weißen Jogginganzug, der uns allen das Koks spendiert hat, lädt Sheela und mich zu sich nach Hause ein, in einen Palazzo mitten in der Innenstadt von Palermo, wo es eine Menge *Toys* gibt und sogar einen *Gyn-Stuhl*, auf den er besonders stolz zu sein scheint. Ich lehne lachend ab, aber der Mann lässt nicht locker und versucht, uns mit allen Mitteln zu überreden.

„No, really, we are not interested. But thank you." Ich lächle ihn freundlich an, woraufhin Sheela mich fragt, warum ich lächle – und ob ich immer lächle, wenn ich jemandem eine Abfuhr erteile.

„Keine Ahnung, wahrscheinlich bin ich so erzogen worden. Man muss die Leute ja nicht immer so vor'n Kopf stoßen."

Ich lächle, wieder mal, und natürlich lächelt Sheela nicht zurück. Sie steht einfach nur da und sieht mich vorwurfsvoll an. „Weshalb willst du vor dem Typen gut dastehen? Er ist pervers und aufdringlich und behandelt uns wie Nutten."

Der Mann steht direkt neben ihr und scheint jetzt auch zu begreifen, dass sie über ihn spricht, obwohl er bestimmt kein Deutsch versteht. Aber Sheela ist das sowieso egal, sie sieht aus, als suche sie Ärger.

„Komm, wir gehen tanzen!" Ich nehme sie an der Hand und es gelingt mir gerade so, sie auf die Tanzfläche zu schleifen, wo ich sofort mit der Musik verschmelze, die mir auf einmal extrem gut vorkommt, was natürlich mit dem Koks zu tun haben könnte, aber was soll's. Sheela tanzt ein bisschen steif, wahrscheinlich wollte sie sich prügeln und ist jetzt enttäuscht, dass ich sie davon abgehalten habe. Ich ziehe sie zu mir her und wir tanzen ganz nah, so nah sind wir uns überhaupt noch nie gewesen, in meinem Körper fängt es an zu kribbeln und mein Herz pocht wild und schnell. Ich möchte sie küssen, aber die Vorstellung macht mir so viel Angst, dass ich mich schnell von ihr löse und allein weitertanze, mit geschlossenen Augen.

***

Etwas später sitze ich wieder hinter Sheela auf dem Roller, gröle *Bella Ciao* und höre sie rufen: „Halt dich fest, Alex, jetzt halt dich doch mal fest und zapple nicht so rum!“

Aber ich will zappeln und ich kann mich nicht festhalten, weil ich so aufgedreht bin, dass ich nicht mal mehr weiß, was festhalten bedeutet. Und ich singe weiter, *bella ciao bella ciao bella ciao ciao ciao*, und plötzlich falle ich vom Roller, schlage hart auf dem Boden auf und rolle mich ein paar Mal über die Straße. Ich erschrecke fürchterlich, weiß nicht, wo oben und unten ist, stelle aber gleichzeitig fest, dass ich noch lebe und mich vermutlich nicht mal verletzt habe. Sheela schreit irgendwo, und sofort eilen lauter Leute herbei, wir sind wohl nicht sehr weit gekommen.

„Oje, so viel Blut“, sagt Sheela, die jetzt plötzlich neben mir kniet, und ich frage mich, welches Blut? Ich spüre überhaupt keinen Schmerz. Dann sehe ich es auch, das Blut, und erschrecke. Wie leichtsinnig ich doch war, wie dumm! Ich denke an meine Mutter und dass sie sich bestimmt furchtbare Sorgen macht, wenn sie hiervon erfährt.

Sheela tastet mein Bein ab. „Tut das weh?“

„Nein.“

„Und das?“

„Nein.“

„Das auch nicht?“

„Nein.“

„Ich glaube, du hast dir nichts getan. Nur überall aufgeschürft.“

Sie nimmt mich erleichtert in die Arme. Dann trinken wir beide Wasser, das uns irgendjemand in die Hand drückt. Die Typen von vorhin sind wieder da und wollen sich um uns kümmern. *Der Roller bleibt stehen*, sagt einer. *Wir nehmen ein Taxi*, sagt ein anderer. Zumindest glaube ich, dass sie das sagen, denn wirklich verstehen tu ich sie nicht.

Sheela sieht mich besorgt an. „Warum musst du denn immer so maßlos sein?"

Ratlos zucke ich mit den Schultern.

Sie lächelt mich an und ich schmelze dahin. Könnte ruhig öfter lächeln, die Frau.

Wir wollen mit den Typen noch mal zur Mole zurück, um baden zu gehen, doch wir kommen nicht weit, da ich auf dem Weg dorthin plötzlich auf ein fremdes Auto klettere und auf dem Dach anfange zu strippen. Ich muss das tun. Mich rhythmisch zur Musik bewegen, die nur ich im Geiste höre, und mir dabei ein Kleidungsstück nach dem anderen ausziehen. Ich muss das tun, weil ich *high* bin, aber nicht von den Drogen, sondern von ihr, die mich hypnotisiert hat. Es war nicht der Opi, sie war es, durch die ich mich so mutig fühle wie nie und die jetzt so tut, als würde sie sich nicht im Geringsten für meinen Striptease interessieren, während alle anderen mir begeistert und lustvoll dabei zusehen. Auch ich sehe mir selbst voller Erstaunen dabei zu, wie ich meinen nackten Po in alle Richtungen strecke – bin ich das wirklich? Meine weißen Brüste leuchten in der Dunkelheit, ich bin komplett angstfrei und *im Flow*, mir kann überhaupt nichts passieren, die Welt gehört mir und ich bin ihre Königin.

Da kommt auf einmal der Typ, mit dem ich vorhin getanzt habe, auf das Auto geklettert. Er will mitmachen, klar, er wartet auf die Orgie, die jetzt folgen soll, und beginnt schon mal sich auszuziehen. Aber er stört mich in meinem Flow, das Ganze wird mir viel zu intim, ich merke, wie meine Schüchternheit zurückkehrt, und weiche vor ihm zurück.

„What's wrong with you?", fragt er gereizt.

Als Antwort springe ich vom Auto runter. Er springt direkt hinterher.

„Don't touch me!", fauche ich ihn an, während ich meine überall verstreuten Kleidungsstücke zusammenklaube und mich hektisch anziehe. Mein Blick trifft den Sheelas, die rauchend und supercool auf dem Boden hockt und mich jetzt endlich ansieht mit einem Blick, von dem ich wirklich nicht sagen kann, ob das Lust sein soll, oder Liebe, oder Hass, oder Neid – vielleicht auch eine Mischung aus allem. Nur Gleichgültigkeit, das ist es nicht, da bin ich mir sicher.

Ich bin schon fast angezogen, aber der Typ lässt einfach nicht locker. Immer wieder schnappt er gierig nach mir, und es erstaunt mich, dass ich in meinem Zustand überhaupt noch in der Lage bin, ihm so schnell und geschickt auszuweichen. Trotzdem hört er nicht auf, auf mich einzureden, in seinem schlechten Englisch und auch auf Italienisch, vielleicht beschimpft er mich sogar.

„Hey girl, are you playing with us?" Auch die beiden anderen kommen jetzt auf mich zu, auch sie wollen endlich auf ihre Kosten kommen. Einer packt mich am Handgelenk. „You can not do this to us!"

Kann ich nicht? Warum nicht? Nur weil ich euch einen erotischen Tanz gewidmet habe, heißt das noch lange nicht, dass ihr ein Anrecht auf mich und meinen Körper habt! *Bastardi!*

Das Letzte muss ich wohl laut ausgesprochen haben, denn der Typ wird plötzlich richtig wütend und laut, und auch die anderen sehen auf einmal gefährlich aus, vorher wirkten sie noch so dünn und harmlos. Sie fassen mich an, alle drei, ohne jeden Skrupel, da stellt sich unerwartet Sheela vor mich hin, ich hatte nicht mal bemerkt, wie sie vom Boden aufgestanden war. Wie ein Schutzschild baut sie sich vor mir auf und wirkt dabei gewaltig und unzerstörbar. Die Typen weichen sofort vor ihr zurück, was wohl weniger an ihrer Größe liegt, sondern vor allem an ihrer natürlichen Autorität und ihrer radikalen Ausstrahlung. Ich bin schwer begeistert von diesem so passenden Ausdruck: *Radikale Ausstrahlung* – nichts könnte Sheela besser beschreiben.

Und dann geht alles ganz schnell. Ich sehe noch, wie einer der Typen nach ihr greifen will, wie ihre kohlrabenschwarzen Augen kurz aufblitzen, als sie plötzlich ihre Zigarette direkt auf dem eigenen Arm ausdrückt, ohne dabei mit der Wimper zu zucken – kommt das nicht auch in *Terminator II* vor? Ich kann nicht fassen, was hier gerade passiert, und die Typen anscheinend auch nicht, denn sie weichen wieder ein Stück vor Sheela zurück, als hätte sie eine ansteckende Krankheit, eine ansteckende Form des Wahnsinns, oder als wäre sie tatsächlich ein Terminator. Verdammt, das muss doch wehtun!? Ich starre auf Sheelas Arm und dann in ihre brennenden Augen, die jetzt wirklich komplett irre aussehen und ganz und gar unberechenbar.

„Fuck you, crazy bitch!", brüllt einer der Typen, aber man merkt schon, dass auch er ein bisschen beeindruckt ist. Und dass er lieber doch nichts mehr mit uns zu tun haben will. Sheela wirkt zufrieden. Ich greife nach ihrer Hand und renne mit ihr weg.

Wir rennen lange nebeneinanderher, lassen uns die ganze Zeit über nicht los, und sobald wir zuhause angekommen sind und die Tür hinter uns geschlossen haben, ziehe ich sie zu mir her und küsse sie. Sie wirkt überrascht, macht aber mit. Es ist ein leidenschaftlicher und gleichzeitig zarter, fast unschuldiger Kuss. Ich zittere am ganzen Körper, ich würde sofort mit ihr schlafen, hier im Flur auf dem Fußboden, ich würde sie auch heiraten, wenn sie das möchte, aber plötzlich löst sie sich von mir und sieht mich mit einem ernsten und todtraurigen Blick an, der mich vollkommen erschüttert.

„Bitte verlieb dich nicht in Ennis!", sagt sie, und dieser Satz tut so weh, ich weiß nicht, warum, aber er tut so verdammt weh, dass ich tausend Fragen stellen möchte: *Warum soll ich mich nicht in Ennis verlieben? Was meinst du damit? Warum sagst du das überhaupt? Und warum ausgerechnet jetzt?*

Aber am Ende sage ich doch nur „Mach ich nicht" und lächle.

„Gut", sagt sie zufrieden, ohne zurückzulächeln.

Dann gibt sie mir einen Kuss auf die Stirn und sieht mich noch einen kurzen Moment an. Wie immer fällt es mir schwer, ihrem Blick standzuhalten, aber ich bin fest entschlossen nicht wegzusehen, nicht jetzt. Hilflos blicke ich in ihre schwarzen Ufo-Augen, die auf einmal leer sind, als wäre Sheela gar nicht mehr da. Ich versuche noch, sie zu begreifen, die Situation zu analysieren, doch ich verstehe nichts mehr und frage mich, wer diese kaltherzige Frau ist, die mich jetzt einfach stehen lässt und wortlos in ihrem Zimmer verschwindet.

***

Am nächsten Abend bin ich allein. Ennis ist wer weiß wo und die anderen sind schon wieder Party machen, aber ich bin noch völlig verkatert von gestern, meine Wunden von dem Sturz tun mir inzwischen doch ganz schön weh und mir ist in keiner Weise nach Feiern zumute. In Sheelas T-Shirt *I can't have kids, my cat is allergic* und den grauen Wollsocken sitze ich auf dem Sofa und sehe mir eine billige Komödie im Fernsehen an. Irgendwann kommt Werbung und ich gehe in die Küche, um mir einen Kamillentee zu kochen. Ich suche die Schränke nach etwas Essbarem ab und finde im hintersten Winkel des Kühlschranks eine ganze Packung alter Plätzchen. Ich esse sie komplett auf und mir wird noch schlechter, als mir sowieso schon war. Danach kommt noch eine Komödie. Noch grausiger als die vorherige. Plötzlich, die Frau aus dem Fernsehen ist gerade mitten im Satz, merke ich, dass ich vergessen habe, wie der Satz, den sie gerade sagt, begonnen hat.

Nachdem ich kein einziges Wort mehr verstehe von dem, was sie im Fernsehen sagen – nicht mal dem kürzesten Satz kann ich folgen, weil ich ständig seinen Anfang vergesse –, stehe ich vom Sofa auf, wofür ich drei Anläufe brauche, und schwanke zur Tür. Ich will sie öffnen, weiß aber nicht, wie das geht, so eine Tür habe ich noch nie gesehen! Muss man da vielleicht einen Code eingeben? Oder die Klinke auf bestimmte Art runterdrücken, oder doch einfach nur mit Hilfe eines Schlüssels? Aber das wäre doch zu einfach, das kann nur ein Trick von denen sein, vielleicht geht's eher mit Laser, aber wo soll ich denn den jetzt hernehmen, und wie komme ich überhaupt da drauf, sind meine Gedanken eigentlich noch ganz normal? Genau in diesem Moment kommt mir die furchtbare Einsicht: Ich bin verrückt, meine schlimmste Vermutung hat sich bewahrheitet, und es war tatsächlich schon immer so, ja, leider, ich war schon immer verrückt. Schon im Mutterleib oder kurz danach, als man mir weismachen wollte, dass ein Stuhl ein Stuhl ist, schon damals war ich mir nicht sicher, ob das stimmt, beziehungsweise war ich mir sicher, dass es nicht stimmt, vielleicht ist dieser Stuhl ja heute wirklich ein Stuhl, aber morgen, da bin ich mir wiederum sicher, ist er wohl eher kein Stuhl mehr, die Wahrscheinlichkeit dafür ist relativ hoch, doch auch das bleibt natürlich fragwürdig.

Ich glaube, die Tür öffnet sich mechanisch, wenn man sie aufmacht. Der dazugehörige Blick, den sie schnell von meinen Augen ablesen und einscannen, ist auch wichtig, denn der entscheidet, ob ich überhaupt befugt bin, die Tür zu öffnen – was aber, wenn nicht? Panik steigt in mir auf. Wenn ich nicht befugt bin, muss ich für immer hierbleiben, und das ist ja ihr Ziel, sie wollen mich für immer gefangen halten, indem sie mich in dem Glauben lassen, ich sei verrückt. Das haben sie gut abgesprochen mit meinen Eltern, die alle unter einer Decke stecken, schon mit zwei Jahren haben sie extra meine erste Psychose hervorgerufen, natürlich alles bis ins Detail geplant. Ich befinde mich also gerade in absoluter Lebensgefahr und alles hängt davon ab, ob ich diese Tür aufbekomme oder nicht.

Die Klinke funktioniert. War dann doch ganz einfach. Die Tür war wohl nicht die große Hürde, sondern die Treppe ist es, die sich jetzt steil unter mir auftut, sich schief nach unten windet in irgendeinen Abgrund, schwindelerregend und unüberwindbar. Ich halte mich am Geländer fest, aber diese Treppe ist nicht zu bewältigen, wie auf einem wackligen Schiff versuche ich verzweifelt, das Gleichgewicht zu halten, aber es kommt mir aussichtslos vor, schier unmöglich. Doch ich gebe nicht auf, mein Überlebenswille macht sich plötzlich bemerkbar, ich kann ihn ganz deutlich spüren und fange sogar an, zu beten.

Auf allen vieren! Das ist die Idee. Man kann es nur auf allen vieren schaffen. Ich sinke in die Knie und krabble vorsichtig los. Hier unten ist es weniger wackelig, weniger windig. Ich kämpfe mich langsam voran, wie damals durch den Dschungel – war ich denn jemals im Dschungel? –, es ist so mühsam, jede Stufe kostet mich unendlich viel Kraft. Da höre ich plötzlich ein Geräusch. Schritte sind das. Sie kommen! Ich war zu langsam, habe mich zu lange sinnlos mit der Tür aufgehalten, jetzt werden sie mich erwischen, mitten auf der Flucht, die Schritte kommen immer näher, wo kann ich hin, nach oben? Mich auflösen? Das konnte ich mal, aber ich habe die Formel vergessen. „Alex!“ Ein Ruf aus der Tiefe meines Gedächtnisses.

Und da sehe ich ihn, es ist Ennis, der nach mir ruft. Er kommt die Treppe rauf und scheint gar nicht böse zu sein, dass ich versucht habe, zu fliehen, im Gegenteil, er sieht eher aus, als mache er sich Sorgen.

„Was machst du denn da auf dem Boden?", fragt er mit seltsam wackeliger Stimme und hebt mich vorsichtig auf – für einen Moment bin ich so erleichtert, dass mir die Tränen kommen. Ich merke, dass ich gar nicht weit gekommen bin, vier Stufen nur, obwohl ich so lange auf der Flucht war, mich so angestrengt und alles gegeben habe, nur vier Stufen – wie ist denn das möglich nach all den Jahren?

Ennis bringt mich zurück in die Wohnung, die Tür steht noch offen und der Fernseher läuft auch noch. Er setzt mich aufs Sofa und kniet sich vor mich hin, er sieht mir in die Augen, um irgendwas zu erkennen, was sucht er denn nur? Er sagt etwas, und als ich antworten will, vergesse ich wieder, was er gefragt hat, und auch der Anfang meines eigenen Satzes ist mir entfallen, was mich in eine solche Verzweiflung stürzt, dass ich erneut in Tränen ausbreche – mein Gehirn, etwas ganz Schreckliches passiert mit meinem Gehirn, ich drehe durch, ich verliere den Verstand, so was Furchtbares habe ich noch nie erlebt!

„Du hast die Haschcookies gegessen." Ennis sieht mich ernst an, und ich brauche mehrere Sekunden, bis ich tatsächlich begreife.

Zunächst bin ich erleichtert. Die Plätzchen im Kühlschrank – Haschcookies! Es gibt also eine Erklärung, ich drehe nicht einfach so durch.

„Wie viele hast du gegessen? Mehr als einen?"

„Alle." Ich merke, dass er erschrickt. Was er sofort zu verbergen versucht, indem er mich unschuldig anlächelt, aber zu spät, ich habe es genau gesehen, die

Angst in seinen Augen, die sich jetzt unmittelbar auf mich überträgt.

„Kann man das überleben?“, frage ich voller Panik. Zumindest sinngemäß frage ich das, denn ich glaube nicht, dass ich einen so langen und korrekten Satz bilden kann. Es waren doch bestimmt zwanzig Stück!

„Ja klar wirst du das überleben. Du bist eben total drauf, das wird jetzt ne ganze Weile dauern.“

„Krankenwagen?“, stammle ich, und Ennis scheint es in Erwägung zu ziehen. Dann sagt er aber, dass wir seiner Meinung nach keinen brauchen. Schlafen müsse ich, essen und trinken. Er geht in die Küche, um mir Nahrung zu holen, und was danach passiert, weiß ich nicht mehr. Vielleicht spüre ich, dass die größte Gefahr vorüber ist, und entspanne mich deshalb ein bisschen. Wenn Ennis sagt, ich werde das überleben, werde ich das überleben. Oder? Und wenn Ennis sagt, wir brauchen keinen Krankenwagen, dann brauchen wir auch keinen Krankenwagen. Oder?

Dann muss ich wohl etwas gegessen haben. Zwischendrin lache ich sogar über die Frau aus dem Fernsehen, die immer noch da ist und Witze macht, und ich freue mich, dass ich überhaupt wieder lachen kann, obwohl ich die meisten Sätze noch immer nicht ganz verstehe, aber die Gesten und Mimiken sind soooo lustig, das ist der lustigste Film, den ich je gesehen habe! Ennis lacht mit, aber nicht über den Film, sondern über mich, aber ich bin nicht beleidigt, ich freue mich darüber, Ennis zum Lachen zu bringen, er lacht so schön und ich bin so froh, dass er da ist und dass ich ihm vertrauen kann. Das hat er nämlich gesagt. Er hat gesagt, *vertrau mir*, und das hat mich extrem beruhigt.

Später muss Ennis mich dann auch noch ins Bad tragen, weil ich Pipi machen muss, aber ich schaffe es nicht alleine, er muss mir tatsächlich die Hose runterziehen, was ich schrecklich peinlich und entwürdigend finde, jetzt sieht er mich untenrum nackt, obwohl ich dafür noch gar nicht bereit bin, das ist alles so unromantisch und unerotisch, noch dazu mit lila Schamhaaren, das sieht total scheiße aus – warum sind die überhaupt lila? –, nein, doch nicht, zum Glück, das hat in dem Licht nur so ausgesehen. „Es könnte sein, dass ich schon sehr, sehr lange nicht mehr geduscht habe", sage ich und schäme mich noch immer, doch Ennis sagt: „Ist doch wirklich egal jetzt, Hauptsache, dir geht's bald besser."

Nicht mal abwischen kann ich mir den Po alleine, so wenig habe ich meinen Körper unter Kontrolle, aber ich möchte auch nicht, dass Ennis das für mich macht, dann lieber mit Pipi in die Unterhose, aber Ennis sagt: „Stell dich doch nicht so an, das ist wirklich kein Problem, ich gucke einfach weg." Er hilft mir so rührend, ich bin so froh, dass ich nicht alleine bin, und hoffe nur, dass dieser Wahnsinn irgendwann ein Ende hat, man weiß ja, dass es Leute gibt, die auf so was hängen bleiben und dann für immer spinnen, allein der Gedanke versetzt mich schon wieder in helle Aufruhr, doch Ennis redet beruhigend auf mich ein mit seiner tiefen Stimme, ich wusste gar nicht, dass die so angenehm tief ist, und dann trägt er mich ins Bett.

„Du musst besser auf dich aufpassen“, sagt er noch, und ich falle in den tiefsten und längsten Schlaf meines Lebens.

***

Als ich nach wer weiß wie vielen Stunden erwache, brauche ich eine ganze Weile, um meine Gedanken und meinen Körper zu finden und aufzuräumen. Draußen scheint die Sonne, wie immer in Sizilien – sind wir denn noch in Sizilien? An der Wand hängt eine Postkarte mit einem Spruch, den ich zu meiner großen Erleichterung lesen, begreifen und sogar übersetzen kann: *Morto un papa se ne fa un altro*. Stirbt ein Papst, kürt man einen neuen. Was so viel bedeutet wie: Kein Mensch ist unersetzlich. Voller Begeisterung darüber, dass ich meinen Verstand wiedererlangt habe, versuche ich, aufzustehen, und auch das klappt einigermaßen. Dabei fallen mir meine Füße auf, die ganz weiß, dünn und lang sind, wie Hasenfüße, und ich fange an zu kichern. Auf jeden Fall bin ich immer noch *high*, das steht schon mal fest, aber eher so, als hätte ich nur ein paar Mal an einem Joint gezogen, was ich zwar auch nicht mag, aber es lässt sich aushalten. Fast fühle ich mich ein bisschen stolz, dass ich die gestrige Odyssee so gut überstanden habe, ohne dabei die gefährliche Treppe runterzufallen oder mich einzupullern. Was meine Füße, diese mir völlig unbekannten Teile, angeht, frage ich mich ernsthaft, ob das schon immer meine Füße waren oder ob sie während meines gestrigen Wahns einfach mal schnell ausgetauscht worden sind. So was kann nämlich vorkommen, ich habe mal darüber gelesen, dass während eines Anfalls manche Gedanken, Einstellungen und ganze Charaktereigenschaften verschwinden und durch neue ersetzt werden, und wahrscheinlich passiert das Gleiche auch mit Körperteilen. Ich hoffe nur, dass *ich* noch immer *ich* bin, was auch immer das heißen mag. Für einen kurzen Moment betrachte ich misstrauisch die Postkarte mit dem Spruch an der Wand. Kein Mensch ist unersetzlich – was soll das heißen? Dass sie mich also doch heimlich ersetzt haben? Nein, korrigiere ich mich sofort, das sind lediglich die paranoiden Gedanken einer verwirrten Frau, die aus Versehen zwanzig Haschcookies gegessen hat. Normal.

Kurz darauf tapse ich in die Küche und bin froh, dort einen vor sich hin sprudelnden Wasserkocher vorzufinden, den ich sofort begreifen kann, weil er so bodenständig und so funktional ist, ein beruhigendes Zeichen menschlicher Zivilisation. Jemand kocht sich einen Tee, wie schön. Wahrscheinlich hat er Durst, oder Halsweh, und will sich etwas Gutes tun. Aber nicht nur irgendeinen Beuteltee, wie ich feststelle, sondern so richtig mit Kräutern und Sieb. Matteo könnte dahinterstecken, möglicherweise auch Ennis. Aber dann kommt plötzlich eine wildfremde Frau in die Küche, sieht mich erstaunt an und nimmt mich mit aller Herzlichkeit fest in ihre Arme. Françoise. Es gibt sie wirklich.

„Alex, endlich lerne ich dich kennen! Ich bin die Françoise, die Mama vom Ennis. Geht es dir schon besser?“, sagt sie auf Deutsch mit einem ganz süßen Akzent, eine wilde Mischung aus Bayerisch und Französisch, und sieht mich dabei so ernst und besorgt an, als wäre ich ihre verlorene Tochter.

„Ja, auf jeden Fall“, sage ich und strahle die Frau an, die, abgesehen von den dunklen Haaren, so gar keine

Ähnlichkeit mit ihren Kindern hat. Dafür ist sie viel zu klein, zu zierlich, die Nase viel zu gerade und unauffällig. Sofort fällt mir das Kreuz auf, das um ihren Hals baumelt. Interessant, denke ich und wundere mich außerdem darüber, dass sie „die Mama vom Ennis" gesagt hat, wobei sie Sheela nicht mal erwähnt hat. Vielleicht denkt sie aber auch nur, ich hätte mit Sheela nichts zu tun und sei eben nur Ennis' Freundin, die ich ja tatsächlich gerne wäre.

Und dann geht's los. Françoise kocht und macht und tut, als gäbe es nur einen einzigen Sinn in ihrem Leben: mich, ihr verlorenes Kind, wieder aufzupäppeln. Und wie gut sie das macht! Mit so viel Fürsorge, die Mahlzeiten schmecken sogar noch besser als die von Matteo, alles, was Françoise zubereitet, ist der reinste Genuss, selbst ein einfacher Tee, ich fühle mich wie neu geboren – kann diese Frau mich bitte einfach adoptieren?

Aber Françoise kocht nicht bloß, sie macht mir auch eine Wärmflasche, lässt mir ein Bad ein, mit Schaum und teuerstem Öl, und massiert mir stundenlang den Kopf und die Füße, die sich jetzt langsam wieder wie meine altbekannten Füße anfühlen.

Sie habe früher auch mal Hasch ausprobiert, erzählt sie, aber das sei nicht gut gewesen, und vor allem sei es schlicht und einfach gefährlich.

„Ich wollte das ja auch gar nicht", sage ich zu meiner Verteidigung.

„Ich weiß. Du Arme. Also wirklich ..." Sie schüttelt missbilligend den Kopf. „Diese schrecklichen Freunde von der Sheela, ich ärgere mich so über sie, dass sie hier ihre Drogen lassen, in unserer Wohnung, sie sind so ein schlechter Umgang."

Ich sage nichts dazu und frage mich, ob Françoise auch nur den Hauch einer Ahnung hat, was ihre Tochter den ganzen Tag treibt. Nie würde sie jemandem erlauben, Drogen in ihrer Wohnung zu bunkern, die sie nicht selbst konsumiert.

Als wir kurz darauf auf dem Sofa im Wohnzimmer sitzen, fährt Françoise fort: „Aber das hat die Sheela von ihrem Vater. Auch er hat immer den schlechtesten Umgang gehabt – hast du ihn kennengelernt, den Shaham?"

„Nein, leider nicht."

„Ach, ist vielleicht besser so. Der Shaham hatte nie ein gutes Gespür für Menschen und lässt sich immer von allen über's Ohr hauen. Jetzt hat er schon wieder eine neue Frau, die ich weiß nicht wie jung ist, will ich auch gar nicht wissen, und sie will nur sein Geld. Aber er denkt an Liebe! Ha! Aber so ist er, er fühlt sich immer hingezogen zu den Dunklen, zu den Destruktiven, die alles kaputt machen wollen. Genau wie die Sheela. Leider."

Sie legt ihre Stirn in Falten und versinkt in tiefe Gedanken, während sie mir schweigend die Füße massiert. Sonnenklar, dass ihr Verhältnis zu Sheela die reinste Katastrophe ist.

„Wo ist Sheela eigentlich?", frage ich, und Françoise sieht mich höchst überrascht an.

„In München."

„Wo?“ Ich kann mein Entsetzen nicht verbergen, schäme mich aber zugleich, dass ich nicht besser Bescheid weiß.

„Ja, sie ist heute Morgen zurückgeflogen. Hast du das nicht gewusst?“

„Nein, hab ich nicht“, sage ich kleinlaut und will nicht mehr weiter massiert werden. Alles zieht sich in mir zusammen. Die ganze Entspannung für’n Arsch. Wieso ist Sheela einfach abgehauen? Hat das was mit dem Kuss zu tun? War ich ihr zu viel, zu maßlos? Oder ist sie jetzt verliebt? Bestimmt hat sie Angst vor ihren eigenen Gefühlen und ist eifersüchtig, weil sie denkt, dass ich Ennis lieber mag. Obwohl, irgendwie passt das nicht zu ihr. Vielleicht war ihre Abreise ja schon länger geplant, und sie hat nur, wie so oft, ein Geheimnis daraus gemacht? Aber wozu? Zum Spaß? Um mich zu ärgern? Sich an mir zu rächen? Rächen wofür? Warum sollte sie sich nicht mal von mir verabschieden wollen? Das ergibt keinen Sinn, wir haben nicht mal Nummern ausgetauscht! Wollte sie mich vielleicht nur nicht wecken, weil ich so tief geschlafen habe und den Schlaf so bitter nötig hatte? Weiß sie überhaupt, was mir gestern passiert ist? Wieso hat sie mich nicht vor den Cookies gewarnt? Sie kann sich doch denken, dass ich die alle auffresse, maßlos, wie ich bin! Und dann fällt mir Ennis ein und ich gerate in Panik, beziehungsweise werde ich noch panischer, als ich ohnehin schon bin.

„Und Ennis, ist der auch weg???“ Ich bemühe mich, so ruhig und entspannt wie möglich zu klingen.

Françoise lächelt verschmitzt. „Nein, der Ennis ist noch hier.“ Dieser Satz klingt so bedeutungsschwanger, so doppeldeutig, dass ich erröte.

„Aha“, sage ich beiläufig. Dann tue ich so, als ob ich Ennis längst wieder vergessen hätte, und frage, ob es noch Tee gibt.

„Natürlich, jede Menge.“

Ich stehe auf, um mir welchen zu kochen. Françoise folgt mir in die Küche.

„Alex!“ Sie stellt sich vor mich, als hätte sie mir etwas höchst Wichtiges mitzuteilen. „Der Ennis ist ein guter Mensch. Er hat ein gutes Herz.“

Sie legt sich die Hand aufs Herz und sieht mich mit einem ernsten und, wie mir scheint, auch angsterfüllten Blick an.

„Ich weiß“, sage ich, denke aber nicht an das, was sie mir gesagt hat, sondern an das, was sie nicht gesagt hat: nämlich an Sheela. Denn intuitiv spüre ich genau, dass es hierbei in Wirklichkeit um sie geht. Um meine Freundin Sheela, die kein gutes Herz hat und vor der sich sogar die eigene Mutter fürchtet.

„Ich hatte immer Angst“, fährt sie fort, „dass der Ennis es nicht schaffen wird. Er war schon als kleines Kind so schwach und sensibel, er war immer krank und hatte lauter Allergien, er hat sich alles zu Herzen genommen und war immer ganz beleidigt und empfindlich, wenn man etwas Kritisches zu ihm gesagt hat.“

„Wie ich. Ich war auch so“, sage ich und merke, dass ich ungeduldig werde.

Françoise lächelt mich an. „Du bist auch eine Gute, das kann ich sehen."

„Danke. Ich gebe mein Bestes. Aber was ist mit Sheela?"

Schweigen.

„Hast du Angst vor ihr?", frage ich weiter, und tatsächlich kann ich eine ungeheure Furcht in ihren Augen erkennen, die ich mir nicht erklären kann, die mich aber doch erschreckt.

„Ich verrate dir ein Geheimnis." Sie beugt sich flüsternd zu mir. „Ich hatte immer Angst, dass die Sheela nicht wirklich meine Tochter ist."

Ich warte gespannt darauf, dass sie weiterspricht.

„Ich meine, ich weiß, dass sie meine Tochter sein muss, denn sie ist aus meinem Bauch gekommen, sie war in mir, ich habe sie gezeugt mit dem Shaham. Aber trotzdem glaube ich das nicht. Ich glaube, sie ist von einer anderen Frau. Der Shaham hat sie mit einer anderen Frau gemacht. Ich weiß nicht, mit wem. Und ich weiß nicht, wie sie in meinen Bauch gekommen ist."

Wir sehen uns an. Françoise hat Tränen in den Augen. Angsttränen. Sie riecht stark nach Schweiß, Angstschweiß, den Geruch kenne ich gut. Ich fühle mich unwohl. Ich bin hin- und hergerissen, ob ich mich fürchten soll oder nicht, und wenn ja, vor wem: vor Sheela oder vor Françoise?

Sie schüttelt den Kopf. „Ich weiß, es klingt verrückt. Aber es ist die Wahrheit. Ich spüre es tief hier drinnen." Wieder führt sie die Hand zu ihrem Herzen. „Sie ist nicht mein Kind. Und sie hasst mich."

Ich nehme Françoise in die Arme und halte sie fest. Ich beschütze sie, meine verlorene Mutter. Dabei tätschle ich ihr tröstend den Rücken. „Sheela hasst dich bestimmt nicht ...“

Sofort löst sie sich aus der Umarmung. Sie sieht mich mit einem Blick an, der klar, direkt und auch ein bisschen kalt ist. Ein Blick, den ich ihr gar nicht zugetraut hätte, den ich an Sheela aber schon ein paar Mal gesehen habe.

„Als die Sheela fünf war, lagen wir eines Abends friedlich im Bett, es war stockdunkel und wir waren eng umschlungen. Der Ennis lag auch daneben und war längst eingeschlafen. Die Sheela brauchte immer viel länger, um einzuschlafen, sie kam nur schwer zur Ruhe. Ich streichelte ihren Kopf, das hatte sie gern. Singen durfte ich nicht, obwohl ich so gern singe, aber die Sheela mochte das nicht, ihr gefiel meine Stimme nicht. Das tat mir weh, weil alle anderen ihr schon vorsingen durften, das liebte sie sogar, nur *meinen* Gesang, *meine* Stimme mochte sie nicht. Und als wir so da lagen in der Stille, ganz friedlich und kurz davor, wegzudösen, biss mich die Sheela in den Finger. Mit ganzer Kraft. Es war unglaublich, wie viel Kraft sie hatte, sie biss mir fast den Finger ab. Ich schrie laut auf, auch der Ennis war jetzt wach und schrie. Ich machte das Licht an. Mein Finger blutete stark, als hätte sie den Finger wirklich abbeißen wollen. Und während der Ennis mich voller Angst ansah – denn ich hatte Angst und daher hatte der Ennis auch Angst –, lag die Sheela zufrieden in ihrem Bett und lächelte, als wollte sie sagen: Das geschieht dir recht, dafür, dass du immer so tust, als wärst du meine Mama, die du gar nicht bist."

Zur Demonstration hält Françoise ihren linken kleinen Finger in die Höhe, der stark vernarbt ist.

„Ich musste ins Krankenhaus. Musste genäht werden. Verstehst du jetzt, Alex?" Sie scheint keine Antwort von mir zu erwarten. „So was macht kein normales, gesundes Kind."

Sie lächelt gekünstelt, und mir wird schlecht.

***

Der Mond scheint mir ins Gesicht, ich liege im Bett und kämpfe dagegen an, einzuschlafen, da ich unbedingt noch Ennis sehen will, bevor er morgen Früh nach München fliegt, nur einen Tag vor mir. Aber Ennis kommt und kommt nicht, und als ich mich nicht mehr länger wachhalten kann, springe ich vom Bett auf, schwanke dabei erheblich, renne polternd gegen die Tür und gehe bis in Ennis' Zimmer. Er liegt in seinem Bett und schläft friedlich. Hat der sich doch tatsächlich unbemerkt an mir vorbeischleichen können, obwohl ich auf jedes noch so kleine Geräusch im Haus geachtet hatte. Er liegt auf der Seite, zugedeckt bis zur Nasenspitze, so wie ich das auch immer mache. Wie gerne würde ich mich einfach dazulegen, aber das geht natürlich nicht, so was macht man nicht als Frau. Sagt jedenfalls meine Mutter, wobei sie mich damit nie so ganz hat überzeugen können. Also schlüpfe ich einfach zu ihm unter die Decke – was habe ich noch zu verlieren? – und bemühe mich dabei, ihn nicht aufzuwecken. Es ist ganz warm unter der Decke und riecht nach Pups, was ich ausnahmsweise beruhigend finde, da es Ennis zu einem normalen, gesunden Menschen macht, zu einem Menschen, der pupst. Während ich seinen wuscheligen schwarzen Hinterkopf betrachte, stelle ich mir unsere gemeinsame Zukunft vor: wie wir in zehn Jahren leben werden, reich und berühmt, wobei uns der Reichtum vollkommen egal ist, wichtig war der Nobelpreis, der ihm letztes Jahr endlich verliehen wurde, und meine zahlreichen Interviews, die ich als erfolgreiche Regisseurin gebe und in denen ich bedeutende Dinge sage wie *Wer selbst im Schlachthaus sitzt, der sollte nicht mit Schweinen werfen*, aber trotz meines Ruhms achte ich immer darauf, dass ich bodenständig und entspannt bleibe und natürlich noch genügend Zeit für meine Hobbies habe, denn die sind mir äußerst wichtig, ob Tanzen, Lesen oder meine absolute Lieblingsbeschäftigung, das Nichtstun. Wie Ennis und ich also in zehn Jahren in unserer wunderschönen Altbauwohnung leben, die sich – wo sonst? – in Berlin befindet und in der wir mit unseren drei schwarzen Katzen leben, Alpha, Pi und Omega, für jedes Kind eine, wobei Matteo, unser Jüngster, gerade eine leichte Katzenhaarallergie entwickelt hat, aber wenn wir genügend lüften und alle Teppiche rauswerfen, sollte das Problem schnell gelöst sein, der kleine Matteo ist eben ein empfindliches Wesen, schon immer gewesen, ganz wie der Papa, aber ansonsten ist der Kleine ganz normal und kerngesund. Mittlerweile wohnt zum Glück auch Françoise in Berlin, die uns ganz schön viel Arbeit abnimmt, indem sie leckere Sachen kocht und auf Kinder und Katzen aufpasst, damit Ennis und ich auch mal wieder alleine ausgehen können. Er ist zwar noch immer etwas menschenscheu, aber so ne vergammelte Punk-Bar ist dann schon ok für ihn, eigentlich geht er inzwischen sogar überallhin, solange ich dabei bin. Wir gehen auch in die Oper und natürlich auf Hip-Hop-Konzerte, wir sind da sehr vielseitig und lassen uns in keine Schublade stecken, nur deutsche Schlager, das geht wirklich gar nicht! Im Sommer fahren wir dann immer nach Sizilien in unser Ferienhaus und besuchen selbstverständlich auch „den Shaham“ in Palermo, was dann immer etwas ausartet, denn Shaham kennt sich gut mit Wein aus und hat einen starken und ansteckenden Hang zum Exzess, viel mehr noch als Sheela, die übrigens vor ein paar Jahren in den Iran ausgewandert ist, wo sie eine Revolution angezettelt hat und seitdem in der Todeszelle sitzt, an Weihnachten besuchen wir sie gelegentlich.

Ennis dreht sich um und sieht mich an. Im ersten Moment wirkt er wenig erfreut, mich in seinem Bett vorzufinden. Das löst ein ungutes Gefühl in mir aus, das ich aber sofort beiseiteschiebe. Er erkundigt sich höflich nach meinem Befinden.

„Gut, mir geht’s super, ich hab mich wieder erholt.“ Ich bemühe mich, fröhlich und unbekümmert zu klingen, und schiebe noch einen Witz hinterher, über den er nicht lacht.

„Tut mir echt leid, dass du dich so um mich kümmern musstest gestern ...“

„Kein Problem, hab ich gerne gemacht. Warum hast du denn die ganzen Cookies gegessen?“

„Ich hatte einfach Hunger. Und dann war ich süchtig. Wenn was Süßes da ist, dann muss ich das immer aufessen, egal ob’s mir schmeckt oder nicht.“

Ennis sieht mich an, als wäre ich das sehr seltene Exemplar einer besonders exotischen Pflanze.

„Das kannst du wahrscheinlich nicht nachvollziehen, oder?“, frage ich und lache.

„Ne“, sagt er und lacht nicht, aber wenigstens lächelt er mal ein kleines bisschen.

„Und du fliegst morgen früh schon weg?"

„Ja, das Studium geht weiter." Er sagt nicht *Die Uni geht weiter*, sondern *Das Studium*.

„Hast du dann viel zu tun?"

„Ja."

„Und warum ist eigentlich Sheela so plötzlich abgereist? Oder war das geplant?", frage ich in dem unverfänglichsten Ton, den ich zustande bringe.

„Das war nicht geplant. Sie hat einen Job reingekriegt." Fast bin ich enttäuscht über die Banalität dieser Antwort.

„Was denn für einen Job?"

Er zuckt mit den Schultern. „Champagner ausschenken auf irgendeiner Messe."

Da er mir partout keine Gegenfragen stellen will, schweige ich jetzt auch. Und denke an Sheela, die abgereist ist wegen eines Jobs, aber eigentlich kann ich das nicht ganz glauben. Nicht nach der Nacht, die wir miteinander verbracht haben.

„Ich würde jetzt gerne noch ein bisschen schlafen", sagt Ennis höflich, aber bestimmt.

„Ok. Dann geh ich mal wieder rüber", sage ich und hoffe, dass er mich fragt, ob ich bei ihm bleiben will. Aber da kommt nichts. Wie immer. Ich liege da und könnte auf der Stelle losheulen. Aber ich reiße mich zusammen.

„Dann sehen wir uns in München, oder?"

„Ja", sagt er, und ich frage mich wirklich, wie wir uns in München treffen sollen, wenn wir weder Telefonnummern noch E-Mail-Adressen noch sonst was ausgetauscht haben, wie stellt er sich das vor? Genau wie Sheela – was sind das überhaupt für Leute, wieso können die nicht einfach mal *normal* kommunizieren und sich an *normale* Verhaltensregeln halten, wie alle anderen Menschen das auch tun, Matteo hat mich schon am zweiten Tag nach meiner Telefonnummer gefragt und kein solches Theater daraus gemacht.

„Du bist jetzt wahrscheinlich verliebt“, sagt Ennis plötzlich zu mir, und mein Herz zieht sich augenblicklich zusammen. „Ich wollte dich nur wissen lassen“, fährt er fort, „dass ich dich sehr mag, aber nicht in dich verliebt bin.“

„Ich bin auch nicht verliebt!“, schreie ich und glaube mir dabei selbst nicht.

„Gut. Ich wollte nur, dass du dir keine falschen Hoffnungen machst.“

„Mach ich nicht. Gute Reise!“, sage ich, stehe auf und verlasse wie besoffen das Zimmer. Dann falle ich in mein Bett und weine so lange, bis kein Kummer mehr da ist, sondern nur noch blanke Wut.

***

Ich tanze nackt auf dem Auto. Es ist Tag, aber statt der Sonne scheint der Mond und lässt meine nackten Brüste hell aufleuchten. Alle gucken mich an. Donald Duck ist auch da und sagt: „Du siehst so hässlich aus, wenn du dich ärgerst!“ Und ich wundere mich. „Aber ich ärgere mich doch gar nicht, ich lächle doch und tanze!“ Und plötzlich ist Donald Duck nicht mehr Donald Duck, sondern Sheela, die sagt: „Ärgere dich ruhig, sei ruhig hässlich, wir brauchen mehr Raum für Hässlichkeit!“ Ich bin begeistert von diesem geistreichen Kommentar und bewundere Sheela, die so klug ist und an meinem Finger lutscht, was mich kurz irritiert, da mir auffällt, dass ich keinen Penis habe, und ich frage mich, ob ich den brauche, doch schon im nächsten Moment beißt Sheela mir den Finger ab und ich schreie vor Schmerz laut auf, aber sie lächelt mich einfach nur an und sagt: „Ich bin Françoises Prophezeiung, und was ist deine Lebensaufgabe?“ Da fällt mir plötzlich ein, dass Sheela meine Mutter ist und leider eine eiskalte Psychopathin, der schlimmste Albtraum aller Töchter.

Schweißgebadet wache ich auf und will sofort nach Hause. Zurück nach Bayern, zu meiner echten Mutter.

***

„Die Fucker wollen sehen, wie ich scheitere, aber die können mich mal, den Gefallen tu ich ihnen nicht!“, sagt Onkel Alf, als ich sechs Monate später bei ihm auf der Couch sitze, und schenkt sich ein Glas Aldirotwein aus dem Tetrapack ein. Sein fünftes heute. Aber besoffen ist er trotzdem nicht, das kommt erst später beim Schnaps.

Mit Fucker meint er die bösen Menschen vom Finanzamt, die sich ausschließlich für ihren eigenen materiellen Vorteil interessieren, niemals aber für den Menschen. Onkel Alf schuldet ihnen eine Menge Geld, wie viel genau, weiß ich nicht, und wofür, weiß ich erst recht nicht, da er alle halbe Jahre einen neuen Job an Land zieht, aus dem *was Großes* werden könnte, was es dann aber nie wird. Jeder Job endet in einer finanziellen und seelischen Katastrophe. Da wird dann der Rotwein im Zehn-Liter-Tetrapack angekarrt, und so schnell kann man gar nicht gucken, wie der wieder weg ist. Nur gut, dass Onkel Alf ein Athletenherz und Schwimmerlungen hat, was ihm sein Arzt, ein vom Skifahren gebräunter Schnösel, immer wieder gerne bestätigt. Zu diesem „Arzt“ hat mich Onkel Alf auch schon mal wegen meines Raucherhustens geschickt, für den dieser mir direkt ein Antibiotikum verschrieben hat, mit der Empfehlung: *Lebe und liebe!*

Mach ich sowieso immer.

„Möchtest du noch einen Espresso Macchiato?“, fragt Onkel Alf und ich nicke müde. Letzte Nacht war ich wieder schlaflos bis zum Morgengrauen im Bett gelegen, trotz rezeptpflichtiger Schlaftabletten, gegen die ich anscheinend resistent bin. Als dann um halb sieben der Wecker klingelte, konnte ich natürlich nicht aufstehen, wodurch ich – schon wieder – die Acht-Uhr-Vorlesung verpasste. Und als dann auch noch die Zehn-Uhr-Vorlesung ausfiel, ging ich zu Onkel Alf rüber, der direkt neben der Uni wohnt und mich so zuquatschte, dass ich auch noch die Zwölf-Uhr-Vorlesung verpasste. Kann ich jetzt auch gleich hierbleiben und zwanzig Espressi Macchiati trinken, dabei Gauloises rauchen, wie wir es immer tun, um uns französisch zu fühlen, was wir nicht sind, außer dass unsere Vorfahren von den Hugenotten abstammen, was Onkel Alf nicht müde wird zu betonen. Dazu hören wir Musik, die unserer momentanen Stimmung entspricht, also Nirvana oder todtraurigen Blues, wahlweise auch mal aggressiven Punk, aber da denke ich dann sofort an Ennis und das muss wirklich nicht sein. Es ist diese grundtiefe Einsamkeit, die Onkel Alf und mich verbindet und die uns stunden- und tagelang nebeneinander auf dem Sofa hocken lässt, immer rauchend, meist trinkend, sehr oft schweigend. Es ist eine Einsamkeit, die immer da ist, keinen Grund braucht und daher existentiell ist.

„Ennis hat übrigens gestern geantwortet."

„Was?!", Onkel Alf ist plötzlich hellwach. „Und das sagst du erst jetzt! Was hat er geschrieben?"

„Nichts. Eine seitenlange E-Mail ohne Inhalt."

„Unverschämtheit."

„Liebe Alex! Und dann folgt eine mathematische Abhandlung. Eine Beweisführung über die Eigenschaften von Paradoxa. Am Ende schreibt er: *Quod erat demonstrandum*. Das war's."

„Frechheit."

„Nicht ein einziges persönliches Wort."

„Der Arsch."

„Ich werde natürlich nicht darauf antworten."

„Nö, das würd ich auch nicht. Das wären Perlen vor die Säue."

Kopfschüttelnd steht Onkel Alf auf, um eine neue CD einzulegen: Maria Farantouri. Auf griechische Volksmusik fahren wir beide total ab, obwohl – oder vielleicht gerade weil – wir kein Wort davon verstehen. Dabei schielt er heimlich auf seinen Laptop, um nachzusehen, ob ihn jemand *geliked* hat oder ob ein neues Escort-Girl online gegangen ist. Denn Escort-Girls sind seine größte Leidenschaft, die einzige, die schon immer da gewesen und bis heute geblieben ist. Alle anderen Leidenschaften kommen und gehen, wobei er ihnen allen gleichermaßen intensiv nachgeht, so lange, bis er Experte auf dem entsprechenden Gebiet ist. Seine aktuelle Leidenschaft, nach einer kurzen, aber intensiven *Harry-Potter*-Phase, ist nun *Facebook*, denn angeblich war Onkel Alf einer der ersten *User* überhaupt, was ihn auch heute noch mit großem Stolz erfüllt.

„Und *Sheela*?" Er spricht ihren Namen aus, als könne man sich daran verbrennen.

„Hat sich nie wieder gemeldet."

„Und das nimmst du einfach so hin?"

Hartnäckiges Schweigen auf meiner Seite.

„Wir beide sind zu leidenschaftlich für diese Welt", sagt Onkel Alf, „zu absolut in unseren Herzen. Und auch viel zu romantisch! Das finden die meisten zwar immer spannend, am Anfang, aber am Ende haben sie dann doch alle Schiss. Die Schisser!“

Er lacht laut, was sich bei ihm aber eher wie ein bitteres Schluchzen anhört, und da er weiß, dass für mich nun die Zeit gekommen ist, um von Kaffee auf Alkohol umzusteigen, holt er ein kaltes Bier aus dem Kühlschrank und stellt es vor mich auf den Tisch. Dazu gibt es außerdem zwei Schnäpse, die wir sofort runterkippen, und weil uns das immer noch nicht reicht, schenkt er direkt noch mal nach. Er prostet erst mir, dann David Bowie zu, dem er auf einem vergrößerten Foto an der Wand die Hand schüttelt, auf einer Veranstaltung in Brooklyn. Dieses Foto ist Onkel Alfs ganzer Stolz, es symbolisiert den Höhepunkt seiner früheren Musikkarriere, von der ich bis heute nicht weiß, ob es sie jemals wirklich gegeben hat.

Meine Mutter, die es nicht optimal findet, dass ich ständig bei Onkel Alf rumhänge, da dieser mich auf schlechte Gedanken bringen könnte, behauptet, er habe lediglich jemanden gekannt, der wiederum jemanden gekannt habe, der schon mal als Vorband von David Bowie aufgetreten sei. Als ich Onkel Alf aber mal gegoogelt habe, bin ich tatsächlich fündig geworden. Es gibt durchaus ein paar Eintragungen und sogar ein ausführliches Interview mit ihm, in irgendeinem mir unbekannten Magazin, wobei ich ihm zutrauen würde, dass er so was einfach mal fälscht und online stellt, nur um vor sich selbst gut dazustehen und nebenbei auch noch seinen drei Freunden, zu denen definitiv auch ich gehöre, zu imponieren.

„Bekommst du eigentlich immer noch Fanpost?“, frage ich.

Sofort leuchten seine Augen auf. Auf diese Frage hat er schon den ganzen Tag gewartet. Er kramt kurz in seinen Unterlagen und drückt mir dann einen Brief in die Hand.

„Erst letzten Monat. Von einer gewissen Caroline aus North Carolina.“

Er lacht. Der Brief ist bunt und voller Aufkleber.

„Ist sie noch ein Kind?“

„Nein, nein, schon weit über achtzehn!“

„Was will sie denn?“

„Sich mal treffen. Aber ich kann jetzt nicht einfach rüberfliegen. Hab kein Geld für so was. Da muss sie warten.“

Ich öffne den Brief, überfliege ihn kurz und lege ihn anschließend wieder weg.

„Und?“ Er sieht mich erwartungsvoll an.

„Joa ...“ Im Grunde seines Herzens weiß er, dass ich weiß, dass er sich seine Fanpost selbst schreibt. „Kann ich bitte noch einen Schnaps haben?“

Onkel Alf ist froh, dass er nicht mehr allein trinken muss. Dass es jemanden gibt, mit dem er seinen Weltschmerz teilen kann. Wir stoßen erneut an. Der Schnaps breitet sich warm und wohlig in meinem Magen aus und steigt mir zugleich direkt ins Gehirn.

„Und wie ist es so, Jura?“

Ich zucke mit den Schultern. „Das Fach ist gar nicht so verkehrt. Aber die Studenten sind eine Zumutung.“

„Wirst du weitermachen?“

„Ich glaub, ich schaff das nicht."

Ich versuche mich zu erinnern, wann ich das letzte Mal in der Uni gewesen bin. Wann ich das letzte Mal morgens aus dem Bett gekommen bin. Wann ich das letzte Mal erholsamen Schlaf gehabt habe. Wann ich das letzte Mal etwas Gutes gegessen habe. Wann ich das letzte Mal meine Mutter gesehen habe. Wann ich das letzte Mal gelacht habe. Wann ich das letzte Mal getanzt habe. Wann ich mich das letzte Mal unbekümmert, inspiriert und voller Energie gefühlt habe. Wann ich das letzte Mal überhaupt irgendwas gefühlt habe.

Ich kann mich nicht erinnern.

„Ich muss los", sage ich, weil ich jetzt schlafen möchte, am besten sehr lange, oder noch besser für immer, und weil es mich sehr viel Kraft und Energie kosten wird, den Heimweg zu meistern, einen Fuß vor den anderen zu setzen, ohne dabei umzufallen vor lauter Erschöpfung.

„Und deine Mutter?", fragt Onkel Alf in übertrieben kritischem Tonfall. „Die hat natürlich wieder keine Zeit, sich um dich zu kümmern, nehme ich an?"

„Momentan hat sie viel um die Ohren."

„Sie hat immer viel um die Ohren." Kopfschüttelnd und mit schleppendem Gang begleitet er mich zur Tür. „Mich ruft sie auch nicht an."

„Rufst *du* sie denn an?"

„Nein. Ich habe es aufgegeben."

Er umarmt mich und klopft mir dabei unsanft auf den Rücken.

„Bis bald, Alex. Halt die Ohren steif."

„Bis bald, Onkel Alf. Du auch."

Wir nicken uns zu. Wie zwei verwundete Soldaten, die sich nicht sicher sind, ob sie sich jemals wiedersehen werden. Onkel Alf schließt die Tür hinter mir und ich trete hinaus in den Regen, der mich kaltlässt. Aber wenigstens scheint die furchtbare Sonne nicht.

***

TEIL II

Berlin
Elf Jahre später

Die Nachbarin hat eine neue Nase. Das ist bedauerlich, denn Nasen machen Menschen, und neue Nasen waren noch nie gut. Aber die Nase der Nachbarin ist sowieso erst mal nicht zu erkennen, da sie von einem überdimensionalen Verband verdeckt wird.

„Guten Morgen!", sagt sie, während ich den Briefkasten aufschließe. „Ich hab mich hier ein bisschen verschönern lassen."

Sie deutet auf den mächtigen Verband in der Mitte ihres Gesichts. Ich ahne, dass sie mir das deshalb erzählt, damit ich nicht auf den Gedanken käme, sie würde sich von ihrem Mann verprügeln lassen. Diesen Mann hat sie nämlich erst vor wenigen Tagen aus der Wohnung geschmissen, er haust jetzt im Keller, wo er den ganzen Tag rumschreit und raucht. Gelegentlich tritt er auch mal nach unseren Fahrrädern, was aber nicht weiter auffällt, da in diesem Haus alle gegen Fahrräder treten. Dieses Haus hat eindeutig ein Aggressionsproblem. Deswegen wohne ich ja auch hier. Aber nicht mehr lange. Bald werde ich mich in eine neue Resonanz begeben.

***

Nach einem unspektakulären Flug lande ich wieder in der Hauptstadt, die seit knapp zehn Jahren mein neues Zuhause ist. Helene holt mich vom Flughafen ab, aber nicht mit der Limo, wie ich gehofft hatte, sondern mit den Öffentlichen.

„Was ist mit deiner Karre los?“, frage ich, noch bevor ich sie überhaupt begrüße.

Helene fährt einen schwarzen Benz, aber nicht irgendeinen Benz, sondern eine nagelneue Limousine, die sie von ihrem Vater bekommen hat, der die Dinger vermietet. Die Limousine hat eine fette Anlage und ultrabequeme Sitze, von denen man sich nicht nur den Rücken, sondern auch den Po massieren lassen kann, worauf ich mich ganz besonders gefreut hatte, da mir jedes Mal nach dem Fliegen der Po wehtut, egal wie kurz der Flug.

„Hallo erst mal“, sagt Helene, ohne jeden Vorwurf, und sieht mich an mit ihren blaugrünen Augen, die eine Offenheit und Herzlichkeit ausstrahlen, die mich tief berühren. Wir umarmen uns lange und innig, wobei uns ihre großen Brüste im Weg sind.

„Ich habe beschlossen, das Autofahren aufzugeben“, sagt sie, während wir uns aus der Umarmung lösen, „macht keinen Sinn in Berlin, da steht man sowieso nur im Stau.“

Ich starre auf ihre bunt gepunktete Jacke, die ich schon kenne, und auf ihre beigen Oma-Schühchen, die ich noch nicht kenne. Bestimmt hat sie sie für zwei Euro auf irgendeinem Flohmarkt erstanden.

„Dann werden wir also nie wieder mit deiner Limo durch die Stadt cruisen?“, frage ich schockiert.

„Nie wieder."

Sie lacht und greift nach meinem viel zu großen und viel zu schweren Rollkoffer und marschiert los Richtung S-Bahn. Als sie meinen enttäuschten Gesichtsausdruck sieht, fügt sie hinzu: „Ich kann dir gerne später den Po massieren, wenn du willst."

Sie keucht unter dem Gewicht des Koffers, der vor allem deshalb so unhandlich ist, weil eines der Räder nicht mehr richtig funktioniert.

„Komm, ich nehm den mal, den Scheißkoffer." Ich versuche ihn hochzuheben und ein Stück zu tragen, aber dafür ist er zu schwer, also schubse ich ihn mit Händen und Füßen vor mir her. Es gelingt mir kaum, ihn die Rampe hochzuschieben.

„Lass den doch hier stehen!", ruft Helene, die bereits auf dem Bahngleis steht und sich den einzigen Quadratmeter Sonne ausgesucht hat, den es dort gibt. „Brauchst du die Sachen da drin überhaupt?"

Ich überlege kurz. „Ja, da sind ungefähr alle meine wichtigsten Klamotten drin."

„Aber brauchst du die wirklich?"

„Klar brauch ich die." Ich gehe kopfschüttelnd weiter, indem ich den Koffer jetzt hinter mir herziehe. „Ich lauf doch nicht nackt rum! Unterhosen, T-Shirts, Zahnbürste – benützt du solche Sachen nicht?"

Sie zuckt mit den Schultern. „Ich versuche mich zu reduzieren und Zeug loszuwerden. Und Unterhosen trage ich sowieso nicht."

Inzwischen gehe ich rückwärts, anders lässt sich dieser elende Koffer einfach nicht ziehen. Als ich es endlich geschafft habe, stelle ich mich neben Helene in die Sonne und schließe die Augen. Vielleicht sind das die letzten Sonnenstrahlen, bevor der graue Winter kommt.

Die S-Bahn fährt ein.

„Als du weg warst“, sagt Helene, „hat jemand ein Kind vor die S-Bahn gestoßen. Einfach nur so, ohne Motiv. Er kannte das Kind gar nicht.“

Wir setzen uns einander gegenüber auf einen leeren Viererplatz.

„Lebt das Kind noch?“, frage ich zögerlich, obwohl ich die Antwort schon kenne.

„Nein. Aber die Mutter lebt noch. Die hat er auch auf die Gleise gestoßen, aber sie hat es gerade so geschafft, sich wegzurollen.“

Ich versuche, mir das Szenario genau vorzustellen. Den Moment des Angriffs, plötzlich und aus dem Hinterhalt. Die Ahnungslosigkeit der Mutter, die einfach nur dasteht und auf die Bahn wartet. Versunken in ihre Gedanken, da wir ja immerzu irgendetwas denken müssen. An ihrer Hand der liebste und wichtigste kleine Mensch, den es in ihrem Leben gibt. Gab. Vielleicht war sie gerade mit ihm beim Arzt gewesen und fühlte sich so erleichtert darüber, dass er gesund ist und den befürchteten Herzfehler eben doch nicht hat. Vielleicht hatte sie ihn aber auch gerade geschimpft, viel zu arg geschimpft wegen einer Lappalie, auf die sie ruhig hätte gelassener reagieren können. Vielleicht hatte sie aber auch an etwas ganz anderes gedacht, an offene Rechnungen und ähnliche Dinge, über die wir Menschen uns gerne Sorgen machen. Und dann kam plötzlich der Schubser von hinten, der Angriff aus dem Nichts, das *Schicksal*, das mit einer Brutalität einschlug, die nicht zu entschuldigen ist. Hätte sie den Täter hören können, wenn sie weniger abgelenkt gewesen wäre von den eigenen lauten Gedanken? Sie scheint nicht wachsam gewesen zu sein in dem Moment, als sich der Feind hinter ihr zum Angriff bereit machte. Und genau das ist der Grund, weshalb manche Menschen in permanenter Anspannung und Alarmbereitschaft durch die Welt gehen, in der das Böse hinter jeder Ecke lauern könnte. Und diesen Menschen wird dann gesagt: *Entspann dich mal, vertrau doch mal, was bist du immer so nervös, so misstrauisch, das Leben ist doch schön, guck mal, die Sonne scheint!* Vielleicht war auch die Frau mit dem Kind nervös gewesen, immerzu nervös und angespannt, vielleicht hatte sie schon länger geahnt, dass etwas Furchtbares geschehen würde, sie wusste nur nicht, was, wann und wie. Vielleicht war sie eine überängstliche oder – um mal diese unnützen Bewertungen wegzulassen – einfach nur äußerst wachsame Mutter, die stets darauf bedacht war, ihr Kind vor Autos, vor offenen Fenstern im fünften Stock und natürlich vor den Menschen zu schützen. Vor deren Gedankenlosigkeit, Verantwortungslosigkeit und vor allem vor ihrem Wahnsinn. Gerade deshalb hatte sie ihr Kind wahrscheinlich an der Hand gehalten, wie immer, und sich dadurch in Sicherheit gewogen. Warum denn auch nicht? Wie viele Male hatten sie bereits auf diese Bahn gewartet und wie viele Male war nichts passiert ...

„Sie hat dem Leben vertraut – und das Leben hat sie gefickt“, sage ich plötzlich laut und zucke vor meiner eigenen Stimme zurück. Ich spüre eine unbeschreibliche Wut in mir hochkochen.

Ein paar Menschen sehen mich irritiert an. Ich frage mich, wer von denen in der Lage wäre, ein Kind vor die S-Bahn zu stoßen. Könnte irgendwer sein, ich eingeschlossen. Der Wahnsinn hat kein Gesicht.

Oder doch? Hätte die Frau ihn erkennen können, wenn sie sich umgedreht und sich die hinter sich befindenden Menschen genauestens angesehen hätte? Wo war ihr sechster Sinn geblieben, der sie vor dem Wahnsinn hätte warnen müssen? Ihre Intuition, die sie dazu angehalten hätte, sich umzudrehen oder sich mit ihrem Kind ein paar Schritte wegzubewegen? Wieso hat sie die lauernde Gefahr nicht gespürt, die so groß war und direkt auf sie gerichtet? Würde *ich* sie spüren?

Helene sieht mich besorgt an. „Guckst du immer noch keine Nachrichten?“

Ich schüttle den Kopf. Es hat seine guten Gründe, weshalb ich mir keine Nachrichten ansehe.

Aber du willst doch informiert sein!, höre ich die Stimme meiner Mutter in meinem Geiste. *Du willst doch wissen, was in der Welt passiert!*

Will ich das? Tut es einem Menschen wie mir gut, zu wissen, dass ein Irrer ein Kind vor die Bahn geschubst hat? Ich weiß auch so, dass täglich Kinder sterben. Getötet werden. Kinder, Frauen, Männer, Tiere – und das auf die brutalste Weise. Ich weiß es und ich denke oft daran, zu oft, auch in den friedlichsten Momenten, in denen ich beispielsweise in der Sonne meinen Milchkaffee schlürfe und eigentlich *den Moment genießen* sollte. Aber wie kann ich mich an dem Frieden erfreuen, der auf dem einen kleinen Quadratmeter herrscht, auf dem ich mich gerade zufällig befinde, während nur wenige Meter davon entfernt – vielleicht schon in der Wohnung nebenan – Krieg herrscht?

Ich muss keine Nachrichten anschauen, um zu wissen, dass dem Leben nicht zu trauen ist.

Einerseits.

Andererseits ist da diese Helene, die mir gegenübersitzt, mich liebevoll anblickt, sich dann umständlich über den Koffer zwischen uns beugt und mich flüsternd fragt, wie es meinen Hämorrhoiden geht.

In Wirklichkeit habe ich gar keine Hämorrhoiden, aber das sage ich ihr nicht, um ihr nicht die Freude zu nehmen. Schließlich ist das *unser* Thema, darüber haben wir uns kennengelernt, damals bei der Gruppentherapie, wir sind *Hämorrhoiden-Buddies*.

„Joa, geht schon. Und deinen?“

Helene schüttelt den Kopf. „Nicht so. Wie war eigentlich dein Flug?“

Normalerweise beginnen die Menschen ihre Gespräche mit Smalltalk und wechseln dann zu den ernsten Themen. Mit Helene ist es meistens umgekehrt, erst kommt *the heavy stuff*, dann die Hämorrhoiden, am Ende die Liebe.

„War okay“, antworte ich achselzuckend und bekomme sofort ein schlechtes Gewissen. Helene würde niemals mit dem Flugzeug nach München reisen, sie steigt in überhaupt keine Flugzeuge mehr, obwohl sie bestimmt gerne mal ihre Cousine in Brasilien besuchen würde, aber Helene ist die Rettung unseres Planeten wichtiger und sie übernimmt die volle Verantwortung dafür. Was ich sehr lobenswert finde.

„Natürlich hab ich den Flug über atmosfair.de kompensiert!“, füge ich schnell hinzu. „Obwohl ich ja weiß, dass das auch nicht so viel bringt. Das ist wie die ganze Zeit Scheiße bauen, dann sonntags mal kurz zur Beichte, damit das Gewissen wieder sauber ist, um dann gleich wieder Scheiße zu bauen. Aber trotzdem besser als nichts, oder?“

„Also, wenn mein Lieblingsonkel im Sterben liegen würde, würde ich auch ins Flugzeug steigen“, sagt Helene, „wie geht's ihm denn?“

„Ganz gut. Das Ding ist nur, dass er seit zwanzig Jahren *im Sterben liegt*. Das war natürlich wieder nur so'n falscher Alarm. Als ich in München ankam, war er nicht mal mehr im Krankenhaus, sondern fläzte schon wieder gemütlich auf'm Sofa. Mit Rotwein und roten Gauloises.“

„Bestimmt hatte er einfach nur Sehnsucht nach dir.“

Wahrscheinlich hat sie recht. Helene hat fast immer recht, wenn es um Menschen geht, was daran liegen könnte, dass sie, im Gegensatz zu mir, *den Menschen an sich* grundsätzlich mag. Selbst dann, wenn er mit Flugzeugen fliegt oder Fleisch isst oder andere wenig vorausschauende Dinge tut. Helene ist die integerste Person, die ich kenne. Sie ist mit allen Lebewesen dieser Welt zutiefst verbunden. Außer vielleicht mit den Mücken, die sie regelmäßig tötet, und zwar ohne sich bei ihnen zu entschuldigen.

Kurz nachdem ich sie kennengelernt hatte, also vor etwa zwei Jahren, hat sie mich überredet, einen Baum zu umarmen. Aber nicht bloß für zwei Minuten, sondern für zwanzig. Ich hatte keine Ahnung, wie lange zwanzig Minuten sein können. So lange, dass ich am Ende überzeugt war, den Herzschlag des Baumes gespürt zu haben. Ich war so selig nach dieser Begegnung mit diesem liebenswerten Baum, dass ich kurz darauf in den friedlichsten Schlaf fiel und den schönsten aller Träume träumte: Erst war ich eine Katze, die über Dächer sprang, sehr wild Liebe machte und ihre absolute Freiheit genoss. Dann war ich eine Schnecke, die extrem langsam war, nicht nur in ihren Bewegungen, sondern vor allem in ihrer Art zu denken. Doch langsam zu denken bedeutete nicht etwa, nicht zu denken, sondern einfach nur anders. Ich dachte und fühlte genau so, wie Schnecken eben denken und fühlen, auf eine Art, die ziemlich besonders ist, aber für uns Menschen mit unseren Menschenhirnen leider unerreichbar. Es war die pure Freude, das pure *Sein*.

„Danke, liebe Helene", sagte ich am nächsten Morgen zu ihr, „dass du mich von meinen Vorurteilen gegenüber Bäumeumarmer*innen befreit hast."

Ich dachte damals, ich würde jetzt andauernd Bäume umarmen, aber daraus ist dann leider doch nichts geworden. Der Mensch ist eine sehr träge Masse.

Noch bevor ich den Horror-Koffer zuhause abgeladen habe, folgt unsere obligatorische Kaffee-Kuchen-Zeremonie. Für Helene gibt es Kaffee mit Hafermilch und für mich Ingwer-Tee. Dazu die beste Linzer Torte der Stadt. Diese Kaffee-Kuchen-Zeremonie bedeutet mir die Welt, sie findet nahezu täglich statt, fast immer gemeinsam mit Helene, doch falls wir es nicht schaffen, uns zu treffen, dann auch alleine. Die Zeremonie ist ein wichtiger Ausdruck unseres Glücks, das lange abwesend war, elf Jahre, um genau zu sein, und jetzt wieder in unsere Leben zurückgekehrt ist. Und da es endlich wieder da ist, das gute Glück, will es auch wertgeschätzt, genossen und zelebriert werden. Was wir auch tun. Jeden Tag. Als ehemalige Depressive muss man sich ganz viel gönnen, mehr als andere, die beispielsweise nicht elf Jahre lang depressiv waren.

Da sitzen wir also – wie die glücklichsten Omas – in einem Kreuzberger Café, in dem uns alle kennen, und genießen schweigend die Köstlichkeiten auf unseren Tellern. Dabei geben wir gelegentlich Laute von uns, die mal einem genüsslichen Stöhnen, mal einem bedeutsamen Seufzer gleichen, und erst, nachdem der letzte Krümel aufgeputzt ist, ist es wieder erlaubt, zu sprechen.

Da Helene mir etwas Wichtiges mitzuteilen hat und da die Tassen und Teller vor unseren Nasen ja auch schon lange leer sind, machen wir uns auf den Weg zu mir nach Hause. Dabei kommen wir an einem Filmplakat vorbei, an dem mein Blick hängen bleibt. *Olivia* heißt der Film, es ist das Gesicht einer jungen Frau zu sehen, die viele Pickel, auffällig schöne Augen, aber einen leicht entrückten Blick hat. Ihre ohnehin nicht ganz klaren Konturen verschwimmen vor dem schwarz-grünen Hintergrund. Das Plakat sieht sehr professionell aus, es hat etwas Mysteriöses an sich und man fragt sich, was dieses seltsame Mädchen einem sagen will.

„Komm, wir gehen weiter“, sagt Helene plötzlich mit einer Stimme, die nicht ihre ist und mir daher verdächtig vorkommt.

Neugierig bleibe ich vor dem Plakat stehen.

„Komm, ich muss dir noch was erzählen!“, drängt Helene mit dieser seltsam schrillen Panikstimme, aber es ist zu spät, ich habe längst entdeckt, was auf dem Plakat steht: *Olivia – ein Film von Sheela Shahbazi.*

Wir sehen uns an.

„Das ist sie doch, oder?“

Ich nicke betroffen.

„Weiß sie, dass du mit zweitem Namen Olivia heißt?“

Gute Frage. Ich kann mich nicht erinnern, Sheela davon erzählt zu haben. Andererseits kann ich mich ohnehin an kaum etwas aus dieser Zeit erinnern, alles war damals im Nebel, wie eine Schlafwandlerin war ich durch die Welt gegondelt, ohne meine Umgebung wirklich wahrzunehmen.

„Meinst du, sie hat heimlich mein Portemonnaie durchwühlt und meinen Ausweis gesehen?“ Ich sehe Helene fragend an, als kenne sie die Antwort.

„Traust du ihr das zu?“

Schwer zu sagen, was einer Sheela Shahbazi zuzutrauen ist und was nicht, schließlich haben wir uns seit Sizilien nie wieder gesehen oder gehört, abgesehen von einem kurzen, aber dafür umso intensiveren Chat-Kontakt drei Jahre nach Sizilien. Ich merke, wie sich mein gesamter Körper verkrampft, wenn ich an diese qualvolle Zeit zurückdenke.

Es war Frühling. Ich hatte mein Studium abgebrochen und war nach Berlin-Moabit gezogen. Nach ein paar Gelegenheitsjobs, von denen ich keinen länger als drei Tage ausgehalten hatte, landete ich schließlich in der dreckigsten aller Kneipen, in der ich als Barkeeperin anfing und ein ganzes Jahr blieb. Der Ort war ein Magnet für gescheiterte Existenzen, ich war die Einzige, die *nur* ein Alkoholproblem hatte und keine zusätzlichen Drogen konsumierte. In diesem einen Jahr alterte ich um mindestens fünf Jahre, doch das war mir egal, ich interessierte mich nicht dafür, wie ich aussah oder was aus mir wurde, ich wollte nur harte und laute Musik hören und möglichst nie nüchtern sein. Das gelang mir gut. Ich übernahm hauptsächlich Nachtschichten und fuhr morgens zum Sonnenaufgang mit dem Rad nach Hause, wobei ich manchmal so betrunken war, dass ich mit dem Rad geradewegs gegen eine Wand fuhr. Zuhause schlief ich dann meinen Rausch aus, bis am frühen Abend die nächste Schicht begann und alles wieder von vorne losging. Nach Arbeitsschluss saß ich häufig noch mit den ausschließlich männlichen Kollegen vor der Bar rum, manchmal bis mittags. Wir tranken Schnäpse, rauchten Zigaretten, hörten Elektro und flirteten. Zum Knutschen waren wir zu besoffen und Sex konnte ich mir auch nicht so recht vorstellen, trotz unbestimmter Sehnsucht, die mich immer wieder dazu verleitete, mich auf die unmöglichsten Typen einzulassen, denen ich mich dann aber doch im letzten Moment wieder entzog. Ich fühlte mich einsam, aber ich wollte es nicht anders – oder konnte nicht anders. Mir war klar, dass ich Sheela nicht mal ansatzweise überwunden hatte, und als ich sie eines Morgens in der Tram sitzen sah, traf mich fast der Schlag. Ich war so überwältigt, dass ich nicht mehr weiterfahren konnte und mein Rad nach Hause schieben musste. War sie das wirklich gewesen? Was machte sie in Berlin? Lebte sie hier? War sie zu Besuch da? Was sollte ich jetzt tun?

Eine Woche später fragte ich Matteo, zu dem ich seit Sizilien keinen Kontakt mehr hatte, nach ihrer Nummer und rief an. Als sie ranging, legte ich erschrocken auf. Zwei weitere Tage vergingen, bis ich es nochmal versuchte, diesmal per SMS. Ich schrieb: *Kann es sein, dass ich dich vorletzten Dienstag in der Tram Richtung Hackesche Höfe gesehen habe? Alex.*

Als Antwort kam eine lange, euphorische und doch äußerst merkwürdige Sprachnachricht. Einerseits bestätigte Sheela, dass sie *in der Stadt* war und dass sie auch ab und zu mit der Tram fuhr, andererseits behauptete sie, dass sie am Dienstag wie auch die gesamte Woche überhaupt nicht mit den Öffentlichen gefahren sei, ich könne sie also unmöglich in der Tram gesehen haben. Sie unterstellte mir sogar, mir nur einen Vorwand ausgedacht zu haben, um sie kontaktieren zu können. Das alles ergab überhaupt keinen Sinn. Als ich von ihr wissen wollte, wie lange sie in Berlin bleiben würde, sagte sie, vermutlich den ganzen Sommer, das hänge von ihrem Job ab, der zwar ganz *schlimm und widerlich* sei, ihr aber *unfassbar viel Kohle* einbrachte. Konkreter wollte sie jedoch nicht werden. Stattdessen fing sie an, mich mit Komplimenten zu überhäufen. Wie *strahlend und schön* ich auf meinem Profilbild aussehen würde, wie sehr sie mich und meinen *Lebensmut* vermisst hätte und wie wunderbar es sei, mich endlich wieder in ihrem Leben zu wissen.

„Warum hast du dich nicht schon viel früher gemeldet?", fragte sie und es schien, als hätte sie nur auf mich gewartet.

Ich war gekränkt, schrieb ich – und löschte die Nachricht sofort wieder.

Warum hast DU dich nicht schon viel früher gemeldet?, schrieb ich dann – und löschte auch diese Nachricht.

Wollen wir uns treffen?, schrieb ich schließlich – und schickte die Nachricht ab.

Sie wollte mich treffen, jedenfalls behauptete sie das, aber frühestens in einer Woche, da sie angeblich ganz schlimmen Herpes im Gesicht hatte und sich mir gegenüber so nicht präsentieren konnte. Es klang natürlich arg nach Ausrede. Auf der anderen Seite war Sheela schon immer extrem eitel gewesen, weshalb ich beschloss, ihr erst mal zu glauben.

Von da an schrieben wir uns jeden Tag, manchmal sogar mehrmals. Sie wollte alles von mir wissen, war äußerst aufmerksam und irgendwann fing sie an, mir rote Herzen zu schicken, die ich nicht oder nur zögerlich erwiderte. Nur Sizilien und alles, was damit zu tun hatte, erwähnten wir mit keinem Wort. Wir taten, als hätte es diese Episode nie gegeben, denn wir wollten unser neu entdecktes, zartes Glück nicht durch den Ballast der Vergangenheit zerstören.

Ich war unfassbar glücklich. Außerdem war ich erleichtert und extrem dankbar dafür, dass wir endlich wieder zusammengefunden hatten, und das, obwohl wir uns noch nicht einmal getroffen hatten. Es fühlte sich so gut und so richtig an, wieder im Austausch mit ihr zu sein, dass ich mir zeitweise einredete, dass der lange Kontaktabbruch allein meine Schuld gewesen war. Dass nie etwas Seltsames, Irritierendes zwischen uns vorgefallen war, sondern dass ich mir alles nur eingebildet hatte. Dass ich Sheela mit meiner ambivalenten Art verunsichert hatte und dass das alles nur ein großes Missverständnis gewesen war. Dass sie, Sheela, mich immer geliebt und nur auf ein Zeichen von mir gewartet hatte. Voller Hoffnung und naiv ohne Ende schwebte ich in meinem Liebesrausch durch den Berliner Frühling. Nicht einmal den Alkohol brauchte ich noch, und da ich aufhörte zu trinken, merkte ich auf einmal, in was für eine Welt ich da abgerutscht war. Ich beschloss, mit dem Barkeepern aufzuhören und wieder zu studieren, egal was. Mir war klar, dass Sheela und ich den Sommer zusammen verbringen würden. Wir würden durch den Spreewald paddeln und uns tätowieren lassen, wir würden im Volkspark Humboldthain abhängen – ich hatte schon die Stelle vor Augen, an der wir sitzen würden, nämlich unter einer Trauerweide – und Sonntagmittag würden wir im Club tanzen gehen. Abgesehen von dieser Herpessache gab Sheela mir keinerlei Anlass, misstrauisch zu werden, im Gegenteil, sie schien mit ganzem Herzen bei mir zu sein.

Mein Körper merkte zuerst, dass etwas nicht stimmen konnte. Dass Sheela kurz davor war, sich zurückzuziehen, mir zu entgleiten, sich aufzulösen. Oberflächlich gesehen war in diesen Tagen noch alles in Ordnung, sie schrieb mir mehrmals am Tag, angeblich war ihr Herpes verheilt und wir waren für das gesamte kommende Wochenende verabredet. Und doch bekam ich immer häufiger Bauchschmerzen, die ich mir nicht erklären konnte, und immer öfter war ich *ein kleines bisschen enttäuscht* über bestimmte Worte, die sie wählte, oder über das Ausbleiben bestimmter Worte. Kleinigkeiten, wie mir schien. Doch dann kam auf einmal nichts mehr von ihr.

Was ist los?, fragte ich – und bekam keine Antwort.

Was ist mit dem Wochenende?, fragte ich – und bekam eine Absage. Angeblich war sie krank.

Ich glaube dir nicht, schrieb ich voller Wut, *Ich glaube, du bist eine notorische Lügnerin. Sag doch gleich, dass du dich nicht treffen willst.*

Und dann kam Sheelas letzter Satz, gefolgt von einem achtjährigen Schweigen: *Liebe Alex, bitte sei doch nicht immer so theatralisch.*

Wir sind fast vor meiner Haustür, ich habe Kopfweh und Helene rülpst. Das tut sie oft, wenn sie angespannt ist. Die Nachbarin bringt den Müll runter und nickt uns zu. Zwei Kinder streiten sich um ein Fahrrad mit Stützrädern, dessen zweites Stützrad fehlt. Der Nachbar mit den Adidas-Schlappen kommt vom Einkaufen zurück und grüßt, wie immer, freundlich: *Schönen Tach noch! Das Wetter könnte halten!*

Es fühlt sich immer sonderbar an, nach Hause zu kommen, da es mir so vorkommt, in einem Haus zu leben, in das ich nicht hineinpasse. Das Haus ist zwar groß, ebenso die Wohnung, aber es fühlt sich trotzdem alles klein und eng an.

Helene fragt höflich, ob sie mich lieber allein lassen soll. Sie weiß, wie eigenbrötlerisch und menschenscheu ich zuweilen sein kann. Aber heute ist mir lieber, dass sie bei mir bleibt. Mit ihr fühle ich mich immer wohl, nie brauche ich mich zu verstellen und so zu tun, als wäre ich normal, sie weiß ganz genau, dass ich nicht normal bin. Helene ist meine einzige Freundin und fühlt sich an wie eine Schwester. Außerdem ist sie selbst nicht normal. Wir lassen uns aufs Sofa fallen und sehen uns an.

„Vielleicht solltest du in ein Kissen schreien“, schlägt Helene vor, und die Idee ist gut.

Ich schreie lange und ausgiebig in mein rotes Kissen hinein, das mittlerweile zum Schreikissen mutiert ist, und wackle dabei wild mit den Hüften. Denn die Energie darf sich nicht stauen, sie muss raus, das habe ich von Helene gelernt. Helene ist Expertin in Sachen Energien. Als sie zum ersten Mal anfing, davon zu sprechen, wollte ich eigentlich kreischend davonlaufen, aber das Problem war, dass wir in ihrem Auto saßen, in voller Fahrt, da gab es kein Entrinnen. Gut so, im Nachhinein bemerkt. Sonst hätte unsere Freundschaft vielleicht an diesem Punkt geendet und die Welt der Energien wäre mir für immer verschlossen geblieben. Wie traurig wäre das.

„Ich muss aufs Klo“, sage ich und verschwinde im Bad, um dort das Unvermeidliche zu tun. Das, was mir mit Sicherheit nicht guttun wird, was ich aber schon lange habe tun wollen und was ich auch schon sehr oft beinahe getan hätte, aber eben immer nur beinahe: Sheela Shahbazi googeln.

Die Ergebnisse sind verstörend. Es entstehen Bilder in meinem Kopf, die ich nicht mehr loswerde. Verdammtes Internet. Dadurch erfahre ich nicht nur, dass Sheela größtenteils in Berlin lebt – wenn sie nicht gerade Arthouse-Filme in Marseille dreht –, sondern auch, dass sie schon damals hier gelebt hat, in jenem Frühling, als ich sie zufällig in der Tram gesehen habe und sie so getan hat, als wäre sie nur vorübergehend wegen eines Jobs in der Stadt.

Griesgrämig kehre ich ins Wohnzimmer zurück. Helene sitzt auf dem Balkon und telefoniert. Dabei lacht sie die ganze Zeit, was an sich nicht auffällig ist, da Helene häufig lacht, aber etwas an ihrem Lachen ist anders als sonst. Ich stelle mich neben sie, doch sie merkt nicht mal, dass ich da bin, also gehe ich in die Küche, wo ich zum wiederholten Mal den Kühlschrank öffne, aber es ist immer noch nichts drin.

Ich beginne, meinen Koffer auszupacken, doch es macht mir keine Freude, ich bin unruhig und möchte endlich mit Helene sprechen. Mit wem telefoniert sie da überhaupt so exzessiv?

Ich gieße die Blumen, die meine sehr kurze Abwesenheit allesamt überlebt haben, der Aloe Vera sage ich sogar: „Hallo, altes Haus, du siehst fantastisch aus!"

Ich koche Tee, den ich dann sofort wieder vergesse, und endlich kommt Helene freudestrahlend vom Balkon zurück.

„Ich hab wen kennengelernt."

Helene lernt immerzu wen kennen, aber diesmal klingt es bedeutsamer als sonst.

„Erzähl!", fordere ich sie auf und bin ganz froh, jetzt doch nicht über Sheela reden zu müssen. Stattdessen erfahre ich, dass sich Helene zu einem dicken Türken namens Gül hingezogen fühlt, der eigentlich Physiotherapeut ist, aber mit Zusatzausbildung zum Osteopathen, und seit er Helene am Kopf berührt hat, ist sie in ihn verliebt. Der Mann sei aber nicht bloß enorm dick, was für uns in Ordnung wäre, sondern trage ausgerechnet rosa Hemden und einen Seitenscheitel, was für uns eigentlich nicht in Ordnung ist.

„Aber ...", sie fügt eine Kunstpause hinzu, in der ich ungeduldig auf die Auflösung des Rätsels warte, „... er hat den Tantra-Blick."

Mit Tantra-Blick meint Helene den sehr offenen und sehr freien Blick eines sehr offenen und sehr freien Menschen, der jegliche Ressentiments überwunden hat und dadurch in der Lage ist, sämtliche Bewohner*innen dieser Welt als das zu erkennen, was sie in Wirklichkeit sind: vibrierendes Licht. Seit Helene ein Tantra-Seminar besucht hat, gibt es für sie nur noch zwei Kategorien von Menschen: die mit Tantra-Blick und die ohne. Natürlich können auch Leute einen Tantra-Blick haben, die noch nie in ihrem Leben Tantra gemacht haben. Kleinkinder haben den Tantra-Blick auf jeden Fall öfter als Erwachsene. Umgekehrt kann es aber auch vorkommen, dass jemand keinen Tantra-Blick hat, obwohl er*sie Tantra praktiziert. Oder aber, dass jemand den Tantra-Blick nicht hat, obwohl er*sie ihn eigentlich haben müsste ...

„Hast du ihm schon gesagt, dass du nicht der Typ für eine monogame Beziehung bist?", frage ich.

Helene sieht mich verwirrt an. „Wieso? Ich bin absolut der Typ für eine monogame Beziehung!"

Ich gucke verwirrt zurück. „Ach so? Echt?"

„Total!"

Die Sache mit den Tatsachen ist bei Helene ein bisschen kompliziert. Jede Tatsache in ihrem Leben ist eine reine Behauptung, die nur für den Moment gilt und sich wahrscheinlich schon morgen in ihr Gegenteil verkehrt. Mag Helene heute keine Gurken, sind diese morgen ihr Leibgericht – und umgekehrt. Helene ist äußerst wankelmütig, was man, wenn ich es recht bedenke, auch als Tugend auffassen könnte, als eine Form der Spontanität, Offenheit und sogar Freiheit. Insofern passt das doch wunderbar mit diesem Gül, der ja anscheinend genauso offen, spontan und frei ist wie Helene. Ich mag ihn jetzt schon, den Mann, *wann lerne ich ihn kennen?*

Helene setzt ein seltsames Gesicht auf, als hätte sie bereits einen Plan, allerdings einen, der mir nicht gefallen wird.

„Ähm, morgen ist doch diese, ähm, Premiere da …“ Selten habe ich sie so herumdrucksen hören. „Und ich hab mir gedacht, dass wir da vielleicht alle zusammen hingehen könnten. Dann hättest du zur Not, ähm, ein bisschen Back-up und könntest, ähm –“

„AUF GAR KEINEN FALL!“, donnere ich mit absoluter Resolutheit.

Helene sieht mich belustigt an. „Wir können aber auch einfach zuhause bleiben.“

„Ja, zuhause ist gut. Zuhause ist der beste Ort. Ihr könnt gerne morgen zu mir kommen. Passt der Mann überhaupt durch die Tür?“

***

Ich wünsche dir einen Tag voller Frieden und Harmonie, stand heute Morgen auf meinem Yogi-Teebeutel, und da ich die Sprüche auf den Yogi-Teebeuteln recht ernst nehme – man könnte fast so weit gehen zu behaupten, ich kaufe den Tee überhaupt nur wegen der Sprüche –, bin ich heute sehr darum bemüht, den Tag möglichst friedlich und harmonisch zu verbringen. In meinen eigenen vier Wänden gelingt mir das noch ganz gut, ich streite mit niemandem, weder mit mir selbst noch mit den Pflanzen. Doch sobald ich in die Welt hinausmuss, stoße ich mit der ersten Herausforderung in Gestalt meiner Nachbarin zusammen, die mich unflätig beschimpft, weil ich den Müll über den Zaun in die Tonne geworfen habe, anstatt mit dem Schlüssel das Tor aufzuschließen, den Müll hineinzutragen, sanft in der Tonne abzulegen und das Tor zweifach wieder abzuschließen. Dabei habe ich doch getroffen! So einen präzisen Wurf muss man erstmal hinbekommen, der Müll ist direkt in der Tonne gelandet und die Nachbarin hätte ruhig applaudieren können, statt mich hier so frech von der Seite aus anzumachen. Ich schimpfe sofort zurück, weil es wirklich überhaupt nicht geht, dass diese Frau jedes Mal, wenn sie mich sieht, einen Grund findet, mir meinen friedlichen und harmonischen Tag zu verderben. Ausgerechnet sie, die sich hier als Müllpolizei aufspielt, obwohl sie selbst immerzu ihre Zigarettenstummel auf den Boden wirft und wortlos dabei zusieht, wie ihr Sohn seine Capri-Sonnen-Plastiktüten nach Gebrauch ins Gebüsch schleudert. Mitten in unserem Gekeife fällt mir plötzlich der Yogi-Teebeutel und meine daraus resultierende Mission ein, weshalb ich schlagartig innehalte, ihr einen „schönen Tach, das Wetter könnte halten!“ wünsche und eilig davonstapfe. Ich darf mich in Zukunft nicht mehr auf die Provokationen der Nachbarin einlassen. Jedes Mal nehme ich mir das vor, doch es gelingt mir nur, wenn ich wach und aufmerksam wie eine Raubkatze aus dem Haus schleiche. Wenn ich hingegen wie ein kopfloses Huhn das Haus verlasse, ganz durcheinander und abgelenkt und unvorbereitet, dann hat mich die Nachbarin voll im Griff. Dann reagiere ich ganz automatisch auf sie, impulsiv und völlig übertrieben und genau so, wie sie sich das heimlich herbeiwünscht. Und jedes Mal habe ich danach schlechte Laune, denn es fühlt sich nicht gut an, auf eine Weise zu reagieren, die ich mir nicht selbst ausgesucht habe. Die Nachbarin ist eine wunderbare Metapher für mein Leben. Helene sagt, ich sollte mich bei der Nachbarin bedanken. Dafür, dass sie da ist und mich so lange weiterprovoziert, bis ich meine Lektion gelernt habe.

Leider muss ich noch kurz in die Uni, bevor ich mich mit *der Gruppe* treffen kann. Das Treffen soll diesmal bei Dieter in Friedrichshain stattfinden, er wohnt dort ganz alleine in einer Vier-Zimmer-Wohnung, für die er fast nichts bezahlt, wobei er aber nicht einsehen mag – obwohl er die Linken wählt und sich als extrem gerecht empfindet –, dass das irgendwie gar nicht so gerecht ist und dass er seine Wohnung ruhig mal mit einer vierköpfigen Familie tauschen könnte.

Früher fanden die Gruppentreffen jede Woche in einem Therapiezentrum statt. Helene und ich hatten ungefähr gleichzeitig damit angefangen und uns über das Hämorrhoiden-Thema sofort angefreundet. Doch schon nach wenigen Wochen hielten wir es dort kaum noch aus. Immerzu wurde über die gleichen Themen gesprochen, die Patient*innen machten niemals auch nur den geringsten Fortschritt, und obwohl wir noch längst nicht *geheilt* waren, beschlossen wir, nicht länger dorthin zu gehen. Stattdessen gründeten wir nun unsere eigene Gruppe, die ebenfalls wöchentlich stattfinden sollte und zu der wir auch die anderen Patient*innen einluden. Da es bei uns keine Therapeut*innen gab und da man bei uns Bier trinken und lachen und zur Not auch mal tanzen durfte, wechselten immer mehr Leute von der offiziellen Gruppe zu unserer. Manche besuchten auch beide Gruppen, ab und zu berichteten sie davon, wie eifersüchtig die Therapeut*innen auf unsere Anarcho-Gruppe waren.

Dieter mochte ich anfangs überhaupt nicht, aber so eine Gruppentherapie schweißt dann eben doch zusammen. Wenn du einen Menschen ein halbes Jahr heulen hörst und von all seinen Wünschen, Ängsten und Traumata erfährst, kannst du am Ende gar nicht anders, als dich mit ihm verbunden zu fühlen, wir Menschen sind in diesen Dingen eben doch alle gleich. Außer wir sind Psychopath*innen, aber das ist ein anderes Thema, mit dem ich mich zwar intensiv beschäftige, aber nicht heute, an meinem Tag voller Frieden und Harmonie.

Bevor ich das Universitätsgebäude betrete, klopfe ich noch kurz meinen gesamten Körper ab, auch das hat Helene mir beigebracht. Zwar weiß ich nicht genau, was es bewirken soll, aber ich mache es trotzdem, ich mache alles, was Helene mir aufträgt, schließlich ist sie die Expertin. Wobei ich schon hoffe, dass mich niemand dabei beobachtet. Wahrscheinlich soll dieses Ritual mir helfen, mich in den Wildkatzen-Modus zu begeben, damit ich nicht als ahnungsloses Huhn die Uni betrete und dann dort mit irgendwelchen Mardern zusammenstoße, die mit mir streiten wollen und auf die ich dann ungewollt reagiere.

Linda Kaltenberg ist nicht in ihrem Zimmer, und obwohl wir eine feste Uhrzeit vereinbart haben, taucht sie auch in den nächsten zwanzig Minuten nicht auf. Ich will gerade wieder gehen, als sie dann doch noch um die Ecke biegt, mit heißem Kaffee und Mandarinen in den Händen.

„Alex, schön dich zu sehen!“, flötet sie, und ich bin mir nicht sicher, ob sie überhaupt weiß, dass wir verabredet sind.

„Ich hab den Film dabei.“

„Ach wirklich? Sehr gut. Und hast du noch viel geändert im Schnitt? Hast du alles umsetzen können, was wir besprochen haben?“

„Hm ja, schon ...“ Ich wage es nicht, ihr ins Gesicht zu blicken, aber das merkt sie sowieso nicht.

„Na dann zeig mal her!“ Sie lässt sich auf ihren Schreibtischstuhl plumpsen. „Mandarine?“

Ich nehme eine Mandarine, verbinde den USB-Stick mit dem Fernseher und setze mich neben Linda, die gerade genüsslich in eine Tafel Schokolade beißt, von der sie mir aber nichts abgibt. Gemeinsam sehen wir uns meinen Film an. Er dauert 17 Minuten und 28 Sekunden, obwohl es besser wäre, wenn er unter 15 Minuten liegen würde, da er dann bessere Chancen hätte, auf den Festivals zu laufen. Wobei dieser Film – ich ahne es jetzt schon – wahrscheinlich auf gar keinem Festival gezeigt werden wird, was natürlich sehr bedauerlich ist, aber der Film ist einfach zu experimentell geworden.

Mit Schaudern erinnere ich mich an die letzte *Rohschnittsichtung*, bei der ich meinen letzten *etwas zu experimentell* geratenen Kurzfilm vor sämtlichen Lehrenden und Studierenden der gesamten Uni präsentieren musste, der dann gemeinsam besprochen werden sollte. Die Stimmung im großen Kinosaal glich einer Beerdigung. Die angebrachte Kritik war völlig unsachlich und unprofessionell, es fiel kein einziges wohlwollendes Wort, von Humor fehlte jede Spur, und Popcorn gab's natürlich auch nicht. Von jedem einzelnen Film, der an diesem Tag gezeigt wurde, fühlte sich mindestens eine Person persönlich angegriffen, weshalb sich diese Person dann auch gleich dazu berufen fühlte, eine langatmige Moralpredigt zu halten, die mit dem jeweiligen Film überhaupt nichts zu tun hatte, sondern sich einzig um die gekränkte Person drehte. Wie ich diese Veranstaltungen hasse! Nie kann mal eine*r sagen, *aha, du willst hier einen Horrorfilm machen, ich* *persönlich mag zwar keine Horrorfilme, aber das tut ja nichts zur Sache, ich finde, dein Film könnte noch mehr Suspense vertragen, damit ich als Zuschauer*in mich noch mehr grusle ...*

Nein, die Kritiken an unserer Uni fallen eher so aus: *In deinem Film kommt echt viel Gewalt vor, und das, obwohl in unserer Welt so viel Gewalt herrscht – tut dir das nicht weh?*

Mit Leuten, die eine solche Art von Kritik üben, kann man natürlich nur schwer diskutieren. Also hält man lieber den Mund, hört sich alles bis zum Ende an, bekommt Migräne und fährt schließlich deprimiert und ratlos nach Hause, um dort dann ganz schnell den Film umzuschneiden, aus dem Horrorfilm dann doch noch eine Komödie zu machen, die aber – komischerweise – nicht funktioniert und bei der nächsten Sichtung noch mehr zerrissen wird: *Du solltest keine Komödien machen, das liegt dir nicht, versuch's doch mal mit einem Krimi!*

Der Film ist zu Ende und Linda sieht mich strahlend von der Seite an. „Fantastisch! So gut mit diesen Änderungen! Ist ja doch noch ein richtig schöner Film geworden, wer hätte das gedacht!"

Für einen kurzen Moment überlege ich, ob sie mich gerade hart verarschen will. Aber nein, Linda meint, was sie sagt, sie mag den Film und merkt nicht, dass ich seit der letzten Sichtung keinen einzigen Schnitt verändert habe. Nicht einen einzigen Schnitt!

„Also sooo viel hab ich eigentlich gar nicht verändert", murmle ich, während ich mein Zeug zusammenpacke und dabei heimlich auf die Schokolade schiele, von der plötzlich nur noch die Hälfte da ist.

„Ja, aber das, was du geändert hast, war total wichtig“, entgegnet Linda und ich meine, einen Hauch von Ungeduld in ihrer Stimme zu vernehmen. „Wir sehen uns dann nächste Woche, ja?!“

Sanft, aber bestimmt schiebt sie mich aus der Tür, damit sie ungestört den Rest ihrer Schokolade aufessen kann.

Verwirrt verlasse ich das Gebäude, vergesse dabei, mich abzuschütteln und auszuklopfen, und laufe zur S-Bahn. Erst als ich kontrolliert werde, merke ich plötzlich, dass ich irgendwo bin, wo ich noch nie war, dass ich in die falsche S-Bahn gestiegen bin und leider auch keinen Fahrschein dabeihabe. Ich versuche halbherzig, mit den beiden Kontrolleuren zu verhandeln, an ihre Menschlichkeit zu appellieren, sie auf meine geistige Verwirrtheit hinzuweisen. Aber die Kontrolleure – die zwar immerhin nicht so bösartig sind wie ihre Kolleg*innen in Bayern, aber Kontrolleur*in bleibt nun mal Kontrolleur*in – lächeln müde. Sie spüren, dass ich heute einfach nicht den Nerv habe, mich ernsthaft mit ihnen anzulegen.

„Ach, zahlen Sie doch einfach,“ sagt der eine zu mir mit einer ganz ruhigen, freundlichen und tiefenentspannten Stimme.

„Ach, na gut, dann zahl ich einfach“, sage ich schließlich, mit einer fast ebenso ruhigen, freundlichen und tiefenentspannten Stimme. Schade um die sechzig Euro, aber was soll's, in Bayern wären das bestimmt sechshundert Euro gewesen, samt Anzeige und erniedrigender Zurechtweisung. Gut, dass wir hier in Berlin sind.

***

Dieter öffnet mir die Tür. „Herinspaziert!“

„Tut mir leid, dass ich zu spät bin.“

„Keen Ding, wia ham enfach schon ma anjefangen.“

Ich folge ihm ins Wohnzimmer, in dem sie bereits alle im Kreis sitzen: Dorothea, Evi, Tassilo und Helene. Daneben stehen zwei leere Stühle, einer für Dieter und einer für mich.

„Wir sind schon fast durch“, sagt Dorothea mit ihrer unangenehmen Stimme, die sich immer ein wenig nach Vorwurf anhört, „Tassilo ist gerade dran. Setz dich schnell hin, dann können wir weitermachen.“

Ich nehme auf dem Stuhl zwischen Helene und Dieter Platz.

„Hast du dicke Socken für mich?“, flüstere ich Dieter zu, der sofort von seinem Stuhl aufspringt, um mir welche zu holen.

„Könnt ihr das nicht später machen?“, faucht Dorothea. „Es geht weiter!“ Sie drückt auf die Stoppuhr auf ihrem Handy, und Tassilo beginnt zu erzählen: „Ähm ja, also, wir waren gerade bei einem recht lustigen Thema ...“

Alle lachen, außer Dorothea. Tassilo wird rot. Dieter bringt bunte Wollsocken, die ich mir schnell anziehe, ohne dabei auf Dorotheas missbilligende Blicke zu achten.

„Der Peniskatalog“, fährt Tassilo leicht verunsichert fort, „ich soll mir ja jetzt einen Penis aussuchen, und ich habe mich jetzt halt für einen ganz normalen entschieden, weil, also –“

Er wird von dem laut klingelnden Alarm unterbrochen.

„Ich finde“, sagt Dorothea, „wegen der Unterbrechung durch Alex bekommt Tassilo noch eine Minute länger, oder?“

Die Gruppe nickt zustimmend. Es würde sowieso keine*r zu widersprechen wagen.

Tassilo erzählt weiter von dem Penis, den er bald bekommen wird. Einen durchschnittlichen Penis hat er sich ausgesucht, nicht etwa einen extrem großen, denn er will ja ein möglichst durchschnittlicher Mann sein. Vorher müssen ihm allerdings erst mal die Brüste abgenommen werden, ein Eingriff, von dem Dorothea nicht viel hält, von solch schönen Brüsten kann sie schließlich nur träumen. Tassilo hingegen ist einfach nur froh, wenn er die schrecklichen Dinger endlich los ist.

Dieter zieht skeptisch die Augenbrauen hoch, auch ihm macht das Thema zu schaffen, was sich unter anderem darin äußert, dass er Tassilo andauernd Tanja nennt, weil dieser früher so geheißen hat. Ich frage mich, ob Dieter das absichtlich macht oder ob er einfach nur zu blöde ist, sich den neuen Namen zu merken. Die Ü-50-Jährigen tun sich ja meist etwas schwerer mit diesen Dingen als wir Jüngeren, die wir längst begriffen haben, dass Gender nur ein Konstrukt ist, und daher auch kein Problem damit haben, Tassilo Tassilo zu nennen, obwohl er Brüste hat und trotz der stetig wachsenden Bartstoppeln noch immer aussieht wie eine Frau – oder besser formuliert: wie sich unsere Gesellschaft Frauen eben so vorstellt.

„Letztens“, sagt Tassilo, „als ich mir beim Späti ein Bier kaufen wollte, wurde ich schon wieder nach meinem Ausweis gefragt. Mit dreiunddreißig Jahren! Schon demütigend. Ich bin dann einfach weggerannt. Ich wollte nicht –"

Erneut wird er vom laut dröhnenden Alarm unterbrochen. Er darf noch seinen Gedankengang zu Ende führen, dann muss er aber wirklich aufhören, seine Zeit ist um. Wozu gibt es Regeln.

Als Tassilo fertig ist, schweigen erst mal alle und lassen das Gesagte auf sich wirken. Helene seufzt laut und schüttelt ihren Körper aus, der Stuhl unter ihr knarzt bedrohlich.

„Wenn du dann so weit bist, Alex", Dorothea sieht mich auffordernd an. Sie scheint ganz erpicht darauf zu sein, ein weiteres Mal die Stoppuhr betätigen zu dürfen.

„Waren alle anderen schon dran?" Ich fühle mich etwas überrumpelt.

„Wie man sieht", entgegnet Dorothea.

„Wie soll ich das sehen?", frage ich, woraufhin Dorothea mich böse anfunkelt.

„Macht ma hinne", drängt Dieter, „det Bier wartet!"

Dorothea drückt auf die Stoppuhr, und die Gruppe sieht mich erwartungsvoll an.

Da ich nicht weiß, was ich erzählen soll, rede ich über Linda Kaltenberg und die Frage, ob sie vielleicht eine Psychopathin ist. Tatsächlich gibt es keinerlei Anhaltspunkte, sie für eine Psychopathin zu halten – warum also behaupte ich solche Sachen? Könnte es sein, dass ich ein paar Bücher zu viel zu diesem Thema gelesen habe? Und könnte es außerdem sein, dass mir seither alle Menschen, die keine oder nur wenig Empathie zeigen, psychopathisch vorkommen?

„Vielleicht bin ich ja selbst die Psychopathin", sage ich, und Dieter sagt „So'n Quatsch!", und Dorothea sagt „Schscht!".

Laut Regeln darf nämlich immer nur eine Person sprechen, und zwar diejenige, die gerade mit Sprechen an der Reihe ist. Alle anderen haben sich jegliche Kommentare zu verkneifen, nicht mal Töne darf man von sich geben, da auch Töne letztendlich nichts anderes als Kommentare sind.

„Weil Dieter reingeredet hat, kriegt Alex jetzt auch eine halbe Minute dazu", entscheidet Dorothea, woraufhin Dieter genervt stöhnt, was – strenggenommen – auch wieder ein unerlaubter Kommentar ist, für den es ein paar Sekunden mehr geben müsste.

Nicht zu fassen, dass diese Regeln ausgerechnet auf meinem Mist gewachsen sind! Anfangs durften nämlich alle so lange und frei sprechen, wie sie wollten, was allerdings dazu führte, dass immer nur Dieter sprach. Irgendwann konnte ich es nicht mehr ertragen, zum hundertsten Mal seine Leidensgeschichte zu hören, und es störte mich, dass Dieter zu unsensibel war, um zu bemerken, dass er der Einzige war, der kontinuierlich redete, während sonst niemand zum Zug kam. Deshalb schlug ich vor, ein paar Regeln einzuführen, fünf Minuten Sprechzeit für jede*n. *Dann zieht sich das alles auch nicht mehr so ewig hin und wir können früher Bier trinken!* Meine Idee fand großen Anklang. Doch wer sich auch heute noch am akribischsten daran hält, ist natürlich Dorothea mit ihrem Kontrollwahn und ihren Zwangsneurosen.

„Aber eigentlich“, fahre ich schließlich fort, „rede ich hier die ganze Zeit nur um den heißen Brei herum. Linda Kaltenberg – die interessiert mich doch nicht die Bohne! Eigentlich will ich nämlich über jemand ganz anderen sprechen. Über diese eine Frau, ihr wisst schon, die französisch-italienische Perserin aus Bayern, von der ich früher so besessen war.“

Die Gruppe sieht mich argwöhnisch an.

„Sheela Shahbazi, die jetzt plötzlich eine berühmte Filmregisseurin ist und heute Abend in Berlin ihre Premiere feiert.“

„Was ist denn so besonders an dieser Sheela?“, fragt Dorothea, und Dieter sagt: „Schscht! Dit macht nochma eene Minute!“

Alle lachen, außer Dorothea.

„Na ja, da wäre schon mal diese Nase“, sage ich und kichere leicht verschämt, „aber sie hat natürlich noch andere Qualitäten. Sie ist zum Beispiel sehr klug und selbstbewusst und autark und irgendwie war mir immer schon klar, dass sie mal berühmt werden würde. Weil ihr einfach alles egal ist, versteht ihr? Weil sie über den Dingen steht. Sie braucht niemanden, ist von niemandem abhängig, sie existiert nur für sich alleine.“

„Aber was soll denn daran toll sein?“, fragt Helene und wird sonderbarerweise diesmal nicht von Dorothea gemaßregelt. „Ich versteh’ nicht, weshalb du sie so bewunderst. Wer möchte schon allein existieren, ist das überhaupt erstrebenswert? Wir sind soziale Wesen und leben in Abhängigkeitsverhältnissen, das ist nichts Negatives. Das ist nur ein anderes Wort für Bindung."

„Dit seh ick jenauso", sagt Dieter, und es ärgert mich, dass es bei mir anscheinend erlaubt ist, mir andauernd ins Wort zu fallen. „Meene Frau, also Ex-Frau, die is ja och bindungsjestört."

„Wenn eine Süchtige sich von ihrer Sucht befreien will", sagt Evi, die bislang hartnäckig geschwiegen hat, „dann hilft leider nur eins: der kalte Entzug."

Sie sieht mich traurig und übertrieben verständnisvoll an, als wäre auch ich eine ehemalige Heroinsüchtige.

„Das Problem ist doch", mischt sich nun auch noch Dorothea ein, „dass wir diese Sheela gar nicht kennen. Nicht mal Alex kennt sie, denn sie hat sie doch seit Jahren nicht mehr gesehen, und da kann man dann immer schön viel reininterpretieren in die Leute! Stimmt doch, Alex, oder? Oder weißt du etwa, warum sie beim letzten Mal schon wieder den Kontakt zu dir abgebrochen hat?"

Sie mustert mich von oben bis unten, als würde sie sich extrem über meinen Körper oder meine Anziehsachen wundern, in ihrem Blick liegt etwas Fanatisches.

„Nein", sage ich, „das weiß ich leider nicht, und ich möchte jetzt bitte auch nicht mehr unterbrochen werden."

Dorothea rümpft die Nase. Dieter und Helene murmeln eine Entschuldigung in meine Richtung. Evi scheint eingeschlafen zu sein.

„Vielleicht fand Sheela mich einfach zu einengend", fahre ich schließlich fort, „wobei ich das nicht nachvollziehen kann. Ich hatte ein Treffen vorgeschlagen – ist das etwa einengend?"

Dieter und die anderen schütteln verneinend die Köpfe.

„Oder vielleicht hat es sie abgeschreckt, dass ich mal nebenbei erwähnt habe, dass ich eine monogame Beziehung ganz gut fände, also generell gut, das hatte ich ja extra generisch gehalten, damit sie keine Panik bekommt und meint, ich will sie gleich heiraten. Vielleicht konnte sie es einfach nicht ertragen, dass ich eine andere Meinung vertrete als sie. Dass ich Monogamie nicht grundsätzlich verteufle und dass ich auch ab und zu das Bedürfnis nach Sicherheit habe, was natürlich überhaupt nicht zu dem *ach so freigeistigen* Lebenskonzept einer Sheela Shahbazi passt. Oder aber ihr bescheuertes Verhalten hat nicht das Geringste mit mir zu tun und sie hat einfach nur jemanden kennengelernt und deshalb den Kontakt abgebrochen. Hätte sie dann aber auch sagen können."

Die anderen nicken zustimmend.

„Jedenfalls ist diese möglicherweise bindungsgestörte, möglicherweise aber auch psychopathisch veranlagte Person, wie gesagt, jetzt plötzlich eine berühmte Regisseurin, die ausgerechnet heute Abend ausgerechnet in Berlin ihre Premiere feiert. In ungefähr drei Stunden geht's los und ich habe soeben beschlossen, hinzugehen."

„Bist du dir sicher?", fragt Helene.

„Nein. Aber ich gehe trotzdem hin. Ich muss der Welt zeigen, dass –“

Wieder dieser nervige Alarm. Doch ich habe sowieso schon alles gesagt, was gesagt werden musste. Es wird Zeit, der Welt zu zeigen, dass es mich gibt.

***

Noch zwei Minuten. Aufgrund meiner – ich will nicht sagen unangemessenen, aber zweifelsohne übertriebenen – Aufregung bin ich nicht in der Lage, mich für etwas zu entscheiden, weder für die passende Kleidung noch für die passende Frisur, weshalb ich nackt und mit zerzausten Haaren im Wohnzimmer stehe und friere.

Noch eine Minute. Ich beschließe, mir die Zähne zu putzen, falls ich heute noch jemanden küssen sollte, und da klingelt es auch schon an der Tür. Ich fürchte mich davor, auf Gül zu treffen und dabei feststellen zu müssen, dass er gar keinen Tantra-Blick hat, sondern einfach nur dick ist und rosa Hemden trägt.

Ungeschminkt, unfrisiert und in einem schwarzen Trainingsanzug steckend öffne ich die Tür.

„Du bist ja noch gar nicht fertig", sagt Helene, doch da irrt sie sich. Alles an mir ist genau so, wie es sein soll.

„Ich will nicht, dass Sheela denkt, dass das heute so ein besonderer Event ist, für den man sich so herausputzen muss", erkläre ich und trete mit festem Schritt ins Treppenhaus. Vor mir steht eine Wucht von Mann und grinst mich breit an.

„Coole Aufmachung!" Er deutet auf meine *Bling-Bling-Goldkette*, die ich immer dann trage, wenn ich vorhabe, mich auf feindliches Gebiet zu begeben. Ich freue mich, dass Gül meine *Aufmachung* zu schätzen weiß, wir beide *connecten* sofort.

Gül ist noch viel dicker, als ich es erwartet hatte. So einen dicken Menschen habe ich wahrscheinlich noch nie zu Gesicht bekommen, höchstens vielleicht in Texas. Ein absoluter Hingucker, dieser Mann, das muss man schon sagen. Er hat ein schönes Gesicht und trägt heute gar kein rosa Hemd, sondern ein schwarzes, das aussieht, als hätte es ihn einiges gekostet. Dazu trägt er in der Tat einen Seitenscheitel, der ihm, wie ich freudig überrascht feststelle, besser steht als allen anderen Seitenscheitelträgern der Welt. Auch der starke Geruch nach Aftershave, den er ausströmt und der mich normalerweise abschrecken würde, hat etwas Angenehmes. Ich *will* diesen Menschen ja auch mögen! Sein Blick ist klar und herzlich, das ist schon mal gut, aber ob es sich dabei tatsächlich um den Tantra-Blick handelt, vermag ich nicht zu beurteilen.

Wir sind spät dran und hasten zur Bushaltestelle, aber alles umsonst, der Bus fährt uns direkt vor der Nase weg, drei Minuten vor seiner regulären Abfahrtszeit. Ich fluche dem Busfahrer hinterher, weil ich weiß, dass er ein gemeiner Sadist ist, und weil sich diese Szene schon zig Mal genau so abgespielt hat wie gerade eben.

Egal, bestell ich eben ein Sammeltaxi. Helene rülpst mehrmals laut, tut dabei aber so, als wäre das gar nicht sie, die hier rülpst, sondern jemand anderes, eine unsichtbare vierte Person, die, auch wenn wir sie nicht sehen können, trotzdem immer bei uns ist. Gül und ich grinsen uns an. Ich erkenne an seinem Blick, dass er Helene wirklich mag, wenngleich er ihr Rülpsen etwas absonderlich findet. Fürs Erste bin ich erleichtert.

Als ich schon von Weitem die Menschentraube vor dem Kino erblicke, beginnt mein Herz zu rasen. Ohne dass es irgendwelcher Worte bedarf, tauscht Helene mit mir den Platz, damit ich in der Mitte gehen kann, umrandet von ihr und Gül, die mich wie eine sichere Festung umgeben. Hoffentlich bekommen wir keine Karten mehr, denke ich, während Helene meine Hand hält. „Das wird schon, wir gucken uns nur einen Film an, ganz harmlos ...“

Der einzige Grund, weshalb ich nicht auf der Stelle umkehre, ist meine Wut, die mich gerade heftig und hinterrücks überfällt, wobei ich nicht genau sagen kann, auf wen oder was sie gerichtet ist. Ich bin so wütend, dass ich meinen Gang beschleunige und mich kampfbereit in die Menschenmasse stürze. Um mich herum lauter Gesichter, die ich nicht kenne, die ich aber kennen könnte. Es gibt sogar einen roten Teppich, ich springe sofort auf ihn, nicht ohne dabei ein paar Menschen zur Seite zu schubsen, obwohl ich rote Teppiche noch nie gemocht habe, aber Angriff ist hier eindeutig die beste Verteidigung. Ich sehe, wie Helene und Gül sich besorgte Blicke zuwerfen. Was sollen diese Blicke? Als wären sie meine Eltern.

Wir warten an der Abendkasse und ich hoffe inständig, dass wir keine Karten mehr bekommen, aber natürlich bekommen wir welche. Auf einmal sehe ich Françoise in der Menge stehen. Eine kleine, zierliche und vornehme Gestalt, ganz in ihre eigene Welt versunken. Sie steht neben einem hageren und ebenfalls sehr vornehmen Herren mit Brille, die beiden unterhalten sich angeregt. Mit Françoise habe ich natürlich gerechnet, so wie ich auch mit Ennis und Matteo rechne, ich bin auf alles gefasst.

„Das ist ihre verrückte Mutter“, sage ich zu Helene, die sofort versteht, wen ich meine.

„Sie sieht sowas von französisch aus!“ Helene kichert. „Mit dem Kaschmirpullover und der Mütze und so. Fehlt nur noch der Geigenkoffer unterm Arm.“

Soweit ich mich erinnere, hat Françoise tatsächlich Geige gespielt – oder war das doch Querflöte gewesen? Unruhig wippe ich von einem Fuß auf den anderen, unschlüssig, ob ich sie begrüßen soll oder nicht. In diesem Moment blickt sie in meine Richtung und, wie mir scheint, direkt in meine Augen. Doch dann wendet sie den Blick schnell wieder ab, schwer zu sagen, ob sie mich überhaupt erkannt hat. Da ich viel jünger bin als sie, habe ich mich bestimmt auch viel stärker verändert, auf so manchen Fotos aus der Sizilien-Zeit erkenne ich mich selbst nicht wieder. Vielleicht weil ich damals ein so rundes, aufgequollenes Gesicht hatte, von der ganzen Sauferei. Aber während ich früher Rotkäppchen-Sekt trank, trinke ich heute wenigstens Crémant. Wenn ich überhaupt jemals trinke.

Ich frage Helene und Gül, ob und was sie trinken möchten, doch Helene scheint die Frage nicht gehört zu haben, sie ist voll und ganz in Güls Augen versunken.

„Wir trinken nichts“, sagt Gül in meine Richtung, ohne dabei den Blick von Helene zu wenden, „richtig, Helene?“

„Richtig“, sagt Helene mit einer seltsam devoten Stimme und bleibt dabei weiterhin auf Güls Augen fixiert.

Ich weiß nicht, was die beiden da gerade veranstalten, aber ich vermute, dass es sich um eine Art erotisches Spiel handelt, er ist der Master und sie seine Sklavin, oder so ähnlich.

Da ich bei diesem Spiel jedoch komplett außen vor bin, beginne ich, meine Umgebung nach weiteren bekannten Gesichtern abzuscannen. Sheela, der *Star aus Marseille*, ist erwartungsgemäß nirgends zu sehen. Auch Ennis lässt sich nirgendwo blicken. Stattdessen entdecke ich ein paar Kommiliton*innen, deren Namen ich nicht kenne, obwohl ich sie kennen sollte. Sie begrüßen mich freundlich und wir wechseln ein paar belanglose Worte. Alle sind ja sowas von gespannt auf den neuen Film von Sheela Shahbazi, der muss ja Bombe sein ...

Ich kann den verdammten Film überhaupt nicht genießen. Er fühlt sich an wie die reinste Folter. Olivia, die Hauptfigur, die noch nicht weiß, ob sie mehr auf Jungs oder auf Mädchen steht, irrt durch ihr verkorkstes Leben. Sie kommt aus ärmlichen Verhältnissen und wächst in einem Vorort von Marseille auf. Alle behandeln sie wie Dreck, der Vater säuft, die Mutter ist ein Opfer, und Olivia reagiert darauf, indem sie ihren kleinen Bruder misshandelt, aber dann verliebt sie sich in die falsche Frau, die sie übelst verarscht und am Ende sogar umbringt. Es folgt der Abspann, dazu läuft der Song *Where did you sleep last night* von Nirvana. *Mein* Song. Mein früheres Lieblingslied – was Sheela, die sich selbst nie viel aus Nirvana gemacht, genau weiß. Bitch.

Es gibt tosenden Beifall, Standing Ovations, das Publikum ist hellauf begeistert. Auch ich stehe auf und klatsche, dabei hat mich der Film kein bisschen überzeugt. Aber ich bin nicht mehr ich selbst, bin nur noch eine Marionette, die freundlich lächelt und nickend zustimmt, *oh ja, das war ein hervorragender Film, sehr rührend, sehr traurig und doch so wahr …*

Sheela wird auf die Bühne gerufen. Die Menge flippt aus, jubelt und klatscht, alle lieben Sheela – ich hab's kapiert. Sie ruft ihr Team auf die Bühne, das hauptsächlich aus Frauen besteht. Sehr ungewöhnlich in dieser Branche, aber genau das, was die Leute jetzt sehen wollen. Frauenpower. Wobei ich mich frage, wo denn da die Power war, in diesem Elendsfilm, in dem nur gelitten wurde und alle permanent scheiße zueinander waren. Oder bin ich etwa voreingenommen? Fehlt mir vielleicht der wertfreie Tantra-Blick, um den Film objektiv einschätzen zu können? Blödsinn. Wir Menschen sind immer subjektiv, und ob wir einen Film mögen oder nicht, hängt immer auch davon ab, ob wir diesen Film mögen *wollen* oder nicht. Genauso wie ich Gül mag, weil ich ihn eben mögen will, ist doch ganz einfach. Nur gibt das niemand zu, schon gar keine Filmemacher*innen.

Es folgt das übliche Q&A, bei dem Sheela ein paar sehr provokante Fragen gestellt werden, auf die sie ebenso provokante und besonders geistreiche Antworten parat hat. Wobei ihre Antworten immer spontan kommen, sie scheint keinen Witz jemals zu wiederholen, sie ist so gut im Improvisieren, dass alle – Freunde wie Feinde – gebannt an ihren Lippen hängen. Ich weiß nicht, seit wann Sheela *in der Öffentlichkeit* steht und wie berühmt sie wirklich ist. Obwohl ich selbst Filmstudentin bin, ist ihre Karriere komplett an mir vorbeigegangen, vielleicht, weil sich diese bislang nur auf Frankreich beschränkt hatte.

Erneut spüre ich eine gewaltige Wut in mir hochkochen. Das mit dem Filmemachen war doch *meine* Idee gewesen! Genau wie auch der Nirvana-Song und der Name Olivia *mir* gehören! Genau genommen ist Olivia sogar mein erster Name, da er in meinem Pass an erster Stelle steht, auch wenn mich noch nie jemand so genannt hat. Warum also heißt dieser Film Olivia? Soll *ich* das etwa sein, dieses verrückte Mädchen, das sich in die falsche Frau verliebt, von der sie dann auch noch getötet wird?

Ein Mann aus der vorderen Reihe, der es ganz besonders auf Sheela abgesehen hat, stellt ihr eine Frage bezüglich ihres Geburtsortes Starnberg, mit der er offensichtlich darauf abzielt, ihre Authentizität in Frage zu stellen. Sheela reagiert gelassen, erklärt, dass Starnberg zwar ihr Geburtsort sei, nicht jedoch der Ort, an dem sie aufgewachsen sei. Der sei nämlich Marseille gewesen, so Sheela, weshalb man diesen Film durchaus als ihre Autobiografie verstehen könne.

Dann ist *sie* also Olivia? Und wer ist dann die falsche Frau???

Aber du kommst doch aus besten Verhältnissen und deine Eltern sind stinkreich!, möchte ich ihr zurufen, wobei ich insgeheim hoffe, dass der Mann aus der vorderen Reihe das für mich erledigt. Dass er vor dem gesamten Publikum endlich die unbequeme Wahrheit ausspricht: *Sheela Shahbazi ist eine Lügnerin, ihre Autobiografie ein Fake!* Doch von dem Mann kommt kein Wort mehr, sie hat ihn an die Wand geredet, kein Mensch zweifelt noch Sheelas schwierige Kindheit an, die sie in ihrem Film geschickt ausgeschlachtet und instrumentalisiert hat. Wie mich das ärgert, dieser Betrug. Sheela ist wie ein Rapper, der einen auf Straße macht, obwohl er studiert hat und seit frühester Kindheit im Geld schwimmt.

Aber was weiß ich schon. Tatsächlich habe ich keinerlei Kenntnisse über Sheela Shahbazis Vergangenheit, ich habe keine Ahnung, wie ihre Kindheit war und ob ihre Familie tatsächlich so wohlhabend ist, wie ich immer angenommen hatte. Mit Bitterkeit wird mir wieder mal bewusst, dass ich so gut wie nichts über Sheela weiß.

„Sie sieht aus wie ein faszinierendes, aber auch gefährliches Nachtschattengewächs", flüstert Helene mir plötzlich verschwörerisch ins Ohr, „ich weiß genau, was du an ihr findest!"

Entgeistert starre ich Sheela an, die vorne auf der Bühne steht und lacht und lauter kluge Sachen von sich gibt und dabei immer cool rüberkommt. Ein faszinierendes, aber auch gefährliches Nachtschattengewächs, das ist sie in der Tat. Allein dieser seltsame Körperbau und diese speziellen, perfekt auf ihren Körper abgestimmten und doch keinem erkennbaren Stil folgenden Kleidungsstücke sind für sich genommen schon irritierend. Dazu kommt der ganze Schmuck, von dem ich nicht weiß, ob ich ihn schön oder hässlich finde, und die ungewöhnlich langen Haare, die sie mit tonnenweise Gel nach hinten gekämmt hat – welche Frau traut sich so was? Und dann noch ihre pechschwarzen Augen, die ich von hier aus zwar nicht gut erkennen kann, aber dafür erkenne ich die Hakennase, die ist so riesig und so schief, dass sie einem auch im hintersten Winkel des Saales direkt ins Auge springt. Ich bin hingerissen. Vor mir steht die Frau, die ich anscheinend mal geliebt habe, und es fühlt sich an wie in meinem Traum, meine Bewunderung für diese Person ist vollkommen übertrieben, genau wie damals, vor elf Jahren, nichts hat sich geändert, ich muss die letzten elf Jahre auf der Stelle getreten sein. Panik überkommt mich.

„Helene, ich habe elf Jahre meines Lebens verloren! Ich habe sie versäumt, verschlafen, ich weiß nicht, wie das passieren konnte!“ Ich schreie fast, vor lauter Entsetzen, die Leute gucken schon. Helene steht auf und bedeutet mir, ihr zu folgen. Umständlich bahnen wir uns den Weg durch die Zuschauerreihen und verlassen schnell den viel zu überfüllten Kinosaal.

„Da seid ihr ja!“ Menschen strömen aus dem Saal und verteilen sich überall im Raum, unter ihnen Gül, der nun fröhlich auf uns zusteuert und dabei herzlich lacht. „Was für ein Affenzirkus! Schon lustig, diese Medienmenschen –“ Er hält inne, blickt in Helenes besorgtes Gesicht und in meines, das völlig entrückt aussehen muss, schief wie ein Picasso. „Wenn ihr mich braucht, ich bin an der Bar“, sagt er und verschwindet.

Unser Gül, unser treuer und verlässlicher Bodyguard, der alles überblickt und an dem keiner vorbeikommt. Ich möchte Helene dringend sagen, wie begeistert ich von ihm bin, wie sehr ich mich für sie freue und dass ich den beiden die allerschönste Zukunft wünsche, mit zahlreichen Kindern, genau wie Helene sich das immer erträumt hat und wie auch ich mir das früher mal erträumt hatte, noch bevor ich zur Menschenfeindin geworden und zu der Überzeugung gelangt war, dass man es einem Kind einfach nicht zumuten darf, es in diese verdorbene, kaputte Welt zu setzen.

„Helene –“ Ich will ihr sagen, dass ich dennoch auf ihre geliebten Kinder aufpassen und ihnen eine vorbildliche Tante sein werde, und natürlich werde ich mich als vorbildliche Tante auch darum bemühen, meine Meinung über die Menschen zu ändern, zum Positiven, zum Optimismus hin, denn ich bin mir durchaus bewusst, dass man als Misanthropin nicht froh werden und erst recht niemand anderen froh machen kann. All das und noch viel mehr möchte ich Helene sagen, doch es gelingt mir nicht, alles, was ich über die Lippen bekomme, ist ein kläglich fiependes: „Ich will hier weg.“

„Okay, dann lass uns gehen.“ Sie lächelt ihr liebevolles Helene-Lächeln. „Darf ich dich umarmen?“, fragt sie noch, da sie der Meinung ist, dass man die Leute immer zuerst fragen oder zumindest auf irgendeine Weise mit ihnen abklären sollte, ob sie umarmt werden wollen oder nicht. Auch das hat Helene beim Tantra gelernt. Und sie tut gut daran, mich zu fragen, denn eine Umarmung ist das Letzte, was ich jetzt gebrauchen kann, ich würde augenblicklich in Tränen ausbrechen und so laut schluchzen, dass mich sogar Sheela auf der Bühne hören könnte.

Bloß keine Umarmung. Helene nickt und führt mich vorsichtig, aber zielstrebig auf den Ausgang zu. Fast haben wir es geschafft, *was ist mit Gül*, frage ich noch, *dem sag ich später Bescheid*, erwidert Helene, wir haben bereits die Tür erreicht, das Tor zur Freiheit, als auf einmal Ennis vor mir steht und mich anstrahlt, als sei ich sein persönlicher Hauptgewinn.

„Wahnsinn! Du bist es wirklich! Du siehst so toll aus!“ Er nimmt mich in die Arme – natürlich ohne vorher zu fragen – und drückt mich so fest an sich, dass es wehtut. Dann küsst er mich rechts und links auf die Wange, und nochmal rechts, *so macht man das in der Schweiz*, und ich versteh nur Bahnhof, wer ist dieser ominöse Mann? Er sieht aus wie Ennis, aber er kann es nicht sein. So sehr verändert sich niemand, also muss an der Sache etwas faul sein. Vielleicht ist Ennis doch nicht Ennis, sondern sein Doppelgänger, ich habe in letzter Zeit ziemlich viele Filme über Doppelgänger*innen gesehen und sogar ein paar Bücher darüber gelesen, das kann kein Zufall sein, dass diese Thematik gerade so omnipräsent ist.

„Hat dir der Film gefallen?“, fragt mich der Doppelgänger von Ennis und sieht mich erwartungsvoll an.

„Ja.“

Das scheint ihm nicht zu reichen, geduldig wartet er ab, ob noch etwas von mir kommt.

„Die Bilder waren toll", höre ich mich sagen.

Er sieht mich enttäuscht an, die Freundlichkeit ist aus seinem Gesicht gewichen. „Die Bilder waren toll? Was ist das denn für eine *lame* Aussage? Wie hat dir der Film gefallen? Die Geschichte? Das Gesamtkunstwerk?"

„Gut. Ich fand es wirklich gut. Sheela ist einfach krass, sie packt einen direkt bei den Eiern."

Wir brechen in Gelächter aus, Ennis und ich, wie gute alte Freunde. Dabei hatte ich den letzten Satz gar nicht sagen und Sheela und ihren dämlichen Film gar nicht loben wollen.

„Du wolltest doch gehen!?" Helenes Stimme dringt aus einer fernen Welt zu mir vor.

„Nein, nein, ich wollte nur aufs Klo", behaupte ich, aber niemand glaubt mir.

„Und weil ich eben elf Jahre meines Lebens verloren habe, muss ich jetzt tanzen, als gäbe es kein Morgen", lalle ich und erhebe mich umständlich vom Barhocker. Ich schwanke Richtung Tanzfläche. Ich habe so lange keinen Alkohol mehr getrunken, dass ich nichts mehr vertrage. Ennis folgt mir und wir tanzen. Er tanzt steif wie ein Stockfisch, aber wahrscheinlich mache ich selbst gerade auch keine besonders gute Figur. Wir geben unser Bestes, wobei ich merke, dass er nicht gerne tanzt, weil er viel zu verkopft dafür ist. Jetzt erkenne ich endlich den alten Ennis wieder, der zwar nicht flirten kann, der aber trotzdem hübsch anzuschauen ist. Ennis, mein geliebter sportlicher Physik-Nerd mit seinem schönen Gehirn und seinen schönen Oberarmen.

„Ich war ja früher in dein Gehirn verliebt!“, brülle ich, weil die Musik wirklich sehr laut ist, und Ennis brüllt „Wie bitte?“, und ich brülle „Du hast lustige Schuhe an!“.

Er blickt hinab auf seine Segelschühchen und lächelt selig. Schon erstaunlich, wie schick er geworden ist, wie glatt und leider auch ein bisschen langweilig mit seinem Polohemd und diesen entsetzlichen Schuhen. Und dann die Sache mit der Schweiz, da lebt er doch jetzt allen Ernstes in der Schweiz und verdient ein Schweinegeld, indem er für eine Firma arbeitet, die mit dem Export von Erdöl zu tun hat. Geht's noch? Wollte er nicht Postpunk-Rocker werden oder zumindest Forscher metaphysikalischer Phänomene? All die vielversprechenden Talente, er hat sie alle vergeudet und verkauft für das große Geld. Ein Jammer.

„Isst du immer noch bloß einen Apfel am Tag?“, brülle ich weiter.

„Wieso?“ Er weicht vor mir zurück, als hätte die Frage ihn zutiefst gekränkt.

„Nur so, ich fand das immer beeindruckend!“

„Ich achte schon auf meine Ernährung, klar. Ich führe auch ein Buch darüber, über meinen Kalorienverbrauch, meinen Stoffwechsel. Klingt jetzt vielleicht ein bisschen penibel, aber –“

„Warum führst du ein Buch darüber? Damit du nicht dick wirst?“

Da ist er wieder, dieser enttäuschte Blick, den er gerne aufsetzt, wenn sein Gegenüber zu dumm ist, um ihn, Meister Ennis, zu begreifen.

Ich winke ab. „Egal! Lass dancen!“ Ich ziehe ihn dicht an mich heran, doch er ist überhaupt nicht bei der Sache. Statt erotisch mit mir zu tanzen, macht er die immer gleichen, voll automatisierten Hüftbewegungen, während er mir weitere stinklangweilige Details über sein Ernährungstagebuch ins Ohr brüllt, die ich sowieso nicht verstehe, weil die Musik einfach zu laut ist. Unwillkürlich sehe ich mich nach Sheela um. Noch immer keine Spur von ihr. Wahrscheinlich wird sie auch nicht mehr kommen, obwohl es ihre eigene Premierenparty ist, aber echte Stars machen sich rar.

„Wollen wir noch was trinken?“ Ich warte seine Antwort gar nicht erst ab, weil er ohnehin Nein sagen wird. Trinke ich eben alleine und bestelle ihm noch ein Wasser. Ein Typ an der Bar will mich in ein Gespräch verwickeln, da mischt Ennis sich ein und tut so, als wäre ich seine Frau, als gehöre ich ihm und nur ihm allein.

„Dass Sheela überhaupt Filme macht, ergibt doch gar keinen Sinn“, sage ich zu Ennis. „Bestimmt macht sie das nur, um mir eins auszuwischen. Oder um mich zu beeindrucken. Oder es ist ihre verquere Art, meine Nähe zu suchen. Oder alles zusammen.“

„Nein“, sagt Ennis, „ich glaube, es geht um etwas anderes. Sheela hofft, mit ihrem Erfolg endlich die ersehnte Aufmerksamkeit von Françoise zu erlangen. Doch das wird ihr nicht gelingen. Niemals.“

„Warum nicht? Warum wird ihr das nie gelingen?“

Missmutig starrt er auf das Wasserglas vor seiner Nase.

„Weil Françoise ein schwarzes Herz hat.“

So eine pathetische Aussage passt überhaupt nicht zu ihm, trotzdem tut Sheela mir auf einmal leid, beziehungsweise würde sie mir leidtun, wenn ich nicht schon viel zu besoffen wäre für echtes Mitgefühl.

Sehnsüchtig werfe ich einen Blick aufs Handy, es ist schon nach vier Uhr morgens, das wird ganz sicher nichts mehr mit Sheela. Auch Helene und Gül sind schon vor Stunden abgehauen. Ich glaube, sie wollten miteinander schlafen. Helene ist in dieser Hinsicht ziemlich berechenbar, sie hat an genau zwei Tagen im Monat Lust auf Sex, und zwar an ihren fruchtbaren Tagen, also heute. Ich weiß das deshalb, weil auch ich gerade meine fruchtbaren Tage habe, wir beide sind perfekt aufeinander abgestimmt, da wir so viel Zeit miteinander verbringen und uns so furchtbar gerne mögen.

Ich hätte heute wirklich gerne jemanden geküsst, Ennis zum Beispiel, aber ich bin schon zu betrunken dafür, das würde ein Horrorkuss werden, das kenn ich schon, wenn den Küssenden ab einem gewissen Pegel jegliche Feinmotorik abhandenkommt. Ohnedies ist Ennis nicht meine erste Wahl. Obwohl er vorhin schon zum zweiten Mal versucht hat, mich zu küssen. Aber ich habe ihn jedes Mal sachte von mir weggeschoben. Die Sache mit der Schweiz hat mich einfach zu sehr irritiert. Ebenso die Tatsache, dass er einen goldenen Ring um den Finger trägt, den ich seltsamerweise erst vor wenigen Minuten entdeckt habe.

„Hätt ich nicht gedacht, dass du verheiratet bist."

„Ja, früher war das ein bisschen schwierig mit mir und den Frauen. Aber das hat sich geändert."

Er scrollt auf seinem Handy und zeigt mir ein Foto, auf dem er, eine Frau und zwei Kinder abgebildet sind. Sie grinsen in die Kamera, hinter ihnen die Berge. Wobei die Frau gar nicht grinst, sondern ein extra *cutes Duckface* macht, genau so, wie man es auf Tausenden von Selfies ständig und überall sieht. Grauenvoll.

„Meine Familie", sagt Ennis stolz, und es tut mir weh, dass er eine Familie gegründet hat, während ich meine letzten elf Jahre anscheinend im Dornröschenschlaf verbracht habe.

„Schön", sage ich, „die Kinder sehen nett aus."

Die Kinder sehen aus, wie Kinder eben aussehen. Aber die Frau ist ein Witz. Sie ist zwar hübsch, im Sinne von magersüchtig, mit zwei Brüsten, die sie mit Push-up und tiefem Ausschnitt extra betonen muss, und einem ebenmäßigen Puppengesicht mit makellosem Teint, aber sonst ...

„Ist deine Frau Model?", frage ich, und obwohl das eigentlich ein Scherz sein sollte, beginnt Ennis zu strahlen.

„Ja, ist sie, und dabei außerordentlich erfolgreich. Ich stehe einfach auf Models, Emilia ist schon meine dritte Modelfreundin."

Er sagt das ohne einen Hauch von Ironie.

„Klingt, als würdest du sie sammeln."

„Ja, irgendwie schon." Er lacht und merkt dabei nicht, wie sehr mir das Lachen im Halse stecken geblieben ist.

Kurz vor Sonnenaufgang falle ich stolpernd aus dem Taxi, und da ich diese exzessive Trinkerei nicht mehr gewöhnt bin, brauche ich bestimmt zehn Minuten, um den Hausschlüssel zu finden, und weitere zehn Minuten, um mit dem Hausschlüssel das Schlüsselloch zu treffen.

Im Treppenhaus stoße ich mit der Nachbarin zusammen, die mich sofort in ein Gespräch verwickeln will, ohne dabei den feindseligen Blick zu bemerken, den ich ihr absichtlich zuwerfe, um ihr zu verstehen zu geben, dass es sich nicht gehört, einer unschuldigen Person noch vor sechs Uhr morgens mit Gewalt ein Nachbarschaftsgespräch aufzuzwingen.

„Der Aufzug ist schon wieder kaputt", beschwert sie sich, „jeden Monat die gleiche Scheiße, ist das zu fassen?!"

Ich zucke mit den Schultern und will die Treppe hinaufgehen, doch sie versperrt mir den Weg.

„Rufen Sie die Hausverwaltung an!"

„Warum ich? Rufen Sie sie doch an!" Ich versuche, mich an ihr vorbeizudrängen, aber sie will mich allen Ernstes nicht durchlassen.

„Lassen Sie mich sofort durch!", sage ich in einem Ton, der keinen Widerspruch duldet.

Sie weicht zur Seite, quatscht aber weiter auf mich ein: „Ich habe schon angerufen. Rufen Sie auch an! Dann reagieren die schneller. Rufen Sie sie an, ja?"

Die meisten Menschen würden jetzt vermutlich *Ja, ja, okay* sagen, damit sie endlich ihre Ruhe haben, obwohl sie natürlich niemals die Hausverwaltung anrufen würden, da hat man doch wohl Besseres zu tun. Da dies aber nicht sehr ehrlich ist, ich mich jedoch der

Ehrlichkeit verschrieben habe, sage ich: „Nein, ich rufe auf gar keinen Fall die Hausverwaltung an, weil das alles gar nicht so schlimm ist mit dem Aufzug. Jetzt sind wir halt mal gezwungen, ein bisschen Sport zu machen, na und? Vom Treppensteigen bekommt man einen knackigen Po, den kann ich ganz gut gebrauchen, Sie nicht? Meiner schwabbelt schon."

Aber von so viel Ehrlichkeit ist die Nachbarin überfordert, weshalb sie mich als *verrückte Irre* beschimpft, was ich jetzt einfach mal so stehen lasse, ohne ihr zu sagen, dass das eine Tautologie ist.

Nachdem der Yogi-Teebeutel mich soeben dazu aufgefordert hat, zu handeln, anstatt bloß zu reagieren, recherchiere ich im Internet nach Sheelas Telefonnummer, die ich in Nullkommanix auf ihrer Website ausfindig gemacht habe. Wird wohl doch nicht so weit her sein mit ihrem Ruhm, denke ich zufrieden, denn eine wirkliche Berühmtheit stellt ihre Nummer nicht einfach so ins Netz.

Zunächst will ich sie anrufen, aber schon nach zwei Mal Klingeln steigt Panik in mir auf, weshalb ich schnell wieder auflege. Stattdessen schreibe ich: *Hallo Sheela. Kaffee? Alex.*

Gerade will ich mein Handy ausschalten, um endlich zu schlafen, als – entgegen all meiner Erwartungen – sofort ihre Antwort eintrifft: *Hallo Alex. Sehr gerne. Wann?*

Auf einen Schlag bin ich nüchtern. Warum ist sie noch wach? Was hat sie die ganze Nacht getrieben, während wir auf *ihrer* Party wie die Deppen auf sie gewartet haben? Oder ist aus ihr gar eine Frühaufsteherin geworden?

Morgen Nachmittag?, schreibe ich zurück und bin mir abermals sicher, dass ich keine Antwort erhalten werde. Doch nur wenige Sekunden darauf piepst mein Handy erneut. Wir einigen uns auf einen Ort und eine Zeit – unkomplizierter und müheloser könnte diese Wiederannäherung nicht vonstattengehen. Dann schalte ich mein Handy aus und schlafe noch in derselben Sekunde ein.

***

Schon wieder bin ich viel zu aufgeregt, was unter anderem an dem äußerst nervenaufreibenden Traum von letzter Nacht liegt, in dem ich Sheela durch die weiten Flure eines Altherrenhauses jagte. Wir waren uns zunächst in der Küche begegnet und ich merkte sofort, dass ich sie über alles liebte und nie aufgehört hatte sie zu lieben, und diese Liebe beruhte auf Gegenseitigkeit, wie schön, was für ein schöner Traum. Erst mal, denn schon nach wenigen Sekunden fiel Sheela ein, dass sie noch etwas Wichtiges zu erledigen hatte, Kartoffeln aus der Speisekammer holen, aber auf dem Weg dorthin vergaß sie ihre Liebe zu mir, weshalb ich sie jagen und daran erinnern musste, doch die Liebe wollte sich nicht wieder einstellen und irgendwann schrie Sheela mich an, wütend darüber, dass ich sie ständig verfolgte und von ihrer Mission, dem Kartoffelholen, abhielt.

Da wir uns erst am Nachmittag treffen wollen, hätte ich eigentlich genügend Zeit, um mich in Ruhe vorzubereiten. In Ruhe zu frühstücken, zu duschen und mich zu schminken. Aber die Ruhe will sich nicht einstellen. Mit fahrigen Bewegungen haste ich durch meine Wohnung, schleppe sinnlos irgendwelche Gegenstände hin und her und schiele dabei immer wieder auf mein Handy, heimlich hoffend, dass sie vielleicht doch noch absagt. Das Schminken habe ich aufgrund mangelnder Übung verlernt, weshalb ich mich schnell wieder abschminke, ausziehe und sogar nochmal dusche. Doch es hilft alles nichts, ich spüre, wie sich meine Angst immer weiter ausbreitet, bis mich schließlich die Angst vor der Angst überwältigt und ich zu weinen beginne.

Gerade nehme ich mein Handy zur Hand, um ihr abzusagen, da ruft Helene an und rät mir, eine kurze Meditation zu machen, die sie mir mal gezeigt hat. Dabei geht es darum, sich gezielt mit seinen Ängsten zu konfrontieren und sich das Schlimmste, was passieren könnte, in allen Details auszumalen. Dadurch soll eine gewisse Distanz zu den eigenen Gedanken und Gefühlen hergestellt werden, und am Ende der Meditation bin ich tatsächlich etwas ruhiger. Ich habe etwas Wesentliches begriffen. Etwas, das absolut banal ist und eigentlich selbstverständlich sein sollte, obwohl es das für mich eben gerade nicht ist: Ich werde bei dem Treffen mit Sheela Shahbazi nicht zu Tode kommen.

Mein Herz klopft heftig, als ich mich dem Café nähere, aber immerhin ist die Todesangst einer stinknormalen Aufregung gewichen. Die Sonne scheint fröhlich, bunte und braune Blätter liegen verstreut auf dem Boden herum, es ist ein milder Herbsttag, an dem nochmal alle Berliner*innen aus ihren Löchern gekrochen kommen. Der Außenbereich des Cafés ist völlig überfüllt. Sheela lehnt ein wenig abseits an einer Mauer. Sie trägt silberne Stiefel, einen XL-Wollpulli und darüber eine rote Bomberjacke mit Drachenmuster. Sehr Neuköllnmäßig. Sehr bunt. Ich muss an Helene denken, die auch gerne Bunt trägt, nur dass es bei ihr immer wie aus Versehen aussieht.

Ich bleibe vor Sheela stehen und wir umarmen uns flüchtig, fast nebenbei. Ein bisschen spektakulärer hatte ich mir diesen Moment schon vorgestellt. Andererseits ist es aber auch beruhigend, dass sich alles so normal anfühlt. Man trifft sich halt in einem Café. Warum nicht. Menschen machen so was. Mich wundert nur, dass wir beide ungefähr gleich groß sind. Ich hatte Sheela als absolute Riesin in Erinnerung, nie wäre mir in den Sinn gekommen, dass ich genauso riesig bin! Möglicherweise bin ich sogar noch größer als sie – ist das etwa ein kleiner Buckel, der sich da oben auf ihrem Rücken abzeichnet?

Wir sind beide nervös, reden erst mal ganz viel und schnell und durcheinander, reden über das Café und ob man denn noch einen Platz findet oder nicht, *kennst du sonst noch ein Café in der Nähe, aber haben die da auch guten Kaffee, obwohl mir Tee eigentlich lieber wäre, oder gehen wir doch besser spazieren?*

Wir entscheiden uns für den Spaziergang. Die Bewegung tut gut und der Blick aufs Wasser entspannt. Gerne würde ich Sheela länger aus der Nähe betrachten. Sehen, was die letzten elf Jahre aus ihr gemacht haben. Aber ich traue mich nicht und gucke stattdessen auf meine Füße. Erst, als sie anfängt, sich eine Zigarette zu drehen, kann ich sie ungestört beobachten.

Sheela, das faszinierende, aber auch gefährliche Nachtschattengewächs. Da geht sie plötzlich neben mir, wie ein echter Mensch. Ein Mensch, der an Eitelkeit nicht zu überbieten ist. Es muss ewig gedauert haben, sich auf diese komplizierte Art zu schminken und herzurichten, aber wenigstens bilde ich mir nicht ein, dass sie es meinetwegen getan hat.

Wir kommen auf ihren beruflichen Werdegang zu sprechen. Inzwischen weiß ich ja, dass sie schon lange – zumindest teilweise – in Berlin lebt, und seit meinem Umzug nach Kreuzberg sind wir sogar fast Nachbarinnen. Zwischenzeitlich, so Sheela, habe sie sich jedoch auch in Marseille und davor sogar ein paar Jahre in Los Angeles aufgehalten, um dort Filme zu drehen, wobei sie nie eine Filmschule besucht habe. Sie sei da einfach so reingerutscht, sie habe das gar nicht unbedingt gewollt, die Dinge seien ihr einfach so zugeflogen.

Es schmerzt mich, wie sie so daherredet. So abgeklärt und unbeteiligt. Neben ihr komme ich mir vor wie eine, die ständig gegen Windmühlen kämpft. Ich erkundige mich nach ihrem amerikanischen Onkel, dem *irren und perversen Filmproduzenten* – auch nach elf Jahren erinnere ich mich noch an den genauen Wortlaut –, von dem sie mir damals erzählt hatte. Ob es ihn wirklich gibt und falls ja, ob sie ihn besucht hat. Zu meinem Erstaunen gibt Sheela ohne Umschweife zu, dass sie ohne ihren Onkel nicht dort stünde, wo sie jetzt sei.

„Aber du mochtest den doch überhaupt nicht, oder?“, werfe ich ein.

„Tu ich auch nicht. Ich habe nur seine Kontakte ausgenutzt.“

Da ist es wieder, dieses diabolische Lächeln von früher. Sie grinst mich an, und plötzlich ist da wieder diese Verbindung zwischen uns. Diese Verbindung, die wahrscheinlich immer schon da war, schon bevor wir uns überhaupt kannten. Ich muss mich schützen, das spüre ich genau, denn diese seltsame Verbindung, woher auch immer sie kommt, sie kann mir gefährlich werden und mich runterziehen in eine Unterwelt, aus der ich vielleicht nicht mehr auftauchen kann.

Sheela bietet mir eine Zigarette an. Als ich ablehne, wirft sie mir einen reservierten Blick zu, der bedeuten könnte: *Aha, jetzt bist du also erwachsen geworden. Wie langweilig.* Aber vielleicht bilde ich mir das auch bloß ein.

„Kann ich mal einen Film von dir sehen?" Sofort wird mir klar, dass ich die Frage besser nicht hätte stellen sollen. Bestimmt hat Ennis ihr erzählt, dass ich auf der Premiere war, weshalb ich mich jetzt vermutlich zu ihrem Film äußern und ein paar positive Worte darüber verlieren sollte. Mir fallen aber keine ein. Außer, dass der Titel schön ist.

„Wie geht's eigentlich deinem Bruder?" Die Frage sollte möglichst beiläufig klingen.

Sheela bleibt abrupt stehen und sieht mich an. Mit diesem fiesen, durchbohrenden und furchtbar unangenehmen Röntgenblick, der mich damals so fasziniert hat. Ich kann ihm auch heute nicht standhalten und blicke peinlich berührt zu Boden.

„Ennis geht's gut", sagt sie in süffisantem Ton, „aber *er* hat mir nicht gesagt, dass du auf der Premiere warst."

„Echt nicht? Hat er das nicht erzählt? Komisch. Woher weißt du es dann? Hast du mich gesehen? Ich hab dich nämlich nicht gesehen, also nur ganz kurz auf der Bühne, aber ich saß ganz hinten und bin ja eh total kurzsichtig, also hab ich dich eigentlich gar nicht gesehen."

Ich rede mich um Kopf und Kragen.

„Françoise hat es mir erzählt."

Ich fasse es nicht, dass Françoise mich tatsächlich gesehen und so eiskalt ignoriert hat.

„Echt, war die auch da?"

Ich bekomme keine Antwort. Und da ich keine Antwort bekomme, schlage ich vor, Kuchen essen zu gehen, was wir dann auch tun. Ich zumindest, denn Sheela trinkt nur Kaffee. Der Kuchen, so muss ich allerdings feststellen, schmeckt mir in Helenes Anwesenheit besser.

Lange Zeit sagen wir nichts. Sheela beobachtet mich beim Essen, was ich als extrem unangenehm empfinde, und sagt plötzlich: „Du siehst gut aus, aber du bist nicht mehr so verrückt wie früher. Das ist schade."

Ich mag nicht mehr essen und schiebe den Kuchen von mir weg. Sollen die gierigen Spatzen ihn sich holen. Vielleicht war der Kommentar nicht böse gemeint – vielleicht aber auch schon –, zumindest trifft er mitten in die offene Wunde.

„Mir ist es wichtiger, glücklich zu sein als etwas Besonderes", sage ich, woraufhin Sheela mich skeptisch ansieht.

Dann beginnt sie, über sich selbst zu sprechen, was sie früher nie getan hätte. Sie erzählt, wie einsam sie sich manchmal fühlt, trotz der vielen Menschen um sie herum. Sie könne nicht gut allein sein und spüre oft eine gähnende Leere in sich, die immer größer werde.

Sie ist das absolute Gegenteil von Helene, denke ich, sie ist mit niemandem verbunden, als schwebte sie ganz alleine durch den Kosmos. Auf einmal verspüre ich das dringende Bedürfnis, sie zu trösten. Was sie da beschreibe, höre sich für mich wie eine Depression an, sage ich ihr, und mit Depressionen kenne ich mich – leider – sehr gut aus.

„Wirklich?“ Sie scheint erstaunt zu sein. „Du wirktest immer so lebendig und wild und stark. Trotz deiner Empfindsamkeit.“

Schweigend denke ich über ihre Worte nach. Lebendig, wild, stark – alles keine Attribute, die ich mir zuschreiben würde.

„Ich habe keine Depression“, fährt sie fort, „nur fühle ich halt einfach nicht so viel wie du.“

Ich denke an ihren letzten Satz damals: *Liebe Alex, bitte sei doch nicht immer so theatralisch.*

Dieser Satz hatte gesessen. Ich merke, dass ich ihn ihr immer noch nicht verziehen habe und dass ich sie am liebsten sofort zur Rede stellen würde. Doch anscheinend fehlt mir der Mut.

„Ich habe dich immer um deine großen Emotionen beneidet“, sagt sie, „bei dir war jeder Tag eine Achterbahnfahrt!“

„Aber das ist doch sauanstrengend, jeden Tag Achterbahn zu fahren! Ich bin froh, dass das vorbei ist. Ich lebe zurückgezogen wie eine Oma, und das finde ich gut.“

Sie lächelt. Wobei etwas Tieftrauriges in ihrem Blick liegt. Zum ersten Mal habe ich das Gefühl, dass sie wirklich da ist. Ohne Maske und ohne Show.

„Wir hätten den Kontakt nicht abbrechen sollen“, sagt sie auf einmal.

„Was heißt hier *wir*?“

„Wir heißt wir. Du und ich. Wir beide hätten den Kontakt nicht abbrechen sollen, das war ein Fehler. Mein Leben sieht toll aus, ich weiß, wie ein Ponyhof. Aber das ist nur der Schein."

Sie rutscht ein bisschen auf ihrem Stuhl herum, sodass sich, wie aus Versehen, unsere Oberschenkel leicht berühren. Diese Berührung macht mich völlig fertig. Am liebsten würde ich sie sofort küssen, nur ein einziges Mal, nur ganz kurz, und dann schnell wegrennen und sie nie wieder sehen.

„Ich war so verliebt in dich", sage ich, weil ich endlich ehrlich sein will.

Doch ich erhalte keine Antwort. Sie starrt einfach nur vor sich hin, ohne irgendetwas dazu zu sagen. Wie grausam, dieses Schweigen. Sofort bereue ich es, ihr gegenüber so aufrichtig gewesen zu sein. Ich stehe auf, um zwei Gläser Wasser zu holen.

Als ich an den Tisch zurückkehre, steckt sie mitten in einer Unterhaltung mit einem Mann vom Nebentisch. Sie wirkt unbekümmert und fröhlich, ganz anders als vorhin. Sie scheint dem Mann zu gefallen. Vor allem scheint sie ihm gefallen zu wollen.

Ich setze mich daneben und folge dem Gespräch. Sie reden über Belangloses, tatsächlich sogar über das Wetter. Warum ist ihr auf einmal dieser wildfremde und völlig uninteressante Mann so wichtig? Ich merke, wie die Wut in mir hochkocht, wenn sie jetzt nicht sofort aufhört, mit dem Typen zu reden, stehe ich auf und gehe.

Abrupt beendet Sheela ihr Gespräch und wendet sich an mich: „Ich muss leider gleich los, hab noch einen Termin."

Sie steht auf, ich ebenso.

„Aber es war so schön, dich zu treffen! Lass uns das bald wieder machen, ok? Wir sind ja fast Nachbarinnen."

„Ja, gerne", sage ich, obwohl ich das wirklich nicht sagen sollte.

Dann nimmt sie mich plötzlich in die Arme und drückt mich fest an sich. Sie lässt mich überhaupt nicht mehr los. Wir klammern uns aneinander wie zwei Ertrinkende. Der Geruch, den sie ausströmt, ist mir vertraut wie kein anderer. Es fühlt sich an, als hätte es diese letzten elf Jahre seit Sizilien nicht gegeben. Noch immer halten wir uns gegenseitig fest, als hätten wir Angst, das Leben könne uns jeden Moment auseinanderreißen. Irgendwann lässt sie mich schließlich los.

„Es war genau umgekehrt", sagt sie, „ich habe dich geliebt, und du wusstest nicht, was du willst."

Ohne meine Reaktion abzuwarten, dreht sie sich um und geht weg.

***

Meinst du, das stimmt? Meinst du, ich wusste nicht, was ich wollte? Meinst du, sie hat mich wirklich geliebt?

Die zwei Halbwüchsigen, die auf der Bank sitzen, an der ich gerade vorbeigehe, lachen sich kaputt, als sie meine Worte hören. Aber was kümmert's mich, was die Leute von mir denken, Hauptsache, Sheela hat mich geliebt.

„Sie hat nämlich *geliebt* gesagt und nicht bloß *verliebt*", spreche ich weiter in mein Handy, „und wenn sie mich schon mal geliebt hat, kann sie mich auch noch mal lieben."

Ich schicke die Sprachnachricht ab und warte darauf, dass Helene antwortet.

Tut sie aber nicht. Sie geht nicht mal *online*, was ist da los?

Nichts wird los sein. Helene ist nur nicht so handysüchtig wie wir anderen, und wahrscheinlich wird sie die Nachricht erst am Abend abhören. Doch bis zum Abend kann ich nicht warten. Ich muss mit jemandem sprechen. Aber nicht mit der Pfandsammlerin und ihrem imaginären Freund, die mich gerade nach einer Kippe anschnorren, die ich aber nicht habe, da ich schon lange nicht mehr rauche. Auch nicht mit den Tourist*innen, die mich aufgeregt fragen, wo denn *der Kotti* ist. Sondern ich muss mit einer Person sprechen, die mich kennt und mit der ich befreundet bin, und da bleibt – bitter, aber wahr – nur die gute alte Helene. Am besten gehe ich gleich zu ihr, dafür muss ich aber über das Kottbusser Tor, *ihr könnt mir gerne folgen*, sage ich zu den Tourist*innen, doch die sind zu langsam, sie kommen nicht hinterher in ihrem Schneckentempo. Kein Wunder, sie können ja auch nicht fliegen, so wie ich, seit dem Treffen mit Sheela fliege ich nur noch so durch die Stadt.

Ich fliege direkt in Helenes Wohnung hinein, es dauert ewig, bis sie mir öffnet, sofort lasse ich mich aufs Sofa fallen, Gül ist auch da, er steckt in einem seltsamen indischen Gewand und hantiert ungeschickt mit der Kaffeekanne herum. *Nein, danke, ich brauch keinen Kaffee, danke, nein, auch keinen Tee, ich bin auch so high genug, vielleicht werde ich Sheela heiraten, wisst ihr, schon komisch, oder, schon wieder denke ich ans Heiraten, das mach ich doch sonst nie!*

Helene und Gül sehen mich an. Was gucken die denn so sonderbar? Hab ich was Komisches gesagt? Meine Güte, was für Blicke! Vor allem der von Gül ist so konzentriert und so glühend, dass er mich ganz verstört. Ist er das, der berühmte Tantra-Blick? Das muss er doch sein!

Erst jetzt bemerke ich Helenes rotes Gesicht. Ihre zerzausten Haare. Die Zeichen sind mehr als deutlich. Deshalb also hat sie mich vorhin an der Tür so merkwürdig angeschaut. Deshalb also ist die Wohnung so unordentlich, liegen überall Netzstrümpfe und Ähnliches auf dem Boden herum – und ist das dahinten ein Seil neben dem Kühlschrank?

„Hab ich euch etwa gestört?“, frage ich und breche in schallendes Gelächter aus. Auch Helene und Gül lachen wie die Hyänen. Was für ein Spaß.

„Tut mir leid, es ist wegen Sheela, die macht mich ganz wahnsinnig, also im positiven Sinne.“

„Alles gut", sagt Helene und bringt mir ein Stück Kuchen. In ihrer Welt gibt es kaum ein Problem, das nicht mit einem Stück Kuchen zu lösen wäre.

„Ich weiß, es ist merkwürdig, aber ich habe wirklich keinen Hunger." Das ist das erste Mal in diesem Jahr, dass ich ein Stück Kuchen ablehne, und immerhin sind wir schon im Oktober. „Soll ich später wiederkommen?"

„Nein, überhaupt nicht. Gül muss sowieso arbeiten. Stimmt's, Habibi?!" Helene kichert. So kenne ich sie gar nicht. Sie wirkt wie eine Fünfzehnjährige.

„Stimmt", sagt Gül mit seiner tiefen, sonoren Stimme. War die letztes Mal auch schon so tief, oder gehört das noch zum Rollenspiel?

Sobald er die Wohnung verlassen hat, löchere ich Helene mit tausend Fragen, wodurch ich Dinge über Gül erfahre, die mich schwer beeindrucken. Gül – das türkische Wort für *Rose* – ist nämlich ein Mann mit vielen Facetten. Er ist nicht bloß Physiotherapeut mit Zusatzausbildung zum Osteopathen, sondern auch ein berühmter *Dom*. Berühmt zumindest in der gar nicht mal so kleinen, aber doch überschaubaren Berliner BDSM-Szene. Diese neuen Informationen muss ich erst mal verdauen. Klingt schon alles ein bisschen nach Sexguru, finde ich. Doch Helene schüttelt energisch den Kopf. Gül sei kein Sexguru, sondern ihr neuer Spielpartner, durch den sie zum ersten Mal in ihrem Leben begreife, was absolute Hingabe sei.

„Das klingt erst recht nach Sexguru!" Ich bin besorgt, aber Helene lacht mich nur aus.

„Meinetwegen, dann ist er eben ein Sexguru. Scheiß auf die Worte. Hauptsache, beiden macht's Spaß."

„Und was macht ihr dann immer so für Sachen, du und dein *Dom*?" Ich rufe mir Gül in seinem indischen Gewand vor Augen.

„Fesseln, Peitschen, Erniedrigungen – je nachdem, wonach uns gerade ist. Wir spielen halt."

„Klingt gar nicht so nach Spiel. Mehr so nach Gewalt."

„Es ist ein Spiel mit Macht. Aber alles muss in absolutem Konsens geschehen, das ist das Wichtigste überhaupt. Der *Dom* gibt der *Sub* genau das, was die *Sub* will. Deshalb ist es eben keine Gewalt. Es ist das Gegenteil von Gewalt. Es ist total selbstbestimmt."

„Okay. Und du wünschst dir, von ihm erniedrigt zu werden?"

„Schon mal was von Dirty Talk gehört?"

„Klar, aber –"

„Entscheidend ist, dass *ich* bestimme, ob und wie ich erniedrigt oder beschimpft werde. Gül darf das nicht einfach so tun. Ich gebe ihm die Sätze genau vor, die ich von ihm hören will."

„Aha."

„Ich stehe zum Beispiel total drauf, wenn er mich *kleine, perverse Schlampe* nennt. Aber *Hure* oder *Nutte* darf er auf keinen Fall zu mir sagen."

„Ach so."

Ich glaube, ich brauche jetzt doch ein Stück Kuchen. Als ich in die Küche gehe, um mir eins zu holen, fällt mein Blick wieder auf das am Boden liegende Seil.

„Und macht ihr das auch mal umgekehrt?“, rufe ich ins Wohnzimmer, „also dass du die *Dom* bist und Gül der *Sub* und dass du ihn fesselst und auspeitschst und erniedrigst und so?“

„Ja, klar!“ Helene war mir in die Küche gefolgt, um Wasser aufzusetzen. „Am Anfang sollte man sowieso beide Seiten ausprobieren, es ist nicht gut, sich zu schnell auf einen Archetyp festzulegen. Man muss das alles erst lernen, weißt du, wie eine Sprache. Und dabei ganz viel reden. Gül und ich haben einen Monat lang nichts anderes getan, als über unsere Fantasien, Ängste und Grenzen zu sprechen.“

„Was denn so für Ängste?“

„Na ja, die üblichen Befürchtungen wie abgelehnt zu werden, nicht gut genug zu sein, hässlich auszusehen, sich zu blamieren, zu pupsen, vom Anderen verlassen zu werden, oder verschlungen. Das ganze Programm eben. Ich habe zum Beispiel sofort meine Hämorrhoiden auf den Tisch gebracht, schon beim allerersten Treffen, das war cool.“

Ihre Augen glühen vor Leidenschaft, fast wie die von Gül vorhin. Ich folge ihr zurück ins Wohnzimmer und setze mich neben sie aufs Sofa. Es ist nicht wirklich gemütlich in dieser Wohnung, immer ein bisschen zu kalt, die Lichter auch nicht gerade warm. Ich hülle mich in eine bunte Decke, die Helenes Oma für sie gestrickt hat, die aber so viele Löcher hat, dass sie fast nicht mehr als Decke durchgeht. Abgesehen von Helene ist ihre Oma die einzige Vegetarierin in der Familie, alle anderen essen Fleisch, und obwohl Helene dies anscheinend gelassen hinnimmt, so wie sie immer alles gelassen hinnimmt, vermute ich doch, dass es ihr insgeheim zu schaffen macht. Schließlich konsumieren ihre Verwandten jeden Tag mehrmals Fleisch, und zwar das allerbilligste, das von Lidl oder von Penny, die Kinder wissen gar nicht, dass die Fleischstücke auf ihren Tellern mal echte Tiere gewesen waren, Tiere mit Gesichtern.

„Was ist los, bist du noch da?“, fragt Helene, weil ich plötzlich verstummt bin und vor lauter Gedanken sogar den Kuchen vergessen habe.

Ich zucke mit den Schultern, als wüsste ich nicht, was los ist. Tatsächlich aber weiß ich es ganz genau. Eifersüchtig bin ich, neidisch. Auf Helenes neue Welt, zu der ich keinen Zugang habe. Ich möchte auch so einen Gül haben, der plötzlich in meinem Leben auftaucht, der mir nackt den Kaffee bringt, mir stundenlang die Füße massiert und dem ich anschließend den Hintern versohlen darf.

„Frag ihn doch mal!“, schlägt Helene unbekümmert vor. „Er findet dich attraktiv, das weiß ich. Er hat bestimmt Interesse.“

„Wirklich?“ Ich bin verwirrt. „Ich dachte, ihr seid in einer monogamen Beziehung.“

„Ne, erst mal nicht. Es gibt noch so viel, was ich ausprobieren will. Auch mit anderen Männern.“

Ich weiß nicht recht. Gül hat schon etwas Anziehendes, das muss ich wirklich zugeben. Allein dieser Blick, der einem in Mark und Bein geht. Andererseits jagt er mir aber auch eine Heidenangst ein. Er ist so ein riesiges Tier. Ein Mammut. Eine Naturgewalt.

„Ich weiß“, sagt Helene, als hätte sie meine Gedanken gelesen, „Gül verkörpert die pure Männlichkeit.“

Wir müssen beide lachen. Was für aberwitzige Sätze da heute fallen! Aber es ist wahr, ich weiß genau, was Helene meint, Gül ist tatsächlich der *männlichste Mann*, dem ich je begegnet bin. Aber nicht, weil er dick ist. Und auch nicht, weil er einen auf dicke Eier macht und sich *extra männlich* gebärdet. Nein, Gül ist einfach deshalb so männlich, weil er sich weder vor Männern noch vor Frauen fürchtet. Nicht mal vor der Frau in ihm selbst.

„Habe ich das nicht schön gesagt!?“

„Absolut.“

Und weil ich das so schön gesagt habe, macht Helene jetzt eine Flasche Crémant auf. Zur Feier des Tages. Wir feiern die Liebe in all ihren Facetten. Wir feiern unsere Freundschaft, die ewig halten soll und wird. Und wir feiern Helenes bevorstehenden Umzug von der Manteuffelstraße 5 in die Manteuffelstraße 73b. Helene fackelt da nämlich gar nicht lange rum, sondern zieht direkt zu Gül. Warum auch nicht, wenn es passt, passt es eben. Ihre jetzige Wohnung wird sie aber trotzdem behalten, als kleines Studio, in dem sie arbeiten und mit Gül und anderen Männern ihre Spielchen spielen kann. Auch ich sei jederzeit willkommen, sollte ich mal – mit Sheela oder wem auch immer – einen Ort zum Spielen brauchen. Ich nicke und nippe genüsslich an meinem Crémant, der aus einem überteuerten Feinkostladen im Prenzlauer Berg stammt und dementsprechend köstlich schmeckt.

„Aber sag mal, zerstört dieses ganze Gerede über Ängste nicht die ganze Erotik?“, frage ich und nehme einen weiteren Schluck von diesem göttlichen Getränk.

„Eben nicht. Das ist ein Irrglaube. Eine der Lügen, an denen unsere Gesellschaft so hartnäckig festhält.“

„Aha.“

„Probier’s doch mal aus“, sagt Helene, und spontan, wie ich bin, greife ich sogleich nach meinem Telefon, um Sheela eine todesmutige SMS zu schreiben: *Wenn du willst – und obwohl ich Angst habe, dass du mich verlässt oder verschlingst –, bringe ich dir nackt einen Kaffee, massiere dir die Füße und lasse mir dann von dir den Hintern versohlen. Willst du?*

Sonderbarerweise erhalte ich keine Antwort. Vielleicht ist Sheela noch nicht so weit. Vielleicht steckt sie noch in dem gesellschaftlichen Irrglauben fest, dass man in der Liebe mysteriös und nebulös bleiben sollte.

Gut, dass ich die Nachricht sofort abgeschickt habe, denn schon nach wenigen Sekunden kommen mir die ersten Zweifel. War das wirklich so eine geniale Idee?

Helene zuckt mit den Schultern. „Egal. Jetzt ist es raus. Du hast dich entschieden, also steh dazu.“

In Helenes Welt gibt es keine falschen Entscheidungen. In meiner aber schon, weshalb ich jetzt auf jeden Fall noch ein paar Gläser Crémant trinken sollte. Sicher ist sicher.

***

Da die Heizung mal wieder nicht funktioniert, sitze ich zwei Tage später im Daunenmantel am Laptop und schreibe an meinem neuen Drehbuch. Es geht um eine Psychopathin, von der aber keiner weiß, dass sie eine Psychopathin ist, weil sie – als berühmte Filmemacherin – in der Öffentlichkeit steht und von allen bewundert wird. Die Psychopathin treibt mehrere Menschen in den Wahnsinn und in den Selbstmord, wird dabei aber nie erwischt. Bis sie sich eines Tages mit der falschen Frau anlegt. Mit einer Frau, die eine Vorliebe für Nasen hat und die noch viel verrückter und gefährlicher ist als die Psychopathin selbst ...

So weit, so gut. Ich schreibe einfach munter drauflos. Immer, wenn ich nicht weiterweiß, beiße ich in einen der vielen Lebkuchen, die neben mir auf einem Teller liegen. Da ich aber permanent nicht weiterweiß, esse ich die Lebkuchen alle auf, obwohl man die eigentlich noch gar nicht essen darf im Oktober. Mich überkommt eine überwältigende Müdigkeit, weshalb ich mich jetzt erst mal ins Bett legen und einen kleinen Mittagsschlaf halten muss. Als ich zwei Stunden später erwache, sieht die Welt nicht mehr so aus wie vorher. Diesmal habe ich aber nicht von Sheela geträumt, sondern von Gül. Wir hatten außergewöhnlich guten Sex, wobei ich kein Mensch war, sondern ein Baum, Gül hat mich bis tief in die Wurzelspitzen berührt.

Sofort greife ich nach meinem Handy, um eine Nachricht an Sheela zu verfassen, obwohl die Frau mir auf meine letzte SMS noch immer eine Antwort schuldig ist: *Wir können es gerne auch umgekehrt machen. DU bringst mir nackt meinen Kaffee, massierst mir die Füße, und dann versohle ICH dir zur Belohnung den Hintern. Man sollte sich eh nicht zu früh auf einen Archetyp festlegen. Okay?*

Ich stehe auf, schlüpfe wieder in meine Daunenjacke, mache mir eine Wärmflasche und will gerade die Hausverwaltung anrufen, um mich wegen der kaputten Heizung zu beschweren, als mein Handy piept. Die Frau schreibt: *Am Samstag feiere ich meinen Geburtstag. Kommst du?*

***

Mit dem neuen Reiskocher kocht sich der Reis ganz von selbst. Man muss nicht mal danebenstehen, man könnte auch duschen oder mal schnell zum Späti Rotwein holen, weil Gäste da sind, die abends gerne noch ein paar Gläser trinken. Dennoch beauftrage ich Onkel Alf damit, in der Küche sitzen zu bleiben und den Reis zu beobachten. Schließlich war er derjenige, der den Reiskocher überhaupt angeschleppt hat, nachdem er ihn erst für fünf Euro auf Ebay Kleinanzeigen erstanden hat, dann aber bald gemerkt hat, dass er nichts damit anzufangen weiß. Vielleicht könnte er sogar schon mal den Tisch decken ...

Am Anfang hatte ich mich sehr über diesen Spontanbesuch gewundert. Denn Onkel Alf hatte noch nie nach Berlin gewollt, schon aus Prinzip nicht. Er hat sogar extra mal ein Konzert von *Kraftklub* besucht, nur wegen des Liedes *Ich will nicht nach Berlin*. Nachdem ich heute Morgen jedoch sein Telefonat belauscht habe, weiß ich, was hinter dem plötzlichen Sinneswandel steckt: eine Frau, was sonst. Sie heißt Kitty, ist Immobilienmaklerin und will ihm unbedingt das Berliner Aquarium zeigen.

Als ich kurz darauf vom Späti zurückkehre, hat Onkel Alf seinen mittelalterlichen Laptop nebst einem Wirrwarr aus diversen Kabeln auf dem Küchentisch ausgebreitet. Der Reiskocher ist ausgesteckt.

„Ist der Reis schon fertig?“, frage ich misstrauisch.

„Ich weiß nicht.“ Er versucht gerade, über Ebay Kleinanzeigen ein paar Gegenstände für zwei bis fünf Euro zu verkaufen. Gegenstände, die er, wie ich entsetzt feststellen muss, in meinem Haushalt gefunden hat, wie beispielsweise mein geliebtes weißes Nudelsieb.

„Aber das ist doch *mein* Nudelsieb!“ Meine Stimme klingt schärfer, als ich es beabsichtigt hatte.

Kleinlaut klappt er seinen Laptop zu. „Ich dachte, du willst das nicht mehr, weil es so verrostet ist.“

„Da musst du mich aber schon vorher fragen.“

Umständlich beginnt er, die vielen Kabel wegzuräumen, damit ich den Tisch decken kann. Zornig stelle ich ihm den Rotwein vor die Nase.

„Danke, es ist so schön bei dir!“ Seine Augen leuchten auf.

Gerührt zünde ich eine Kerze an. Damit die Kabel, die jetzt auf dem Boden liegen, ein bisschen gemütlicher aussehen.

Während der Reis alleine vor sich hin köchelt, besprechen wir schon mal die Strategie bezüglich Sheelas Geburtstag. Onkel Alf möchte sie nämlich fragen, ob sie eine Rolle für ihn hat. Den Traum vom großen Ruhm hat er bis heute nicht aufgegeben. Allerdings kann ich mir kaum vorstellen, dass sie ihn besonders wird leiden können. Dazu ist er viel zu sehr *Rampensau*, und Sheela will schließlich selbst immerzu im Mittelpunkt stehen.

„Ist sie eigentlich lesbisch?“, fragt Onkel Alf, ohne jeden Zusammenhang.

Es ist zwar nicht so, dass ich mir diese Frage nie gestellt hätte, nur kann ich mir Sheela grundsätzlich nicht an der Seite irgendeines Menschen vorstellen, egal, ob Mann oder Frau. Außer, wenn überhaupt, an meiner.

„Kann gut sein“, sage ich achselzuckend.

„Na ja, macht ja nichts“, sagt er.

„Ne, natürlich macht das nichts.“

„Nein, nein, natürlich nicht.“

Betretenes Schweigen.

Ich lasse meinen Blick durch die Küche wandern und stelle fest, dass der Reis fertig ist. Das erkennt man daran, dass der Schalter von Rot auf Orange umgeschaltet hat.

„Ich weiß nicht, ob ich mich traue, morgen auf die Demo zu gehen“, sagt Onkel Alf, ohne zu merken, dass ich einen Teller Reis vor ihn hinstelle – Reis mit nichts. „Vielleicht bin ich zu alt dafür. Obwohl ich mich doch eigentlich so jung fühle!“

Dass er sich überhaupt für Demos interessiert, ist neu und muss mit letzter Nacht zusammenhängen. Da muss er wohl ewig wach gelegen sein, was ihm sonst nie passiert, bis fünf Uhr morgens, als plötzlich seine Füße zu ihm gesprochen und ihm gesagt haben sollen, dass die Erde in Gefahr sei. Das habe er vorher zwar auch schon gewusst, aber nie in dieser Deutlichkeit. Und da die Erde sich nun mal entschieden habe, direkt zu ihm zu sprechen, bleibe ihm nichts anderes übrig, als sofort aktiv zu werden und das Schicksal des Planeten selbst in die Hand zu nehmen. So in etwa hatte er es mir heute geschildert, wobei er sich dabei ein bisschen wie Helene angehört hat, nur etwas verkrampfter.

In diesem Moment hat er die Mahlzeit vor seiner Nase entdeckt. Einfacher, weißer Reis aus dem Asia-Laden. Er stürzt sich darauf, als hätte er seit Tagen nichts mehr gegessen. Wir essen schweigend, da er seit hundert Jahren alleine lebt und es daher nicht gewöhnt ist, sich während des Essens zu unterhalten. Es zieht mich jedes Mal runter, ihn so zu sehen, über seinen Teller gebeugt und das Essen in sich hineinschaufelnd, ohne es zu schmecken. Traurig sieht das aus, und so gar nicht nach Genuss. Wie ein einsamer, alter Mann wirkt er plötzlich, obwohl er das gar nicht ist. Also einsam schon, aber nicht alt. Wenigstens isst er schnell und hat seine Mahlzeit bald beendet. Als er den Kopf hebt, dauert es noch ein paar Sekunden, bis das Leben wieder in seine Augen zurückkehrt und er sich daran erinnert, dass ich da bin.

„Willst du Kitty eigentlich auch mal zum Essen ausführen?", frage ich und stelle mir vor, wie er mit eingefallenen Wangen und vollkommen in sich gekehrt in einem Restaurant sitzt, ihm gegenüber die Maklerin, die sich verzweifelt nach allen Seiten umsieht und hofft, dass der Abend bald rum ist.

„Ach nö, das ist nicht notwendig. Sie kocht sehr gut."

***

„Rettet das Meer! Das ist nicht schwer!“, rufen die Demonstrant*innen, die größtenteils aus Kleinkindern und deren Eltern bestehen. Onkel Alf findet es großartig, dass in Berlin schon die Dreijährigen mit ihren selbstgebastelten Plakaten auf Demos gehen. Auf ihren Plakaten stehen Sprüche wie *Plastik ist doof* oder auch *Die Erde ist hotter als Elyas M'Barek*. Onkel Alf ist dermaßen begeistert, dass er seiner Maklerin spontan einen Kuss auf die Wange drückt, und ihrem Dackel namens Ramsay, den sie schützend im Arm hält, gleich einen dazu. Wobei Onkel Alf sich schon fragt, wie um Himmels willen man seinen Hund Ramsay nennen kann. Entweder hat die Maklerin einen äußerst makabren Sinn für Humor oder sie ist gar keine echte Maklerin, sondern Geheimagentin, das ganze liebliche Getue sowie der niedliche Dackel dienen nur zur Tarnung.

„Oder sie hat halt nicht *Game of Thrones* geguckt“, mutmaße ich, aber Onkel Alf schüttelt entschieden den Kopf.

„Alle Maklerinnen gucken *Game of Thrones*.“

„Warum?“

„Weil sie so viel unausgelebte Sehnsucht in sich tragen.“

„Woher weißt du das?“

„Na, bei dem seelenlosen Job! Irgendwie müssen die den ja kompensieren.“

Verstohlen sehe ich die Maklerin an und muss Onkel Alf sofort zustimmen. Sie sieht in der Tat auffällig sehnsüchtig aus, wie sie so mit ihrer freien Hand, mit der sie nicht Ramsay trägt, ein Plakat hochhält, auf dem geschrieben steht: *Ich bin so sauer, ich hab sogar ein Schild gebastelt!!!* Dazu ruft sie voller Inbrunst: *Rettet das Meer! Das ist nicht schwer!* und wirft Onkel Alf heiße Blicke zu, die er erwidern würde, wenn er denn könnte.

Dabei hatte sie anfangs gar nicht mitmarschieren wollen, aus Sorge um den Hund. Als Onkel Alf ihr jedoch zu verstehen gegeben hat, dass unpolitische Leute nicht wirklich sein Ding seien und dass Nichtstun eine passive Form der Grausamkeit sei, hat sie ganz schnell eingelenkt und das Plakat gebastelt.

Ein ungefähr vierzehnjähriger Junge rennt mir über den Fuß und hinterlässt einen braunen Abdruck auf meinem weißen Turnschuh. Er dreht sich selbstbewusst zu mir um und entblößt zwei goldene Gangster-Schneidezähne.

„Sorry, Alter", sagt er und glotzt auf meine Brüste.

„*Alte*, wenn überhaupt."

„Wo ist dein Plakat?"

„Ich hab keins."

„Warum nicht?"

„Geht dich nichts an."

„Hattest du keine Zeit, eins zu machen? Die kann man auch kaufen!"

Ich habe wirklich keine Lust mehr, mich mit dem unverschämten Jungen auseinanderzusetzen, also wende ich mich ab und gröle mit der krakeeligsten Stimme, die ich zustande bringe: „Rettet das Meer! Das ist nicht schwer! Rettet das Meer! Das ist nicht schwer! Rettet das Meer rettet das Meer rettet das Meer Meer Meer!“ Denn ich möchte wirklich gerne das Meer retten, aber so düster, wie ich heute drauf bin, wird mir das nicht gelingen. Die Menschen um mich herum machen mich furchtbar aggressiv. Obwohl sie doch alle etwas Gutes wollen, sich heute extra frei genommen haben, um auf die Straße zu gehen, dennoch kommen sie mir heuchlerisch dabei vor.

Auch Gül hat anscheinend keine Lust mehr zu demonstrieren. Obwohl er eben erst zu uns gestoßen ist. Lieber steht er lässig am Straßenrand herum, unterhält sich mit anderen Türken und verschlingt gierig einen Döner. Helene sieht ihm voller Verachtung dabei zu.

„Leben und leben lassen“, sagt er irgendwann zu ihr, da flippt Helene völlig aus.

„Weißt du überhaupt“, brüllt sie mit einer mir absolut neuen Stimme, „dass dieser Scheißdöner, den du da frisst, mal ein echtes Rind oder Lamm oder whatever gewesen ist und dass dieses Rind oder Lamm oder whatever nicht nur einen miserablen Tod, sondern auch ein miserables Leben gehabt hat, und das nur, weil du und die anderen Fleischfresser jeden Tag –“

„Fleischfresser*_innen_“, korrigiert Gül sie, und Helene sieht aus, als würde sie ihm gleich den Kopf abreißen.

„Du kannst mich mal! Nur weil ihr verdammten Fleischfresser jeden Tag Fleisch fressen müsst und dafür möglichst kein Geld ausgeben wollt – ist dir das überhaupt bewusst?!?!“

„Was machst du mich hier eigentlich so an?“ Auch Gül scheint Helene nicht wiederzuerkennen.

„Du könntest genauso gut Hunde essen, die schmecken auch nicht schlechter!“, tobt Helene weiter.

„Was laberst du da?“ Gül sieht mich fragend an. „Was labert die da?“

Ich weiß keine Antwort. Aber selbst wenn ich eine wüsste, gäbe es jetzt keinen Raum dafür, denn jetzt ist Helene dran, die abgeht wie noch nie.

„Nur weil unsere Gesellschaft zufällig beschlossen hat, dass Rinder unsere Feinde und Hunde unsere Freunde sind? Wie kann ein so intelligenter Mann wie du nur so dumm sein?!“

„Hör mal auf mit diesem Ton“, sagt Gül, aber Helene ist nicht mehr zu bremsen. Gebannt verfolgen ich und viele andere Menschen das spannende Schauspiel, das sie uns hier abliefert. Für die Demo interessiert sich keiner mehr.

„Wenn du schon dieses billige Fleisch essen musst, dann hab wenigstens die Eier, das Tier selbst zu töten, anstatt andere für dich die Drecksarbeit machen zu lassen!“

„Was soll das?“ Erstaunlicherweise gelingt es Gül noch immer, ruhig zu bleiben. „Ich bin kein Schlachter und kann das nicht selber tun.“

„Scheiß Ausrede! Du würdest es dich gar nicht trauen!“

„Ich hab schon mal geangelt“, sagt Gül, aber Helene zeigt uns den Mittelfinger und stapft, ohne uns eines weiteren Blickes zu würdigen, davon. Wir sehen noch, wie sie in eine ruhigere Seitenstraße einbiegt.

„Wo willst du hin?“, rufe ich ihr hinterher, doch sie reagiert nicht.

Gül sieht benommen aus.

„War das euer erster Streit?“, frage ich.

Er nickt und beißt demonstrativ in seinen Döner.

Es gibt Tage, da willst du nicht unter Leuten sein. Du bist nachdenklich, instabil und verletzlich. Die Schwere zieht dich zu Boden, am liebsten würdest du den ganzen Tag nur rumliegen, an Tanzen ist nicht zu denken. Was du jetzt brauchst, ist Ruhe, viel Schlaf, frische Luft und – am wichtigsten – die Natur. Aber die Natur ist weit weg, die wirkliche Natur jedenfalls, denn natürlich findest du Grünflächen und Wälder in und um Berlin herum, aber das ist keine echte Natur, höchstens ein Naturersatz, menschengemacht, kontrolliert und zahm.

Es gibt aber auch Tage, an denen du nicht bloß schwer bist, sondern auch verstört und irgendwie aufgelöst, und das ist noch schlimmer. Tage, an denen du aus einem Schlaf erwachst, der viel mehr Tod war als Schlaf. Du hast deinen Körper verlassen und bist durch Raum und Zeit gereist mit einer Geschwindigkeit, der du selbst nicht hinterherkommst. Du hast Parallelwelten besucht, die genauso aussehen wie unsere Welt, nur dass sie doch ganz anders sind. Am nächsten Morgen tauchst du völlig gerädert aus einer schaurigen Unterwelt voller Fabelwesen auf – und bist dir auf einmal nicht mehr ganz sicher, ob der Stuhl, auf dem du gerade sitzt, wirklich ein Stuhl ist. An solchen Tagen solltest du keine wichtigen Entscheidungen treffen und gewiss nicht auf die Geburtstagsparty eines Menschen gehen, den du angeblich liebst, dem du aber doch aus tiefstem Herzen misstraust.

***

Eine sehr krawallige Französin namens Flo, die sich als Sheelas Mitbewohnerin herausstellt, öffnet uns kurz vor Mitternacht die Tür zu einer brechend vollen und sämtliche Neuköllnklischees erfüllenden Wohngemeinschaft.

„Hi, come in! I lost my fucking hat. I have to find it."

Hinter ihr tauchen weitere kurzhaarige Französinnen auf, die uns neugierig beäugen und deren Englisch entzückend klingt.

„Is Sheela here?", frage ich.

„No." Flo sieht mich ernst an, so, als müsse ich doch wissen, dass Sheela nicht da ist. Für einen kurzen Moment verliere ich die Fassung, wende mich bereits wieder zum Gehen, als Flo laut ausruft: „Of course she is here! It's her party!"

Alle lachen, Helene, Onkel Alf und die Französinnen, und auch ich versuche zu lachen, aber es klingt so unnatürlich und so erbärmlich, als hätte ich noch nie im Leben gelacht.

Flo führt uns durch die großzügig geschnittene Altbauwohnung, die schon aus allen Nähten platzt. Es müssen über fünfzig Menschen anwesend sein, stellt Onkel Alf beeindruckt fest, und keiner dieser Menschen sieht langweilig oder gewöhnlich aus. Alle sind furchtbar originell und natürlich haben auch alle ihre ganz speziellen Meinungen zu den aktuellsten Themen wie etwa zu *versteckten Rassismen.* Ich schnappe nur wenige, dafür aber umso interessantere Gesprächsfetzen auf. So höre ich beispielsweise zwei – vermutlich weiblichen – Personen zu, wie sie leidenschaftlich darüber diskutieren, wieso Menschen mit nicht-hetero-normativen Lebenskonzepten es heutzutage immer noch so schwer hätten, weshalb überhaupt davon ausgegangen würde, dass es für die Familiengründung einen Mann bräuchte, und warum die Bisexualität, im Gegensatz zur Homosexualität, nicht ernst genommen, sondern meist nur als vorübergehende Phase abgetan würde. Gerade frage ich mich noch, wie ich dazu stehe, wie das eigentlich bei mir ist und ob ich mich in einer *vorübergehenden Phase* befinde, als plötzlich Sheela auftaucht und mir ungestüm um den Hals springt.

„Endlich bist du da, ich warte schon den ganzen Abend auf dich!“ Sie küsst mich halb auf den Mund und fasst mich überall an, am Bauch, am Rücken, völlig unpassend fühlt sich das an. „Wo warst du so lange?“

„Moment, stopp, ich muss dir was sagen.“ Ich schiebe sie ein Stück von mir weg. „Ich bin in der schlimmsten Verfassung. Eigentlich darf ich gar nicht unter Leuten sein. Ich misstraue jedem. Auch dir. Niemand darf mir zu nahekommen, ich könnte explodieren. Ach so, und: Alles Gute zum Geburtstag!“

Sie lacht. „Danke. Der Geburtstag ist ja fast vorbei, wo warst du denn so lange?“

„Demonstrieren.“

„Nachts?“

„Ne, aber Helene hatte einen Streit mit Gül und wir mussten uns dann solidarisch mit ihr in einer Spelunke betrinken. Ich habe aber nur Spezi getrunken. Das sind übrigens Helene, meine beste Freundin, und Alf, mein Onkel aus München.“

„Schön, dass ihr da seid. Willkommen!“

Sheela gibt beiden nacheinander die Hand und ich erkenne an ihrem Blick, dass Helene ihr gefällt, obwohl sie sich alle Mühe gibt, so zu tun, als wäre das Gegenteil der Fall.

Onkel Alf zieht eine *besondere Flasche Rotwein* aus seinem Jutebeutel heraus – viel teurer als die Weine, die er normalerweise ersteht – und beginnt, eine kleine Rede über die Herkunft ebendieses Weines zu halten. Da Sheela, die offensichtlich nur Augen für mich hat, ihm nicht richtig zuhört, verstummt er bald darauf und zieht sich beleidigt in die Garderobe zurück, wo er vermutlich seiner Maklerin eine anzügliche SMS schreibt.

„Was wollt ihr trinken?“ Sheela greift erst nach meiner, dann nach Helenes Hand und zieht uns hinter sich her. Vom Flur gehen sechs Zimmer ab, die alle überfüllt sind. Manche Räume scheinen ausschließlich von Französinnen belagert zu sein, und von Deutschen, die dazugehören möchten und daher übertrieben laut Französisch sprechen, damit auch alle mitbekommen, dass sie es können. Ich meine, unter all den Menschen auch das ein oder andere bekannte Kinogesicht zu erkennen. Wir gelangen zum Ende des Flurs, von wo aus eine große Küche abgeht, die ebenfalls komplett überfüllt ist und in deren Mitte zu Elektro getanzt wird.

„Hast du vielleicht einen Ingwertee?“

Sheela sieht mich genervt an. „So was haben wir hier nicht. Aber hol dir doch ’n Spezi aus’m Kühlschrank!“

„Spezi schmeckt mir eigentlich gar nicht so gut. Ich habe das vorhin nur getrunken, weil –“

Sie hört mir längst nicht mehr zu. Mein Spezivortrag scheint sie dermaßen zu langweilen, dass sie mich einfach stehenlässt.

Während ich kurz darauf den Kühlschrank nach nicht-alkoholischen Getränken absuche, die es offensichtlich nicht gibt, beobachte ich aus dem Augenwinkel, wie Sheela und Helene zwei Schnäpse – vermutlich Whiskey – hintereinander wegkippen, obwohl Helene absolut keinen Schnaps verträgt, vor allem keinen Whiskey, da dieser all ihre wunderschönen Charaktereigenschaften, für die ich sie so schätze und liebe, völlig zunichtemacht. Zumindest vorübergehend. Ich sehe Helene fragend an, erkenne aber sofort, dass es bereits zu spät ist. Ohne auf meinen Blick auch nur einzugehen, rülpst sie mehrmals extra laut, womit sie Sheela extrem zu beeindrucken scheint.

Verärgert knalle ich den Kühlschrank zu, drehe mich um und stoße aus Versehen mit einem Typen zusammen, den ich sofort und zweifelsohne als einen deutschen Schauspieler identifiziere, der nicht nur ziemlich berühmt ist, sondern für den ich heimlich schon immer ein bisschen geschwärmt habe.

„Tschuldigung“, sagt er, streckt mir seine Hand entgegen und stellt sich in aller Höflichkeit vor, als ginge er davon aus, dass ich nicht wüsste, wer er sei.

Selbstverständlich weiß ich, wer er ist. Alle wissen das.

„Und du? Hast du keinen Namen?“ Er sieht mich neugierig und, wie mir scheint, mit ernsthaftem Interesse an.

„Doch, doch, hab ich schon, ähm ... Ich kann ihn dir auch sagen, ähm, wenn du willst ...? Mein Name ist Alex."

„Freut mich sehr." Er lächelt, und ich muss sagen, sein Lächeln sieht in echt noch viel schöner aus als auf der Leinwand.

„Musst du auch aufs Klo?", frage ich, nur um irgendetwas zu sagen.

„Nein." Er kratzt sich ratlos am Kopf. „Warum?"

„Ich weiß nicht. Ich muss eigentlich auch nicht."

Schweigen.

Ich bin mir sicher, dass er sich jetzt sofort umdrehen und nach einer anderen, aufregenderen Gesprächspartnerin umsehen wird, aber zu meinem Erstaunen bleibt er einfach vor mir stehen und lächelt mich an.

„Möchtest du einen Kamillentee?"

Er zieht einen Teebeutel aus seiner Hosentasche und hält ihn mir hin. Erst jetzt bemerke ich, dass er selbst auch nichts anderes trinkt als Tee. Ich frage mich kurz, was das für ein Mensch sein soll, der Teebeutel mit auf eine Party nimmt und sie in seiner Hosentasche herumträgt. Ein bisschen erinnert er mich an Ennis. An den coolen Ennis von früher, nicht an dessen spießigen Doppelgänger von heute.

„Kamillentee mag ich leider überhaupt nicht. Hast du vielleicht noch andere Teesorten dabei? Ingwer zum Beispiel?"

„Leider nicht."

Damit endet dieses seltsame Gespräch. Ich bin so überfordert, dass ich mich abwende, um in einem verstaubten Wandschrank nach einem Glas zu suchen, das ich mit Leitungswasser füllen kann. Onkel Alf ist nirgends zu sehen, aber Sheela und Helene schäkern noch immer miteinander rum, als hätten sie mich vergessen. Wahrscheinlich wäre ich furchtbar eifersüchtig, wenn ich nicht so unfassbar müde wäre. Die Schwerkraft zerrt an mir und will mich zu Boden reißen, ich kann nicht mithalten mit der Unbeschwertheit der *Party People*, am liebsten würde ich mich hinsetzen, aber es gibt keinen einzigen freien Stuhl, also verlasse ich die Küche, um mich woanders nach einer Sitzmöglichkeit umzusehen. Der Flur ist jedoch genauso überfüllt wie der Rest der Wohnung, ich komme keine drei Meter weit, als mich eine Frau so heftig anrempelt, dass ich mir mein fast volles Wasserglas über das gesamte T-Shirt schütte.

„Hey, spinnst du!", schimpfe ich der Frau hinterher, doch mein Geschimpfe geht in dem mich umgebenden Gegacker und Geplärre völlig unter.

Da steh ich nun wie ein begossener Pudel, als ich schon wieder auf den berühmten Schauspieler treffe, der, sobald er mich erblickt, sofort sein Gespräch unterbricht und einen Schritt auf mich zu macht. Sein zurückhaltendes und trotzdem warmherziges Lächeln ist wundervoll. Natürlich könnte ich jetzt einfach zurücklächeln, aber auch dafür fehlt mir die Kraft.

„Naaa?! Is nich dein Tag heute, wa?"

Ich zucke mit den Schultern und frage mich, weshalb er bloß so fixiert auf mich ist. Merkt er nicht, wie asozial ich drauf bin und dass man mit mir kein vernünftiges Wort sprechen kann?

Wir glotzen uns schweigend an. Wie zwei Fremdkörper, die eigentlich ganz woanders hingehören.

„Soll ich dich rächen und der Frau meinen Tee über's Kleid schütten?"

Obwohl mich dieser Vorschlag doch ein bisschen rührt, murmle ich: „Nein, danke. Ist nicht nötig."

Er nickt ernst und denkt angestrengt darüber nach, was er als Nächstes zu mir sagen könnte.

Plötzlich breche ich in ein mir unerklärliches Gelächter aus. Er lacht mit, obwohl auch er nicht weiß, worüber wir überhaupt lachen. Aber da Lachen bekanntlich ansteckend ist und weil unser Lachen, wie ich finde, sehr gut zusammenpasst, fühle ich mich ermutigt, ihm von meinem Oma-Dasein zu erzählen, das ich mir vor Jahren aufgebaut habe, ein Leben mit geregelten Tagesabläufen und immer wiederkehrenden Ritualen, das meinem Wesen zwar nicht entspricht, mir aber immerhin ein Gefühl der Sicherheit und der Kontrolle gibt in einer sonst so chaotischen Welt.

„Ich bin eine kleine Oma, die den ganzen Tag Tee trinkt und Kuchen isst und mit ihren Pflanzen spricht."

„So klein kommst du mir gar nicht vor", sagt er und beginnt nun, ebenfalls zu erzählen. Auch er sei in Wirklichkeit ein etwa siebenundachtzigjähriger Opa, der im Körper eines jungen Mannes stecke. Sowieso würde er am liebsten bald die Schauspielerei aufgeben und in eine Hütte im Wald ziehen, fernab der Zivilisation. Dort würde er jeden Tag die gleichen Sachen machen, denn auch ihm seien Rituale äußerst wichtig. Er würde sein eigenes Gemüse anpflanzen und im Einklang mit der Natur leben. Er würde täglich nicht mehr als fünfzig Wörter sprechen, an Tagen, an denen er keinem Menschen begegne, vielleicht auch nur fünf.

„Es ist wirklich schön, dass du, obwohl du ein berühmter Schauspieler bist, so bodenständig und bürgerlich und aufgeräumt geblieben bist!“, lobe ich ihn, und er freut sich wie ein Schnitzel über dieses unverhoffte Kompliment.

Auf einmal werde ich von hinten umarmt. Noch bevor ich mich zu ihr umdrehe, weiß ich, dass es Sheela ist. Ihr Blick fällt auf mein nasses T-Shirt.

„Was ist passiert?“

„Nichts Besonderes. Eine Frau hat mir spontan Wasser drübergeschüttet. Sie hat’s nicht mal gemerkt.“

„Ich habe eine Idee, was wir gegen deine Weltuntergangsstimmung tun könnten.“

„Eigentlich geht’s mir schon viel besser.“

Ich werfe einen Blick zu dem berühmten Schauspieler, der noch immer neben mir steht und mit dem ich mich gerne weiter unterhalten würde, doch eine andere Frau hat sich bereits auf ihn gestürzt und versucht nun mit allen Mitteln, ihn in ein Gespräch zu verwickeln.

„Ist Ennis heute nicht da?“, frage ich Sheela, woraufhin sie ihr typisch diabolisches Lächeln aufsetzt.

„Ne. Der tuckert bestimmt gerade mit seinem Segelboot über den Genfer See. Zusammen mit seiner debilen Ehefrau und den süßen, aber völlig verzogenen Kindern."

Und dann küsst sie mich. Einfach so. Zack. Vollkommen unerwartet. Sie küsst mich, als wäre es das Normalste der Welt. Ich weiß nicht, wie mir geschieht, aber auf einmal bin ich keine Oma mehr, sondern wieder das achtzehnjährige Mädchen auf Sizilien, offen, neugierig und zu allen Abenteuern bereit. Ihre Küsse werden intensiver, sie nimmt mein Gesicht in ihre Hände, zerwühlt meine Haare, und ich spüre den enttäuschten Blick des berühmten Schauspielers, auf den ich jetzt aber keine Rücksicht nehmen kann.

„Dein nasses T-Shirt müssen wir dir leider ausziehen", sagt Sheela und zieht mich aus. Plötzlich stehe ich im BH vor ihr, mitten unter all den Menschen, aber die existieren sowieso nicht mehr, ich sehe nur noch Sheela und ihre Ufo-Augen, in denen ich versinke, weil sie so *deep* sind. Wir küssen uns weiter. „Auch der BH ist ein bisschen nass geworden", sagt sie und zieht ihn mir ebenfalls aus. Sie berührt meinen Hals, meine nackten Brüste, ich bin so erregt, dass ich nicht mehr klarkomme, wir küssen uns wild und leidenschaftlich, und ich könnte jetzt auch sterben, denke ich kurz, aber ich sterbe nicht, sondern greife nach dem Getränk irgendeiner sich direkt neben uns befindenden Person – ein Mojito, aha – und schütte ihn Sheela über den Kopf.

Für den Bruchteil einer Sekunde sieht sie mich entsetzt an – war das zu viel, war ich schon wieder zu maßlos? Doch dann fängt sie sich sofort wieder und grinst. „Jetzt müssen wir dich leider auch ausziehen“, sage ich, aber das sagt sich so einfach, sie trägt ein unmögliches Oberteil mit tausend Riemen, Knöpfen und Zeugs. Wir müssen beide lachen, weil ich viel zu lange brauche, aber wenn nur die halbe Brust rausschaut, sieht das auch toll aus! Sheelas Haare und ihr Gesicht sind nass, in einer Strähne hat sich ein Pfefferminzblatt verfangen, das ich aufesse. Dann lecke ich ihr den restlichen Mojito aus dem Gesicht, und wir lachen noch mehr. Sind doch einige Leute um uns herum, merke ich jetzt, ich würde mich schon ganz gerne wieder anziehen, zumindest den BH und – ja, warum nicht – auch ein frisches T-Shirt, das mir der Mojito-Mann, der sich mir als Sheelas bester Freund vorstellt, in die Hand drückt.

„Steht dir gut. Viel besser als mir.“

„Danke.“

Ich muss sie sofort noch mal küssen.

„Darf ich mitmachen?“, fragt er

Der Mojito-Mann ergreift meine Hand, aber Sheela, deren Brust noch immer aus dem Oberteil hängt, geht schnell dazwischen. „Auf keinen Fall, die gehört mir.“

„Ach wirklich?“, frage ich, geschmeichelt irgendwie, aber doch auch irritiert.

„Ja, du bist die Eine.“

„Wow, was für große Worte!“ Instinktiv weiche ich von ihr zurück.

„Ist die Wahrheit“, sagt sie ernst.

„Sag so was nicht, wenn du’s nicht meinst“, sage ich noch ernster und spüre, wie meine Schwere, meine

Sorgen und meine Unsicherheit zurückkehren, auch wenn ich zwischenzeitlich geflogen bin.

Und da nun klar ist, dass es hier nicht mehr viel zu sehen gibt, ziehen sich die Schaulustigen um uns herum zurück, um ihre Gespräche wieder aufzunehmen.

„Du kennst mich doch." Sheelas Blick ist ehrlich, aber ich traue ihr trotzdem nicht.

„Hm. Eigentlich kenne ich dich nicht so gut."

„Was willst du wissen?"

„Warum bist du damals einfach abgehauen, ohne etwas zu sagen?"

„Wegen eines Jobs."

Gerade will ich etwas erwidern, da fügt sie hinzu: „Außerdem war ich verletzt."

„Von mir??"

„Von wem sonst."

In diesem Moment kommen Helene und Sheelas Mitbewohnerin Flo vorbei, Händchen haltend. Ich werfe Helene einen fragenden Blick zu. Ihre Augen sind glasig, die Wangen knallrot, anscheinend ist sie so betrunken, dass sie ohne Flos Hilfe nicht mehr geradeaus gehen kann.

„Alles okay bei dir?"

„Klar." Sie rülpst mehrmals laut, wobei ich langsam das Gefühl bekomme, dass sie das nur macht, um Sheelas Aufmerksamkeit zu erregen.

„I fucking love it when she does this!", sagt Flo begeistert, und auch Sheela strahlt Helene an, als würde diese mit ihrer Rülpserei etwas ganz Besonderes vollbringen.

Ich werfe Helene einen verärgerten Blick zu, aber sie ist zu besoffen, um irgendwas zu kapieren.

„By the way, did you see my hat?“, fragt mich jetzt Flo.

Ich schüttle ungeduldig den Kopf und wende mich wieder an Sheela. „Was hab ich denn gemacht, dass du dich verletzt gefühlt hast?“

„Du warst unentschlossen. Hast rumgespielt. Wie so ne kleine verwöhnte Göre.“

„Das ist gemein. Und stimmt auch gar nicht. Ich war nur verliebt. Und unsicher.“

Sie zuckt ratlos mit den Schultern. „Kann schon sein. Wir waren beide unsicher. Wir waren doch erst neunzehn.“

„So, you didn't see my fucking hat, right?“

„No! Leave me alone!“

Ich packe Flo und Helene grob an den Schultern und schiebe sie Richtung Küche, was sich die beiden widerstandslos gefallen lassen. Helene versucht sogar kurz zu tanzen, stolpert aber sogleich über ihre eigenen Füße, stürzt und wird von drei Menschen gleichzeitig aufgefangen. Ihr lautes Lachen dringt bis zu uns in den Flur.

„Und ich dachte schon, du stehst auf Helene“, sage ich zu Sheela.

„Helene ist hot. Aber du bist noch hotter.“

Ich muss lachen.

„Was willst du noch über mich wissen?“, fragt sie.

„Nichts. Ich will dich nur küssen.“

Eigentlich hatte ich noch wissen wollen, weshalb sie unseren Chat-Kontakt damals abgebrochen hat.

Eigentlich gab es noch eine Menge ungeklärter Fragen. Eigentlich.

„Wolltest du mir nicht nackt einen Kaffee bringen?“ Sie sieht mich herausfordernd an.

„Willst du einen?“

„Ein Espresso wäre ganz schön.“

„Leider kann ich das nicht, hier sind zu viele Leute.“

„Dann gehen wir halt woandershin, wo weniger Leute sind.“

„Wohin denn??“ Ich weiß nicht, was sie da redet.

Sheela überlegt einen Moment. Dann packt sie mich unvermittelt an den Hüften und zieht mich ganz nah zu sich heran. Dabei sieht sie mich an, als ginge es um Leben und Tod.

„Willst du das wirklich?“

„Ja, aber wie gesagt –“

„Dann zieh dich an! Wir fahren in ein Hotel.“

***

Im Taxi sprechen wir kein Wort miteinander. Halten nur Händchen, wie zwei verliebte Teenager, und wagen es kaum, uns anzusehen. Niemand weiß, wo wir sind. Alles war so schnell gegangen, weder Helene noch Onkel Alf habe ich Bescheid gegeben, sondern war einfach nur Sheela gefolgt, habe mich entführen lassen, *wo gehst du hin, Geburtstagskind?,* hatte uns der Mojito-Mann hinterhergerufen, aber da waren wir schon im Treppenhaus, unsere Liebe war nicht mehr aufzuhalten.

Der Taxifahrer lässt uns direkt vor dem Hotel raus. Sheela zahlt mit Kreditkarte, wirkt dabei souverän wie immer. Sie betritt die Lobby, als wäre das Hotel ihr zweites Zuhause. Ich frage mich kurz, wie oft sie wohl schon eine Frau hierher *entführt* hat und ob ich vielleicht eine totale Idiotin bin, ihr zu folgen, anstatt mit dem berühmten Schauspieler in den Wald zu ziehen, um dort ein schönes, harmonisches und friedliches Großelternleben zu führen. Aber dann wird mir klar, dass mein Omadasein nur eine Fassade gewesen ist, durch die jetzt mein wahres Ich hervorbricht, und dieses Ich sucht keine Harmonie und auch keinen Frieden, sondern feurige Leidenschaft. Genau wie Onkel Alfs feurige Maklerin. Bei dem Gedanken an sie muss ich kichern, und als Sheela fragt, was denn so lustig sei, stecke ich ihr vor den Augen der verwunderten Rezeptionistin meine Zunge in den Mund.

Als wir mit dem Aufzug in den siebten Stock fahren, sehen wir uns nicht an und sprechen kein Wort miteinander. Die Luft um uns herum ist elektrisch geladen, alles schreit nach Abenteuer, mein Herz klopft heftig, aber nichts kann mich noch aufhalten, nicht mal Helene, die mir plötzlich schreibt: *Falls du gerade mit Sheela unterwegs bist, was ich nicht hoffe, tu's nicht!*

Für einen flüchtigen Moment ist der Impuls da, umzudrehen und nach Hause zu fahren. Schnell schalte ich mein Handy aus.

Ich bekomme nicht mit, wie das Hotelzimmer aussieht. Ob es groß oder klein ist, sauber oder nicht, denn sobald wir die Tür hinter uns geschlossen haben, stürzen wir uns aufeinander wie zwei entfesselte Ungeheuer. Das Denken setzt erst viel später ein, erst nach dem dritten Orgasmus, oder vielleicht schon kurz davor, als ich plötzlich zu weinen beginne.

„Was ist?" Sie sieht mich irritiert an.

„Ich freue mich. Und bin glücklich. Und ein bisschen traurig. Und ich hab Angst, dass das, was wir hier erleben, nicht echt ist. Und falls es doch echt ist – was, wenn es morgen nicht mehr echt ist?"

Sie lächelt. „Ich habe dich immer um deine Dramen beneidet."

„Dann hast du keine Ahnung."

„Warum?"

„Weil meine letzten elf Jahre nicht zu beneiden waren."

Und dann erzähle ich ihr alles. Ich erzähle von meinem emotionalen Absturz nach Sizilien, von der Flucht in die Isolation und Einsamkeit und von der ewig andauernden und alles überschattenden Depression, an die ich mich kaum noch erinnere, da sie so zäh, stumpf und leblos gewesen war. Ich erzähle ihr von der Gruppentherapie, die nicht viel gebracht hat, von Helene, dem ersten Lichtblick, und vom Studium, das mir anfangs wie ein zweiter Lichtblick erschienen war, doch schon bald zu Selbstzweifeln und Ungewissheit geführt hat, zu einem Suchen und Versuchen, das nirgendwohin zu führen schien.

Nur eine Phase meines Lebens spare ich bewusst aus, nämlich die kurze Phase, in der wir Kontakt gehabt hatten, den sie dann aber doch wieder abgebrochen hat, woraufhin ich erneut in eine Depression gefallen war. Es ist, als würde ich ihr nicht gönnen, zu wissen, wie viel Macht sie über mich hatte – und womöglich immer noch hat.

Sheela hört mir aufmerksam zu. Irgendwann stelle ich verwundert fest, dass sie Tränen in den Augen hat. Unwillkürlich muss ich an etwas denken, das ich in einem meiner Bücher gelesen habe. Psychopathen, so heißt es darin, seien oft hervorragende Schauspieler, die in der Lage seien, auf Knopfdruck zu weinen, um ebenjene Empathie vorzutäuschen, an der es ihnen komplett fehle.

„Ist dein Weinen überhaupt echt?“, frage ich, was bewirkt, dass sie sofort damit aufhört.

„Wie kann jemand, der aufrichtig weint, so plötzlich damit aufhören?“

„Puh“, sagt sie, „du hast ja wirklich gar kein Vertrauen.“

Sie streichelt mir mit der Hand über die Wange, und diese unerwartete Berührung löst einen erneuten

Heulkrampf bei mir aus, für den ich mich so sehr schäme, dass ich schnell aufstehe und zum Fenster gehe. Der Blick nach draußen ist sterbenslangweilig. Graue Häuser, kaum Bäume, ein paar Menschen und viel zu viele Autos. Wir könnten uns in jeder beliebigen Großstadt befinden.

„Willst du Champagner trinken?“, fragt sie.

„Nein.“

„Den müssen wir doch sowieso bezahlen. Also *ich*.“

„Ja, *du*.“

„Dann können wir den doch auch trinken, oder?“

„Lass ihn dir schmecken.“

„Du kannst es dir ja noch überlegen.“

Sie steht auf und holt den Champagner, den sie bestellt hat und nun ungeschickt öffnet. Dann schenkt sie uns beiden zwei Gläser ein und hält mir eines davon hin.

„Ich habe *nein* gesagt. *Nein* heißt *nein. Vielleicht* heißt auch *nein*.“

„Wie du willst.“

Sie stellt mein Glas auf dem Tisch ab und trinkt ihres leer. Dann füllt sie es noch mal auf und trinkt es erneut leer. Grimmig, aber auch ein bisschen neugierig sehe ich ihr dabei zu. Schließlich nimmt sie mein volles Glas vom Tisch und leert auch dieses.

„Und jetzt? Was machen wir jetzt?“

Ich zucke mit den Schultern und frage mich, warum ich schon wieder so schwermütig bin. Warum ich mich nicht einfach freuen kann über das, was ist.

„Wir könnten auseinandergehen“, schlage ich vor, „ganz undramatisch und unspektakulär, auch wenn das natürlich nicht zu dieser Nacht passt, aber vielleicht ist es das Beste für uns beide ..."

„Nein, ich gehe nirgendwohin. Ich liebe dich."

Fast muss ich lachen, so überraschend und unromantisch kommt diese spontane Liebeserklärung daher.

„Ach so."

„Ja."

„Hm."

Schweigen.

Blicke.

Die Luft, die langsam wieder zu knistern beginnt.

Vielleicht gehe ich gerade einer Psychopathin auf den Leim, denke ich, aber wenn man jemandem verfallen ist, haben Ratio und Logik keine Chance mehr.

Und plötzlich packt sie mich am Arm und zieht mich grob zu sich her.

„Aua!"

Sie sieht mich an, mit einem extrem fordernden Blick, und befiehlt: „Dreh dich um!"

„Häh?"

„Dreh dich um!", wiederholt sie, leise zwar, aber sehr streng. Ich rühre mich nicht vom Fleck. Ich muss an Helene und Gül denken, an alles, was Helene versucht hat, mir beizubringen.

„Aber sollten wir uns nicht zuerst mindestens einen Monat lang über unsere Wünsche und Ängste und Grenzen unterhalten, bevor wir solche Sachen machen?", frage ich und lache ein bisschen, um die Situation ein wenig aufzulockern.

Doch Sheela lacht nicht mit, sie bleibt standhaft und fest in ihrer Rolle.

„Dreh dich um!“, sagt sie zum dritten Mal mit einer Klarheit und einem Selbstvertrauen, die ich nur bewundern kann. Und obwohl ich *Nein* sage, macht ihr eiserner Blick etwas mit mir, dass ich mich plötzlich doch umdrehe, fast gegen meinen Willen.

„Knie dich hin!“, befiehlt sie jetzt, und ich, als hätte ich bereits jeglichen Widerstand aufgegeben, gehorche ihr. Sie greift mich am Nacken und drückt mich zu Boden, ich gehe mit. Dann winkelt sie meine Beine an und stützt sich mit ihrem ganzen Gewicht darauf, sodass ich mich kaum noch bewegen kann. Sie fasst mir zwischen die Beine und fängt an, mich zu befriedigen. Erst langsam, dann immer schneller. Ich lasse mich fallen. Es fühlt sich gut an, ihr ausgeliefert zu sein und mich ihr vollkommen hinzugeben. Sie hält mich noch fester, so fest, dass es wehtut, und ich höre mich selbst stöhnen, da dreht sie plötzlich meinen Kopf zur Seite und nach hinten, sodass ich Angst bekomme, sie könne mir das Genick brechen. Sofort muss ich an Sizilien denken, als wir im Wasser spielerisch gekämpft haben, und wie aus dem Kampf plötzlich Ernst geworden war.

„Aua, stopp, das tut weh!“, sage ich, doch zu meinem blanken Entsetzen macht sie einfach weiter und drückt meinen Kopf noch fester nach hinten. Ich versuche mich zu wehren, „hör auf, lass mich los“, schreie ich, aber sie drückt mein Gesicht in ein Kissen, sodass ich nicht mehr schreien und vor allem kaum atmen kann. Panik überkommt mich. Auf einmal bin ich mir sicher, dass sie mich töten will. Dass sie mich schon damals im Wasser hatte töten wollen, aus irgendeinem spontanen kranken Impuls heraus. „Das ist kein Spiel!", schreie ich, sobald sie den Griff um meinen Kopf etwas lockert – und auf einmal lässt sie mich los.

Ich springe auf und ziehe mich hastig an.

„Scheiße, tut mir leid", sagt Sheela, „ich dachte wirklich, du wolltest das und hast nur im Spiel *Stopp* gerufen."

„Du spinnst ja total."

Sie steht auf und folgt mir. „Im Ernst, Alex, ich würde dir nie wehtun."

Sie versucht, nach mir zu greifen, aber ich schubse sie weg.

„Ich schwöre dir, dass ich dir nichts antun wollte. Ich dachte, du willst das!" Ihre Stimme klingt ungewöhnlich laut und verzweifelt. „Du hast doch angefangen mit diesem ganzen Sadomaso-Kram. Du wolltest das! Ich würde dir nie wehtun!"

Wir stehen uns gegenüber.

„Du lügst", sage ich kalt.

„Du weißt genau, dass ich nicht lüge", sagt sie und sieht mir mit festem Blick in die Augen.

Ich starre sie an und verstehe nichts mehr. Normalerweise weiß ich immer, wenn Menschen lügen, ich bin ein Lügendetektor, wenn dies ein Beruf wäre, würde ich ihn ausüben. Nur Sheela bildet eine Ausnahme, nur bei ihr bin ich blind wie ein Maulwurf. Warum? Warum kann ich sie nicht lesen?

„Du glaubst mir doch, oder?"

Sie nimmt meine Hand und streichelt sie sanft. Unwillkürlich muss ich an Donald Duck denken, wobei ich mich frage, ob Sheela wirklich so viel besser ist als er.

Ich weiß längst nicht mehr, was ich glaube und was nicht. Das Einzige, was ich noch weiß, ist, dass ich völlig erschöpft bin und sofort schlafen muss. Auf der Stelle. Als hätte man mich ausgeknipst.

„Ich bin sooo müde“, murmle ich mit schwacher Stimme und mir scheint, als würde ich in Ohnmacht fallen.

Mit letzter Kraft lege ich mich ins Bett, Sheela legt sich dazu, unter die gleiche Decke, ich spüre ihren warmen Körper an meinem, und schon bin ich weg.

***

Es ist fast wieder dunkel draußen, als ich im Hotelzimmer erwache. Meine Kleidung klebt unangenehm an meinem Körper. Ich könnte duschen, aber für so was habe ich jetzt keinen Nerv. Der Fernseher läuft, was ich mir nicht erklären kann, und von Sheela fehlt jede Spur. Ich werfe einen Blick Richtung Badezimmer, die Tür steht offen, doch auch dort ist niemand. Alarmiert stehe ich vom Bett auf und entdecke die Champagnerflasche, die leer auf dem Boden liegt. Überhaupt sieht es unordentlich, fast schon verwüstet aus. Hatten wir so arg gekämpft? Mit Schaudern erinnere ich mich an den entsetzlichen Moment, als mir plötzlich bewusst geworden war, dass Sheela eine potenzielle Mörderin ist.

Sie hat keine Nachricht hinterlassen, auch auf dem Handy nicht. Ich rufe sie an und wundere mich kein bisschen, dass sie nicht rangeht. Sie hat die Flucht ergriffen. Schon wieder. Die feige Sau.

Am Ende des Gangs befinden sich ein Aufzug und daneben eine Treppe. Ich nehme den Aufzug. Gestern hat es sich noch furchtbar neu und toll und aufregend angefühlt, Hotelgast in der eigenen Stadt zu sein. Heute fühle ich mich eher wie eine Killermaschine mit einer neuen Mission, welche lautet: Finde Sheela und vernichte sie.

In der Lobby herrscht reger Betrieb. Ich blicke mich kurz um, weiß aber längst, dass ich sie hier nicht finden werde. Manche Leute sehen mich seltsam an und versuchen, unauffällig an mir vorbeizuhuschen. Es wirkt fast so, als hielten sie mich für gefährlich. Das amüsiert und beeindruckt mich sogar, vielleicht nehmen die Menschen doch mehr wahr, als man immer annimmt.

Vom Hotelmanager, der mich ebenfalls höchst misstrauisch beäugt, erfahre ich, dass Sheela vor ungefähr zwei Stunden das Hotel verlassen hat und in ein Taxi gestiegen ist. Ich trete hinaus an die frische Luft, die, wie ich feststelle, gar nicht frisch, sondern voller Abgase ist, und werde vom Lärm der Großstadt übermannt. Autos überall. Wo wollen diese Irren bloß alle hin?

Der Hunger treibt mich in eine Starbucks-Filiale, die ich normalerweise nie betreten würde, aber die Umstände sind außergewöhnlich. Ich darf nicht zulassen, dass ich mich auflöse. Daher muss ich Nahrung und Flüssigkeit zu mir nehmen, und das an einem möglichst neutralen, möglichst uninspirierenden Ort. *Fokussiere dich auf dein Müsli,* sage ich mir immer wieder. *Wonach schmeckt es? Sind Nüsse drinnen, oder vielleicht sogar Mandeln?*

Es funktioniert nicht, ich kann mich nicht konzentrieren. Nach außen hin mag ich ruhig und entspannt wirken, aber innerlich passiert etwas Schlimmes. Stimmen, die nur ich höre, schreien so laut durcheinander, dass mir fast der Schädel platzt. *Du darfst deinen Geist nicht sich selbst überlassen! Konzentriere dich auf deinen Ingwertee, er ist total warm, merkst du das? Es fühlt sich doch eigentlich ganz schön an, wie er dir so warm und wohlig die Kehle runterrinnt, oder!?*

Nein. Das macht keinen Sinn. Ich halte es nicht mehr aus und rufe alle an. Meine Oma, meine Sandkastenfreundin – und meine Mutter! Die sogar abhebt! Und die sogar Zeit hat, mir zuzuhören! Sie alle wundern sich sehr über meinen Anruf, doch ich rede mit ihnen, ohne zu wissen, worüber. Das macht der Autopilot, der jetzt die alleinige Macht über mich hat.

Die Gespräche sind schnell wieder vorbei. Die einzigen Menschen, mit denen ich jetzt offen und ehrlich sprechen könnte, sind nicht erreichbar. *Wo bist du???*, schreibe ich Helene, Onkel Alf und Sheela nacheinander. Mir kommt sogar der Gedanke, Ennis anzurufen, aber was soll ich mit dem Spacken?

Ich bin schon kurz davor, einen Unschuldigen am Nebentisch anzuquatschen, als Onkel Alf zurückruft. Gott sei Dank, denke ich, obwohl ich immer dachte, ich sei Atheistin. Aber was weiß ich schon über mich selbst.

Wie immer hat Onkel Alf eine Menge zu erzählen. Immerhin beschwert er sich nicht darüber, dass ich einfach von der Party abgehauen bin, da auch er einfach abgehauen ist. Aus Sehnsucht nach der Maklerin.

„Aber sie hat mir einfach nicht die Tür aufgemacht, stell dir das mal vor, obwohl ich über eine halbe Stunde geklingelt habe! Sie ist dermaßen ungezogen, unhöflich und rüpelhaft!" Onkel Alf ist so was von sauer, dass er sie nie wieder sehen mag. „Ich denke, es ist aus zwischen uns."

„Echt?"

„Ja, sie ist einfach zu toxisch."

„Aber es hat doch noch gar nicht richtig angefangen zwischen euch?"

„Trotzdem. Sie ist ein toxischer Mensch. Außerdem hat sie Angst vor mir, weil sie mir nicht gewachsen ist."

„Verstehe."

Er fragt mich nicht, wie es mir geht oder wo ich bin. Das ist nicht seine Art. Stattdessen kommt er plötzlich auf Sheela zu sprechen. „Ich finde, die ist nichts Besonderes. Wundert mich schon, dass ihr alle so auf die abfahrt!" Die persönliche Kränkung in seiner Stimme ist nicht zu überhören.

„Wieso alle?"

„Na ja, du und Helene und die ganzen Kampflesben –"

„Welche Kampflesben?"

„Außerdem ist sie der totale Macho."

Ich finde es komisch, dass er Sheela als Macho bezeichnet, aber schon auch irgendwie passend.

„Wo bist du überhaupt?", fragt er mich jetzt doch noch.

„Bei Starbucks."

„Igitt! Wieso das denn?"

„Ich hatte Hunger."

„Ach so."

„Aber ich muss dringend mit Sheela reden. Bloß geht sie nicht ans Telefon. Was soll ich denn jetzt machen? Hast du eine Idee?"

„Häh? Was meinst du? Dann fahr doch zu ihr nach Hause!"

Unfassbar, dass ich nicht selbst darauf gekommen bin. Es ist, als hätte mein Gehirn den Geist aufgegeben.

„Ich glaube, ich bin auf einem drogenbedingten Paranoia-Trip. Aber ohne Drogen. Die Frau ist die Droge."

„Hm."

„Ich bin aber kein Opfer, weil –“

„Es hört sich aber schon ein bisschen so –“

„– weil ich genau weiß, was ich will, verstehst du?! Ich bin ja nicht besessen von ihr oder so, ich muss nur Klarheit bekommen, ich kann das nicht einfach so stehen lassen, Sheela muss Rechenschaft ablegen, verstehst du?“

Schweigen.

„Alex, ich versteh dich nicht. Was willst du von dieser Roboterfrau, die sich nicht zu leben traut? Die immer so distanziert ist und so kontrolliert und die Liebe einfach ausknipst wie einen Lichtschalter, wenn ihr danach ist. Meinst du nicht, es wäre besser, wenn du einfach nach Hause kommst?“

„Nein“, sage ich, „das geht jetzt nicht.“

Ich lege auf und blicke mich um. Manche Leute sehen mich seltsam verängstigt an. Sie spüren, dass ich kurz davor bin, Randale zu machen. Aber leider bin ich ja immer nur *kurz davor.* Im Grunde meines Herzens bin ich viel zu vernünftig, um wirklich Randale zu machen. Leider Gottes.

***

Angsterfüllt wie immer, wenn es um Sheela geht, drücke ich auf die Klingel. Einerseits hoffe ich, dass mir niemand öffnet, andererseits, dass Sheela sofort die Treppe herunterstürmt, um mich schluchzend in die Arme zu nehmen, sich von Herzen bei mir zu entschuldigen und mich schließlich davon zu überzeugen, dass es für alles eine plausible Erklärung gibt.

„Ja?“, fragt eine mir unbekannte Frauenstimme durch die Sprechanlage.

„Ist Sheela da?“ Ich will mich eigentlich noch vorstellen, weil sich das so gehört, aber da geht der Summer schon an. Mit weichen Knien taste ich mich langsam die Treppe hinauf. Die Wohnungstür ist angelehnt und knarzt, als ich sie aufschiebe. Eine asiatisch aussehende Frau kommt aus der Küche und streckt mir die Hand entgegen.

„Hi, ich bin Youn-Sook, aber nenn mich Sooki. Du bist Alex, oder?“

„Ja.“

Sie hat die schönste Stimme. Ich stelle mir vor, wie sie auf einem schwarzen Flügel liegt und *Strange Fruit* von Billie Holiday singt.

Wir schütteln uns die Hände und mögen uns sofort. Das Erstaunliche jedoch ist, dass ich für keine Sekunde annehme, es könnte sich bei Sooki um eine weitere Mitbewohnerin handeln oder um irgendeine Freundin von irgendeinem Mitbewohner. Nein, mir ist vom ersten Moment an klar, dass sie Sheelas Freundin sein muss. Partnerin. Vielleicht sogar Ehefrau.

„Möchtest du was trinken? Sheela ist noch unter der Dusche, kommt aber bestimmt gleich."

„Ja, gerne. Hast du Schnaps?"

Ich folge ihr in die Küche, obwohl ich schreiend davonlaufen möchte, so schwindelig ist mir.

Sooki lächelt mich an. „Ich glaube, es ist noch einer übrig vom Geburtstag. Wie war's denn so? Ich hab gehört, ihr habt hardcore gefeiert!?"

Sie stellt die Frage ganz normal, ohne irgendeinen Unterton.

„Ähm, ja, ich weiß nicht, wie es war."

„Sheela hat voll sweet von dir gesprochen."

Ich starre sie an und versuche herauszufinden, ob sie mir eine Falle stellen will, aber sie wirkt so ehrlich, so harmlos, so rechtschaffen! Sie gibt mir einen Grappa und lässt sich neben mich aufs Sofa plumpsen. Die Küche ist komplett verdreckt, alles klebt, auf dem Boden stehen Flaschen, Gläser und Dosen herum. Zigarettenstummel überall.

„Du trinkst nicht mit?", frage ich.

„Ne, ich trinke nie. Von Alkohol kriege ich Paranoia."

„Ah. Die krieg ich vom Kiffen. Und manchmal auch einfach nur so."

Sie lächelt, freundlich und vertrauensvoll, und am liebsten würde ich mit ihr befreundet sein und ihr auf der Stelle mein Herz ausschütten. Aber das geht nicht, denn sie ist die Feindin, auch wenn es sich überhaupt nicht danach anfühlt.

Ich trinke den Grappa leer und stehe auf.

„Ich muss gehen."

„Wie, du musst gehen?", fragt Sheela, die halbnackt ins Handtuch gehüllt, mit triefnassen Haaren und stark geschminkten Augen aus dem Bad kommt. Noch nie habe ich diese Frau ohne Schminke gesehen. Sie hüpft auf mich zu, strahlend vor Freude, und will mich auf den Mund küssen. Verstört weiche ich aus.

„Du musst mit uns essen, ja!?!", sagt sie. „Wir haben viel zu viele Burger und Pommes bestellt, die schaffen wir niemals allein!"

Ihre Freude ist zweifelsohne echt. Auch Sooki wirkt begeistert von der Idee, weshalb sie nun versucht, mich durch das Nachschenken von Grappa zum Bleiben zu bewegen.

Sheela schiebt mich zurück aufs Sofa und setzt sich halb auf meinen Schoß.

„Sorry, dass es hier so aussieht. Ich hatte noch keine Zeit, aufzuräumen."

Mir kommt das alles völlig absurd vor, doch das Absurdeste ist, dass ich einfach dableibe. Ohne etwas zu sagen. Ich mache einfach mit, so, wie ich schon immer einfach mitgemacht habe, genau wie damals mit Donald Duck, anscheinend hat sich seither nicht viel verändert, mein Masochismus kennt keine Grenzen.

Zehn Minuten später sitzen wir gemeinsam beim Essen und machen einen auf Familie. Ich tue so, als würde ich Pommes essen, aber heimlich beobachte ich Sooki, die eine sehr platte, aber durchaus hübsche Nase hat und einen Nacken, der so wunderschön ist, dass ich Lust bekomme, mich in eine Vampirin zu verwandeln und sie zu beißen. Gerade erzählt sie von ihrer Geschäftsreise nach Südkorea, von der sie erst heute Morgen zurückgekehrt ist. Ich erfahre, dass sie *The Head* eines erfolgreichen Wirtschaftsunternehmens ist und ungefähr fünfzehn Angestellte unter sich hat. Dabei sieht sie aus wie zweiundzwanzig. Es tue ihr wirklich leid, sagt sie, den Geburtstag verpasst zu haben, noch dazu, nachdem es so wild und leidenschaftlich zugegangen sei. Sie grinst uns beide frech an.

Sheela hingegen tut beleidigt. „An deinem Geburtstag werde ich auch nicht da sein. Ich muss sowieso bald wieder nach L. A. – Alex, willst du mich nicht begleiten?“ Da ich nicht antworte, ergreift sie meine Hand. „Was ist los mit dir, hm?“

Nichts, was soll los sein? Ich denke an Helene und daran, dass man Grenzen setzen sollte und Dinge, die einem wehtun, beim Namen nennen. Man sollte sagen, *hey, es ist total fies, dass du einfach abgehauen bist, schon wieder, und dann nicht mal ans Telefon gegangen, so was tut man doch nicht, willst du mich quälen, oder was? Und warum hast du mir deine Freundin verschwiegen, du falsche Schlange?!*

Aber ich sage nichts, weil ich nicht weiß, was Sooki über uns weiß und was ich sagen darf.

Ich sage nichts, weil diese beiden Frauen mich gerade so freudestrahlend und liebevoll anblicken, weil sie so offen und so cool sind mit ihrer schönen, polyamourösen Beziehung, oder was das sein soll – warum sollte ich da die nervige Geliebte spielen?

Ich sage nichts, weil ich das so gelernt habe. Lieber den Mund halten und so tun, als wäre das Grauen gar nicht so grauenvoll.

„Ich würde mich wirklich freuen, wenn du mit nach L. A. kommst!", flötet Sheela. „Was meinst du, Sooki, hättest du was dagegen?"

„Nein, Quatsch, überhaupt nicht, das wäre doch voll nice für euch!"

Sheela streichelt immer noch meine Hand, die ich verrückterweise nicht wegziehe.

„Mal gucken", sage ich in lockerem Tonfall, „Kalifornien wollte ich schon immer mal sehen."

Sie strahlt mich an und scheint dabei nicht zu merken, dass ich sie gerade abgrundtief hasse.

Hass, ein großes Wort, und doch das einzig passende. Mein Hass rührt daher, dass ich mich hinter's Licht geführt fühle von einer Frau, die Tiefgang vortäuscht, um von ihrem leeren Herzen abzulenken.

„L. A. macht so Bock!", schwärmt die Frau weiter. „Das wird bestimmt voll gut! Also, kommst du mit?"

Und ich hasse sie auch, weil ich mich selbst dafür hasse, dass es mir nicht gelingt, mich vor ihr zu schützen.

„Ja, ich komme mit."

Mit dem letzten bisschen Würde, das ich noch zusammenkratzen kann, stehe ich schwerfällig von meinem Stuhl auf, um zu gehen.

„Musst du schon weg?", fragt Sheela irritiert.

„Ja, leider."

Ich lächle gequält.

„Wie schade!“

Sie springt auf, um mir meinen Mantel und meine Schuhe zu bringen. Das passt überhaupt nicht zu ihr, aber was soll’s, nichts von meiner bisherigen Wahrnehmung der Welt passt noch zusammen. Wir verabschieden uns schnell mit einer flüchtigen Umarmung und einem Kuss auf die Wange.

„Schön, dass du vorbeigekommen bist“, sagt sie noch, als ich schon aus der Tür bin. So schnell ich kann, renne ich die Treppe hinunter. Dabei knicke ich mit dem linken Fuß um, es knackt laut und ich falle schreiend zu Boden. An dem Geräusch habe ich sofort erkannt, dass da etwas kaputt gegangen ist.

***

Eine Woche später scheint schon wieder die Sonne, dazu ist es klirrend kalt, was Helene zufolge ein Zeichen hoher geistiger Energie sei. Dies kann ich allerdings nicht bestätigen, da mein Geist, der seit Tagen träge vor sich hindümpelt, inzwischen so einfallslos ist, dass ihm schon wieder nichts Besseres in den Sinn kommt, als Sheela zu schreiben, obwohl wir uns doch erst vor einer halben Stunde gehört haben. Und obwohl ich genau weiß, dass ich ihr nicht schreiben darf und dass nichts Gutes dabei rauskommen kann und wird. *Kannst du mir vielleicht noch Sticky Rice mitbringen?*

Sie antwortet sogleich, *Yes Ma'am*, und fügt noch ein rotes Herz hinzu, was mir sofort einen Stich versetzt, da ich ja inzwischen weiß, was es bedeutet: absolut nichts.

Wie sieht's denn jetzt eigentlich aus mit L. A.?, frage ich weiter, und sie antwortet: *Mit Mango oder ohne?*

Natürlich ist mir nicht entgangen, dass sie mir jedes Mal ausweicht, sobald ich auf das Thema L. A. zu sprechen komme. Es wirkt fast so, als erscheine es ihr aufgrund meines Elefantenfußes nicht mehr ganz so verlockend, mit mir zu verreisen.

„Das liegt nicht am Elefantenfuß", behauptet Helene, die ich mal wieder angerufen habe, da ich langsam, aber sicher den Verstand verliere, „sondern daran, dass du ihr zu nahe gekommen bist."

Helene, die alte Küchenpsychologin. Sie ist in diesen Tagen extrem schlecht auf Sheela zu sprechen, weil die mich seit einer Woche besuchen will, ihr aber jeden Tag etwas dazwischenkommt.

„Heute wird's klappen", versichere ich, „sie müsste jeden Moment da sein. Und sie hat versprochen, Sticky Rice mitzubringen! Süß, oder?"

„Du weißt schon, dass sie mir seit ihrem Geburtstag regelmäßig textet, oder?", fragt Helene provozierend.

„Warum hast du ihr überhaupt deine Nummer gegeben?", kontere ich, und Helene verstummt.

„Ich sag's dir, Alex, bitte lass die Finger von der!", versucht sie es noch einmal, doch in ebendiesem Moment klingelt es an der Tür.

„Zu spät. Sie ist da. Ich muss aufhören."

Helene seufzt und wir legen auf.

Ich brauche ewig, um zur Tür zu gelangen, und als ich sie schließlich öffne, streckt Sooki mir einen Strauß weißer Rosen entgegen.

„Wie schön!", sage ich und würde ihr die Blumen am liebsten ins Gesicht schleudern. Sooki kann zwar nichts dafür, aber sie ist und bleibt der Feind.

„Zeig doch mal her, das verletzte Füßlein!", zwitschert sie, und ich strecke ihr brav meinen Elefantenfuß entgegen, der mittlerweile nur noch die Hälfte eines Fußballes misst und auch nicht mehr lila ist, sondern grün mit einer Tendenz zu gelb.

„Tut's noch weh?", fragt sie und macht sich daran, den Kühlschrank und die Schränke einzuräumen. Sogar Sticky Rice mit Mango hat sie dabei.

„Nur wenn ich mich bewege. Aber ich hatte echt keine Ahnung, wie es ist, sich den ganzen Tag nicht bewegen zu können. Ich bin jetzt doch ganz froh, keine Oma zu sein."

„Ja, Sheela hat mir schon erzählt, dass du eine Art Oma-Faible entwickelt hast ...?“

Sobald sie Sheela erwähnt, läuft mir die Galle über. Aber ich mache weiter gute Miene zum bösen Spiel – darin habe ich schließlich lebenslange Übung – und trete den langen Rückweg zum Balkon an, wo mein gemütlicher Oma-Sessel bereits auf mich wartet. Der Balkon ist in diesen Tagen meine große Rettung. Denn hier habe ich nicht nur die Möglichkeit, mich von der Sonne wärmen zu lassen, sondern auch, mich endlich mal mit mir selbst auseinanderzusetzen. Einziger Wermutstropfen ist die Schrottmusik der Nachbarin, die ich täglich mehrere Stunden über mich ergehen lassen muss. Aber wie Helene stets zu sagen pflegt: Jede Herausforderung ist eine Chance, um zu wachsen. In diesem Fall wird mir zum Beispiel die Chance geboten, mich in der Kunst der selektiven Wahrnehmung zu üben. Vielen Dank dafür, liebe Nachbarin, und danke auch dir, liebster Elefantenfuß, für diese großartige Möglichkeit der Introspektion, zu der ich gezwungenermaßen –

„Mit wem sprichst du da?“

Aufgrund meiner neu erworbenen Fähigkeit der selektiven Wahrnehmung habe ich nicht gehört, dass Sooki den Balkon betreten hat.

„Mit den Pflanzen“, lüge ich, denn in Wirklichkeit spreche ich mit mir selbst, beziehungsweise mit dem Fuß, beziehungsweise mit der Nachbarin, die mich zwar nicht hören kann, aber die guten Vibes wird sie mit Sicherheit durch die Wand spüren.

„Warum ist Sheela eigentlich nicht selbst gekommen?“, erkundige ich mich beiläufig, als ginge es ums Wetter.

Sooki zögert mit der Antwort.

„Weißt du, Sheela kommt zwar immer so tough rüber und so, aber eigentlich ist sie ein ziemlich unsicherer Mensch. Kein Wunder, bei der crazy Mum! Ich glaube, das ist alles ein bisschen too much für sie.“

Ich sage nichts dazu, was soll man dazu auch sagen. Sooki scheint ohnehin keine Reaktion von mir zu erwarten.

„Sorry, aber ich muss leider los, hab gleich ein Meeting. Du brauchst mich nicht zur Tür zu begleiten!“

Sie lacht und verabschiedet sich von mir mit einem Kuss auf die Wange, als wären wir alte Freundinnen.

***

Vier langatmige Tage vergehen. Natürlich könnte ich mich jetzt einfach bei Sheela bedanken, dass sie mir erneut gezeigt hat, wer sie wirklich ist, indem sie erst drei Tage lang nicht erreichbar gewesen ist und auf keine einzige meiner zunehmend panischer werdenden Nachrichten reagiert hat und indem sie mir schließlich am vierten Tag ein Selfie von sich am Venice Beach schickt, mit der freundlichen Nachricht: *Ich vermisse dich. Schade, dass du nicht hier bist.* [Rotes Herzemoticon]

Aber mir ist gerade nicht so nach Dankbarkeit, weshalb ich lieber schreibe: *Fuck you, Sheela. Du bist eine falsche Frau. Bitte verschone mich und die Welt mit deinen roten Herzen und deiner unerträglichen Feigheit.* [Schwarzes Herzemoticon]

Dann lösche ich ihre Nummer für immer und ewig aus meinem Handy.

***

TEIL III

Island
Sieben Jahre später

Trotz verstauchtem Handgelenk, aber wenigstens ohne blutende Nase krieche ich auf allen vieren durchs Unterholz und suche nach dem siebten Hinweis, der mich hoffentlich bald zum Schatz führen wird. Unter mir knackt es, ein spitzer Stock bohrt sich in mein Bein, meine Knie sind schon ganz nass, ich hätte mich wärmer anziehen sollen. Der Boden ist kalt und feucht, obwohl wir schon mitten im Frühling sind. Mein Magen knurrt und ich sehne mich nach Kaffee und frischen Croissants. Ich kann Schatzsuchen nicht ausstehen und normalerweise würde ich mich niemals dazu überreden lassen, noch vor dem Frühstück an einer teilzunehmen, noch dazu an meinem eigenen Geburtstag, aber die Schuldgefühle treiben mich zu solchen Sachen. Also krieche ich weiter und entdecke bald einen Haufen Fichtenzapfen, die verdächtig aufeinandergestapelt sind, weshalb ich darunter den letzten Hinweis vermute. Kaum entferne ich den oberen Zapfen, lugt bereits der kleine weiße Zettel hervor. Ich falte ihn auseinander und lese laut vor: „Die Motorsäge müsste mal wieder geölt werden."

Neben mir kichert es.

„Hmmm, was könnte das bedeuten?", frage ich mit verstellter Stimme und stehe umständlich auf. „Vielleicht sollte ich einfach mal in der Garage nachsehen ..."

Ich setze mich in Bewegung. Henry, in seinem roten Anorak, folgt mir hüpfend.

Obwohl ich mich in der Garage kein bisschen auskenne, weiß ich immerhin, wo sich die Motorsäge befindet, und so muss ich nicht lange suchen, bis ich auf den ersehnten Schatz stoße.

„Gefunden! Geschafft! Endlich! Was da wohl drinnen ist??“ Ungeduldig reiße ich das bunte Geschenkpapier auf. Obwohl ich natürlich genau weiß, was drinnen ist: ein dunkelgrünes Meditationskissen, das ich eigens bestellt habe, um es mir selbst zum Geburtstag zu schenken.

„Wie schön, danke, das kann ich wirklich gut gebrauchen!“

Henry sieht zufrieden aus. Es gibt kaum etwas, das ihm mehr Freude bereitet, als mir oder seinem Vater eine Schatzsuche zu organisieren.

„Können wir jetzt frühstücken?“, frage ich, und Henry nickt.

„Aber nicht wieder mit Papa streiten!“

Kaum hat er das gesagt, fühle ich mich richtig mies. Ich hocke mich vor ihn hin und nehme ihn in die Arme.

Anscheinend kann ich nicht gesittet streiten. Anscheinend kann ich nur ausrasten. Wenn ich streite, trete ich Stühle, werfe Gegenstände, und gestern habe ich so fest mit der Faust gegen die Wand geschlagen, dass ich mir das Handgelenk verstaucht habe. Direkt danach bekam ich vor lauter Anspannung auch noch Nasenbluten, was ziemlich gruselig ausgesehen haben muss, denn Henry, der im Flur gestanden und mich beobachtet hatte, weinte bitterlich. Er leidet schon eine ganze Weile unter meinen Ausrastern, seit einem knappen Jahr mache ich eine Therapie deswegen, doch bislang ohne Erfolg. Wahrscheinlich ist es nur eine Frage der Zeit, bis meine Wutanfälle anfangen, sich sichtbar auf ihn auszuwirken, bis Henry zu einem *seltsamen Kind mit Problemen* wird.

„Tut mir leid, dass Papa und ich gestern so doof gestritten haben. Das war echt blöd. Aber wir haben uns wieder vertragen."

Er sieht mich ernst an.

„Aber Mama, warum streitest du und Papa jeden Tag?"

„Was? Wir streiten doch wohl nicht jeden Tag!"

„Aber fast."

Ich schüttle den Kopf. Was soll man dazu sagen.

„Weil wir beide sehr impulsive Menschen sind."

„Was heißt impulsiv?"

„Aufbrausend. Jähzornig. Heißblütig. Wir wollen beide immer Recht haben. Obwohl wir eigentlich nur selten Recht haben. Wir sind zwei Riesendickköpfe."

„So wie ich?"

„Ja, ein bisschen so wie du. Aber du bist, im Vergleich zu uns, nur ein Minidickkopf."

Jetzt lächelt er wieder. Strahlt mich fröhlich an. Voller Liebe. Dieses Kind – ich wusste nicht, dass so viel Liebe möglich ist. Von diesem Kind kann ich alles lernen. Lernen, wie man im Moment lebt. Lernen, wie man vergibt. Lernen, wie man bedingungslos liebt. Wir umarmen uns fest und Henry gräbt seine süße, kleine, kalte Nase in meinen Hals. Keine Empfindung der Welt ist besser als diese.

***

Idyllischer könnte der Morgen nicht sein. Ich schlüpfe in meine dicken Lammfellsocken, die es nicht schaffen, meine eiskalten Füße aufzuwärmen – dafür bräuchte es Pantoffeln, aber an die kann ich mich beim besten Willen nicht gewöhnen –, und gehe die knarzende Treppe hinunter. Ich kann es noch immer nicht fassen, dass ich in einem Haus lebe, einem richtigen Landhaus, das war nie der Plan gewesen und seine Größe hat mich anfangs extrem abgeschreckt – wer soll denn das alles putzen?

Al Greens *Love and Happiness* dringt aus der Küche, es duftet nach frischem Kaffee und durch den Türspalt erkenne ich Malek, der mit der Pfanne in der Hand am Herd steht und ein paar *Dance Moves* macht. Ein paar besonders schräge Moves, die er nur macht, wenn er sich unbeobachtet fühlt. Malek ist Tänzer, beziehungsweise war er mal Tänzer, jetzt ist er eher eine Art selbsternannter Baumforscher. Der Wald ist seine Rettung. Meine Rettung ist der Fluss.

Ich betrete die lichtdurchflutete Küche, die den Blick auf den Wald und den schneebedeckten Berg dahinter freigibt. Was für ein Panorama. Fast ein bisschen zu schön.

Henry sitzt auf dem Boden neben dem Ofen und baut einen Roboter aus Lego Technic.

Auf dem gedeckten Tisch liegen Geschenke und Kinderbilder. Dazu gibt es Crémant, Kuchen und blaue Blumen, deren Namen ich nicht kenne. Ich sehe Malek an und er sieht mich an, und ich denke, wie so oft in solchen Momenten, was für ein verdammtes Glück ich habe. Und warum überhaupt, wie bin ich auf einmal in diese fantastische Welt geraten? Ist das alles echt, passe ich hier rein, gehöre ich wirklich dazu, und falls ja, wie lange wird es dauern, bis mir das Leben mein Glück wieder entreißt oder bis mein destruktives Ich erneut zum Vorschein kommt und vorsätzlich alles Glück zerstört?

Nein. Noch mal von vorne. Ich betrete die lichtdurchflutete Küche – was für ein Panorama, zu schön gibt's gar nicht! –, erfreue mich am Anblick des liebevoll hergerichteten Geburtstagstisches, gebe meinem enorm gutaussehenden Tänzer aka Baumforscher einen Kuss auf die Wange und schiele dabei heimlich in die Pfanne in seiner Hand, die mir verrät, dass es zur Feier des Tages Pancakes gibt.

„Yeah, Pancakes!"

Da stürmt plötzlich Henry aus dem Nichts heran und bekommt einen furchtbaren Wutanfall, weil unbedingt er derjenige hatte sein wollen, der mir die frohe Botschaft von den Pancakes überbringt, doch jetzt ist die ganze Überraschung dahin. Theatralisch lässt er sich auf den Boden fallen, um diesen laut schreiend mit seinen Fäusten zu bearbeiten. Er schlägt so fest zu, dass ich fürchte, er könne sich das Handgelenk verstauchen, aber so dumm wie ich wird er schon nicht sein.

„He's so you!", sagt Malek zu mir und lacht.

Ich starre auf Henry, der durch nichts zu beruhigen ist, sein Gebrüll nervt wahnsinnig und normalerweise würde ich ihn jetzt aus der Küche schicken mit der Empfehlung, sich lieber mit einem weichen Kissen anzulegen oder wenigstens eine Runde Yoga zu machen, aber heute lasse ich ihn einfach mal gewähren.

„More like you“, sage ich zu Malek, denn so friedlich und freundlich dieser Mann auf den ersten Blick erscheinen mag – sobald er streitet, zeigt er sein anderes Gesicht, sein Wutgesicht. Wir sind eine wütende Familie. Aber immerhin können wir am nächsten Morgen darüber lachen. Henry kann das sogar schon nach einer Minute. Normalerweise. Nur heute braucht er extrem lange.

„Hörst du bald mal auf damit?“, frage ich unseren Sohn, der noch immer auf dem Boden kniet und kreischt, als hätte man ihn verprügelt. „Dein Geschrei ist unangenehm laut, weißt du.“

Aber Henry hört nicht auf, sondern wird nur noch lauter. Also ziehe ich den Geburtstagstrumpf. „Da ich heute Geburtstag habe, wünsche ich mir ein friedliches und vor allem ruhiges Geburtstagsfrühstück.“

Er hört schlagartig auf zu heulen. Geburtstage sind in unserer Familie heilig, das weiß sogar er, obwohl ich meine eigenen Geburtstage in Wirklichkeit nicht leiden kann, da sie jedes Mal in einer Katastrophe enden. Mit hängendem Kopf setzt er sich neben mich an den Tisch.

„Aber *ich* wollte dir doch sagen, was es heute zum Essen gibt. Aber jetzt weißt du es schon.“

Schniefend wischt er sich die Tränen aus dem Gesicht.

„Dann sag’s mir doch einfach jetzt, ich hab’s nämlich wieder vergessen.“

„Wirklich?“

„Ja."

„Es gibt Pancakes!!!"

„Echt? Pancakes??? Wie cooooooool!"

Ich freue mich, Henry freut sich, Malek freut sich. Wir sind eine euphorische Familie.

„See you later, panther!", ruft Malek.

„Meet you at the river, babe!", rufe ich und trete hinaus in die frische Luft, die nicht nur kalt ist, sondern so klar und sauber wie wahrscheinlich nirgendwo sonst auf der Welt. Die Vögel zwitschern übertrieben laut, sie treten ausschließlich paarweise auf, wo man auch hinsieht, wird Liebe gemacht. Der Frühling ist eindeutig eingekehrt, spät, aber dafür mit ganzer Wucht. Es riecht nach Wald, alles ist grün und blau und der schneebedeckte Berg glitzert in der Sonne. *You're living the dream,* hat Helene bei ihrem letzten und einzigen Besuch zu mir gesagt, und damit hat sie verdammt recht. *I'm living the dream.* Wobei es doch recht merkwürdig ist, dass ausgerechnet ich in einem Wald gelandet bin. Ich, das an Lärm und schlechte Luft gewöhnte Stadtkind, naturfremd und von Heuschnupfen geplagt, mit einer merkwürdigen Vorliebe für Industrieromantik – je trostloser die Gegend, je hässlicher die Plattenbauten, je mieser die Stimmung, desto wohler habe ich mich immer gefühlt. Manchmal muss ich an den berühmten Schauspieler von der einen Party denken, der es, im Gegensatz zu mir, nicht allzu weit gebracht hat. Soweit mir bekannt ist, ist er inzwischen sogar noch reicher und berühmter als vorher, anscheinend schauspielert er immer noch, lebt nach wie vor in Berlin und ist weit davon entfernt, sein eigenes Gemüse anzubauen. Armer Kerl. Ich habe aufgehört, mir seine Filme anzusehen. Ich habe aufgehört, mir überhaupt irgendwelche Filme anzusehen. Mein Leben ist jetzt anders. Voller.

Als ich links in den Waldweg einbiege, kommt mir ein schwarzer Jeep entgegen. Er gehört Dr. Helga Gregersdotter, meiner sehr alten und sehr esoterischen Zahnärztin, die in einer gespenstischen Hütte am schwarzen Strand lebt. Sie winkt mir zu, als sie an mir vorbeifährt, freundlich winke ich zurück.

Ich kenne jede Nase hier. Selbst die Bäume bekommen immer mehr Konturen und entwickeln sich zu eigenständigen Protagonist*innen – sind Bäume eigentlich Zwitter? –, die ich inzwischen sogar voneinander unterscheiden kann. Malek sagt, dass es fühlende, Schmerz empfindende Wesen sind, die miteinander kommunizieren und häufig in Familien zusammenstehen, um sich gegenseitig besser unterstützen zu können. Anscheinend entwickeln sie sogar eine Art individuellen Charakter, manche sind beispielsweise mutiger als andere, manche sind ein bisschen eigenbrötlerisch, andere wiederum schwören auf die große Liebe und wachsen einander absichtlich entgegen, damit sie besser miteinander verschmelzen können.

Dabei gibt es doch gar keine Wälder mehr in Island! Woran, so sagt man, weniger die Siedler*innen schuld seien, die das ganze Holz zum Bauen und als Brennstoff benutzt haben, sondern in erster Linie die Schafe, von denen es auf der Insel mehr gebe als Menschen. Praktischerweise habe ich kein Problem mit Schafen, vor allem nicht mit schwarzen, weshalb ich mich vor ein paar Tagen dazu bereit erklärt habe, Henry zu seinem nächsten Geburtstag ein Lamm zu schenken, um das er sich fortan kümmern soll. Dies sei nämlich Tradition in Island, behauptet Malek, der viel mehr Ahnung von dem Land hat als ich. Vielleicht weil es mich nie sonderlich interessiert hat. Mich hat es schon immer mehr in den Süden gezogen, in die Wärme, zu den Palmen und Kokosnüssen, nie wird es mir irgendwo zu heiß. Im Grunde passt Island überhaupt nicht zu mir. Seine kargen Landschaften deprimieren mich, ich mache mir nichts aus Nordlichtern, Vulkanen und solchen Spektakeln, Wasserfälle sind mir grundsätzlich zu laut und am Meer habe ich es auch lieber warm. Oft stelle ich mir vor, dass die Leute mich fragen, weshalb ich ausgerechnet hierhergezogen bin, und dass ich jedes Mal höchst komplizierte Antworten darauf gebe. Nur leider fragt mich keiner. Nie fragt mich mal einer. Warum eigentlich nicht?

Nicht mal Helene hat nachgefragt, sie hat es einfach so hingenommen. *Wahrscheinlich ist es angenehmer, in einem dunklen Land depressiv zu sein als im Süden*, hat sie für sich festgestellt und dann so getan, als wäre damit alles gesagt. Dabei bin ich schon lange nicht mehr depressiv, was Helene aber offensichtlich nicht mitbekommen hat – die meisten kinderlosen Menschen kreisen ja doch nur um sich selbst.

Helene, das alte Haus. Es stimmt nicht, dass sie sich nicht für mich interessiert, immerhin ist sie meinetwegen in ein Flugzeug gestiegen, was Liebesbeweis genug sein sollte, bloß leider interessiert sie sich nicht für meinen Sohn, und das ist bitter und tut weh. Sie ist eine nachlässige und völlig untaugliche Patentante, das muss man jetzt schon mal sagen. Aber ist das so verwunderlich, nachdem sie selbst keine Kinder bekommen kann?

Helene, die gute Seele. Es macht mich schwermütig, an sie zu denken, denn obwohl sich unsere Beziehung in den letzten Jahren verkompliziert hat, fehlt sie mir doch sehr, und ich bezweifle, dass ich in Island jemals eine Freundin wie sie finden werde. Auch Helene scheint mich zu vermissen, sie gibt sich alle Mühe, mich nach Berlin zurückzulocken, immer wieder zaubert sie reizvolle Jobangebote aus dem Ärmel. Aber Berlin hat mich verloren. Einfach, weil es eine Großstadt ist. Zu viele Autos, zu viel Beton, zu viele Menschen. Außerdem sind Großstädte prädestiniert für Liebeskummer. Wenn man auf dem Land lebt und trotzdem Liebeskummer hat, kann man wenigstens durch die Natur Heilung erfahren. Nicht umsonst laufe, sitze und stehe ich täglich in diesem Wald herum und versuche, mich irgendwie zu verbinden.

Der Wald ist jetzt aber auch nicht die absolute Lösung. Außer vielleicht für Malek, der so ein richtiger Naturbursche ist, der sich im Wald immer gleich nackig machen muss und dann gorillamäßig herumbrüllt, als würde er Tarzan spielen oder sich gar für Tarzan halten. Ich habe diesen Wahnsinn schon öfter mitansehen müssen und war jedes Mal schockiert und zugleich auch so richtig angetan.

Malek. Plötzlich war er einfach da, in meinem Leben. Ganz unspektakulär. Blieb einfach stehen, mitten auf der Tanzfläche, obwohl wir gerade spektakulär am Tanzen waren, und sagte zu mir: „Now I get it, you are not human. I always thought you were. But now I know what you really are. A panther. It's so obvious."

Und weil er der erste Mensch war, der mich wirklich erkannt hat – was auch ich erst in jenem Moment erkannte –, schloss ich ihn sogleich ins Herz. Er wurde auf den Schlag mein bester Freund, mit dem ich lachen, weinen und tanzen konnte, und natürlich war ich unheimlich froh und erleichtert darüber, dass auch seine Nase besonders schön und besonders römisch aussah.

Genau wie ich hatte Malek ein eher schlechtes, vor allem aber distanziertes Verhältnis zu seiner Herkunftsfamilie. Sein Vater war – ebenso wie meiner – komplett abwesend, und seine Mutter war dermaßen überfordert mit dem eigenen Leben, dass Malek schon früh begriffen hatte, dass sie ihm nicht viel Halt würde geben können. Doch obwohl er schon sehr früh gelernt hatte, sich selbst sein eigener Vater und seine eigene Mutter zu sein, war er – ähnlich wie ich – unbewusst doch immer auf der Suche nach einer Art Ersatzfamilie. Diese fand er schließlich bei uns im Yogastudio, wo sich aus irgendeinem Grund die liebenswertesten Menschen herumtrieben – Tänzer*innen, Yogis und andere Suchende –, und innerhalb weniger Wochen bildete sich ein unzertrennbarer Freundeskreis heraus, der auch für mich eine völlig neue Erfahrung darstellte, da ich nie zuvor – selbst zu Schulzeiten nicht – Teil einer Clique gewesen war.

Malek. Trotz seiner *Sozialisierung* hat er sich sein eigenbrötlerisches Wesen bewahrt. Er macht, was er will, denkt eigenständig, und ich kenne wirklich niemanden, dem es so egal ist, was andere Leute über ihn denken. Schade, dass ich nicht Malek bin. Andererseits hat Malek einen Penis, und den möchte ich eigentlich nicht so gerne haben. Wobei Helene behauptet, dass ich sehr wohl einen Penis habe, auch wenn man ihn vielleicht nicht sehen kann, und die Vorstellung, einen unsichtbaren Penis zu haben, gefällt mir dann doch wieder ganz gut.

Am Fluss angekommen, werfe ich einen Blick aufs Handy. Keine Nachricht von Malek, das ist ein gutes Zeichen, es bedeutet, dass Henry sich widerstandslos im Kindergarten hat abliefern lassen und dass ich endlich mal wieder ein bisschen *quality time* mit meinem Mann verbringen kann. Wir haben es nötig nach dem gestrigen Streit, an dessen Auslöser ich mich jedoch nicht mehr erinnere. Vermutlich war es um eine Lappalie gegangen, im Grunde streiten wir immer nur über Lappalien, und tatsächlich kann ich mich nur an einen einzigen Streit erinnern, in dem es wirklich mal um etwas gegangen ist, um etwas Ernsthaftes und Bedeutendes wie beispielsweise um die Ehe. Malek hat nämlich Angst vor der Ehe und will mich nicht heiraten. Ich habe ebenfalls Angst vor der Ehe und will ihn auch nicht heiraten. Aber wir finden es beide blöd, dass der*die jeweils andere Angst vor der Ehe hat und uns nicht heiraten will. Bisschen dumm.

Plötzlich fällt er mir doch wieder ein, der Auslöser für den gestrigen Streit: Maleks verdammte Kopfhörer. Sie waren sehr teuer, und da ich immerzu fettige Hände habe, darf ich sie nie benutzen, ohne mir vorher die Hände gewaschen zu haben. Dass die Kopfhörer außerdem nach Gebrauch umgehend in die Hülle zurückmüssen, versteht sich von selbst. Gestern habe ich es also doppelt falsch gemacht, ich habe mir *nicht* die Hände gewaschen und die Kopfhörer *nicht* zurück in die Hülle gelegt. Malek hat geschimpft, und da ich es nicht zulasse, dass mich jemand schimpft, vor allem nicht wegen solcher Nichtigkeiten, bin ich an die Decke gegangen. Durchgedreht. Ausgeflippt.

Malek mit seinen dämlichen Kopfhörern. Ich erinnere mich noch genau daran, als ich ihn zum ersten Mal mit den Dingern habe tanzen sehen. Das war im tiefsten Winter, seit langem kam zum ersten Mal wieder die Sonne zum Vorschein, der gesamte Freundeskreis war zu Besuch und wir waren alle ganz ausgehungert und sehnsüchtig nach der Sonne, da sprang Malek plötzlich vom Sofa auf, schnappte sich die neuen Kopfhörer und rannte barfuß in den Garten. Ich wusste ja, dass er ein hervorragender und äußerst leidenschaftlicher Tänzer war, der jeden Muskel einzeln bewegen konnte, doch was ich an diesem Mittag von ihm zu sehen bekam, war nicht bloß ein perfekter Tanz, sondern eine absolut hingebungsvolle, bedingungslose, hundertprozentige Liebeserklärung an das Leben. Ich weiß noch, wie ich in diesem Moment verwundert feststellte, dass ich verliebt war. Schon die ganze Zeit. Es war mir vorher bloß nicht aufgefallen. Wir waren Freunde gewesen, die in einem Bett schliefen, ohne dass etwas passierte. Freunde, vor denen man sich vollkommen gehen lassen kann und denen man kein bisschen gefallen will. Freunde, die auch wirklich anwesend sind, auf die man sich ein Leben lang verlassen kann und mit denen man sogar gemeinsam Kinder großziehen könnte.

Als Malek von der Terrasse zurückkam, fragte ich ihn, ob er ein Kind mit mir machen wollte. Er sah mich erstaunt an, überlegte kurz und sagte dann: *Sure*. Noch in derselben Nacht machten wir unser Kind. Von da an wurde es kompliziert. Ich benahm mich seltsam, um nicht zu sagen völlig daneben, stellte ihm Fallen, um ihn zu prüfen, und die Leichtigkeit war dahin. Alles wurde zum Problem. Auf einmal war da diese Sehnsucht nach ihm. Auf einmal hatte ich etwas zu verlieren.

Wie immer ist weit und breit kein Mensch zu sehen. Ich lege mich auf einen flachen Stein und trinke aus dem reißenden Fluss, was nicht ganz einfach ist, aber mittlerweile habe ich den Dreh raus. Nicht nur die isländische Luft ist speziell, auch das Wasser ist einzigartig. Es schmeckt so, wie ich mir vorstelle, dass es schon vor Jahrhunderten geschmeckt hat. Ich setze mich hin und staune. Obwohl ich fast jeden Tag hierherkomme, gerate ich über den Anblick dieses Flusses jedes Mal in Verzückung, man braucht nicht besonders feinfühlig zu sein, um zu spüren, dass er magisch ist.

Schon oft habe ich mich gefragt, ob ich es überleben würde, wenn ich hineinfiele. Obwohl ich eine gute Schwimmerin bin, liegt die Vermutung nahe, dass der Fluss mich innerhalb von wenigen Sekunden gegen den nächsten Felsen schmettern würde. Und das, obwohl wir Freunde sind.

Sind wir denn Freunde?

Meistens stelle ich ihm einfach nur Fragen. Viele Fragen, die ich extra ins Englische übersetze, damit mich der Fluss auf jeden Fall versteht. Manchmal erhalte ich sogar auch Antworten, wenn auch erst Tage später, zum Beispiel in Form eines Ohrwurms von *Listen To Your Heart*, ein Lied, bei dem sich mir die Nackenhaare aufstellen, aber der Fluss hat eben seinen ganz eigenen Sinn für Humor.

„There's probably just one forest in the whole country and I happen to live there, isn't that amazing?", sage ich, und da es sich glücklicherweise um eine rhetorische Frage handelt, erwarte ich diesmal keine Antwort. Es ist sehr entspannend, mal keine Antwort zu erwarten.

Fragen habe ich ja immer genug. Meine Zahnärztin, die mir bisher die besten Ratschläge erteilt hat – um einiges besser als die des Therapeuten –, sagt, dass es mein Ego ist, das die vielen Fragen stellt, und nicht meine Seele. Die Seele nämlich, die viel mehr weiß als das Ego, wird immer stärker, was dem Ego wiederum, als bisherigem Alleinherrscher, nicht recht sein kann.

Also fragt das Ego weiter: Warum Island? Warum dieser Mann? Warum dieses Leben und nicht ein anderes?

Wo soll es hingehen? Soll ich vielleicht doch nochmal eine Weiterbildung machen? Mein Regiestudium doch noch beenden? Ist es in Ordnung, den ganzen Tag rumzusitzen und zu meditieren? Darf man so was? Darf man überhaupt Yoga unterrichten, wenn man selbst noch gar nicht erleuchtet ist? Und warum ausgerechnet in Island? Warum nicht in Berlin? Warum dieses dunkle, kalte Land mit seinem ewigen Wind? Warum kann mich der Wald nicht retten? Kann es denn der Fluss? Wovor überhaupt retten? Warum bin ich Hals über Kopf abgehauen? War das Schwäche oder war das Mut? Wie trifft man die richtige Entscheidung? Gibt es falsche Entscheidungen? Warum Island? Warum nicht? Stadt oder Land? Mann oder Frau? Berühmt werden oder glücklich sein? Hart arbeiten oder lieber entspannen? Viel Geld für Therapie ausgeben oder noch mehr Geld für Zähne?

Der Mann kommt und kommt nicht. Es ist mir ein Rätsel. Pünktlichkeit war zwar noch nie seine Stärke, doch würde Malek mich gewiss nicht einfach so sitzen lassen, noch dazu an meinem Geburtstag. Sofort machen sich die altbekannten Verlustängste bemerkbar. Ist es schon so weit? Ist jetzt das Ende meines großen Glücks gekommen? Ich sehe bereits die bunten Bilder vor meinem geistigen Auge vorbeiziehen: Blut überall. Die Motorsäge auf dem Boden. Malek mit abgetrenntem Kopf. Malek putzmunter am Steuer, mit dem Handy in der Hand, er telefoniert mit seinem Cousin, lacht sich kaputt, sieht den LKW nicht kommen – *S M A S H* – die blutrote Comic-Schrift leuchtet in der Luft, bis sie zerplatzt.

Ist natürlich Quatsch. Malek ist einfach nur langsam. Die Langsamkeit in Person. Langsamer noch als ein Baum. Seine Langsamkeit treibt mich zur Weißglut, auch wenn ich viel von ihr lernen könnte. Wenn ich wollte. Manchmal will ich auch, meistens will ich aber nicht.

Wäre dieser Fluss ein guter Selbstmordfluss?

Nicht, dass ich mich für Selbstmord interessiere, aber meine Zahnärztin hat mir geraten, mich ein bisschen mehr mit dem Thema Tod auseinanderzusetzen. *Ich habe keine Angst vor Krankheiten,* hatte sie mir bei unserer ersten Behandlung gesagt, *weil ich keine Angst vor dem Tod habe, und ich habe keine Angst vor dem Tod, weil ich mich mein Leben lang damit beschäftigt habe. Das solltest du auch tun. Alle sollten das tun.*

Nur weiß ich nicht, wie man sich am besten mit dem Tod beschäftigt. Vielleicht indem man ganz alleine im Wald übernachtet, gefesselt an einen Baum. Am besten nackt. Und wenn man das überlebt, hat man am nächsten Morgen vielleicht keine Angst mehr vor dem Tod. Dieses Projekt könnte man ja mal für den Hochsommer ins Auge fassen ...

Der Fluss ist immer noch da. Obwohl er vor mir wegzurennen scheint. Meine Hand schmerzt, was mich an gestern erinnert, was mich an die letzten Tage erinnert, in denen ich wegen jeder Kleinigkeit einen Streit vom Zaun gebrochen habe. Instinktiv fasse ich an meine Nase, wenigstens blutet sie nicht mehr. Nasenbluten kommt ja von Stress, sagt die Zahnärztin, genau wie schlechte Zähne. Stress ist die Wurzel allen Übels, weshalb meine Zahnärztin mir folgende Hausaufgaben aufgegeben hat: 1. Entspannen. 2. Entspannen. 3. Das Leben locker nehmen. 4. Viel lachen. 5. Flirten, aber nicht nur mit den Männern oder den Frauen, auch mit dem Leben. 6. Vor allem mit dem Leben. 7. Entspannen. 8. Es locker nehmen, wenn ich eben nicht entspannt bin. 9. Einfach gar keine Hausaufgaben machen.

Nicht mal die Zahnärztin will wissen, was ich in diesem Land verloren habe.

Wenn mich schon keiner fragt, dann frage ich mich eben selbst: Warum Island?

Einfach so. Zufällig. Grundlos. Weil Onkel Alf gesagt hat, dass er eine Doku über das Land gesehen hat, die gar nicht mal so uninteressant gewesen war ...

Und weil ich Schafe mag. Weil die Sonnenuntergänge im Sommer sensationell sind. Weil die Isländer die glücklichsten Menschen der Welt sind. Weil die Kriminalität so gering ist. Weil mich mit diesem Land rein gar nichts verbindet, was eine gute Voraussetzung dafür ist, um ganz von vorne zu beginnen. Weil ich mich plötzlich nicht mehr normal durch Berlin bewegen konnte, da auch *sie* da war und die Stadt für uns beide zu klein war. Weil eine Insel genau der richtige Ort für eine *Suchtkranke* ist. Weil ich selbst ein kleiner Vulkan bin und daher gut in das Land der Vulkane passe. Weil zufällig noch ein Platz im Flugzeug frei war ...

Es hätte auch jedes andere Flugzeug werden können.

Ohnehin hatte ich nicht lange bleiben wollen. Doch aus einer Woche wurden zwei, aus zwei drei, aus einem Monat ein ganzes Jahr ...

Die wichtigsten Entscheidungen werden sowieso immer ganz nebenbei und scheinbar zufällig gefällt. Aber scheinbar ist eben nur scheinbar.

Island ist allein schon deshalb das beste Land der Welt, weil Henry hier geboren wurde.

Mir fällt ein, dass ich meine Angst vor der Ehe längst überwunden habe und dass ich jetzt nur noch Angst vor der Hochzeit habe. Die Zeremonie und das ganze Tamtam drum herum lösen so viel Druck bei mir aus, dass ein solcher Tag nur misslingen kann. Schließlich geht auch jeder Geburtstag bei mir schief, und die schlimmste Veranstaltung von allen, nämlich Silvester, ignoriere ich sowieso schon seit Jahrzehnten. Lieber feiere ich die Feste, wie sie fallen. Ich wäre also sehr wohl gerne mit Malek verheiratet, nur will ich ihn ungern heiraten.

Malek, mein geliebter Malek, wo bleibst du nur?

Ich hätte heute Nacht JA sagen sollen, als er anfing, meinen Po zu bearbeiten. JA zum üblichen Versöhnungssex. Es war auch nicht die Seele, die NEIN gesagt hat, sondern eindeutig das Ego, das – wie so oft – gekränkt und noch dazu nachtragend war. Aber Schuldgefühle sind eh sinnlos, da sind sich der Therapeut und die Zahnärztin zur Abwechslung mal einig. Außerdem: Lieber ein paar Mal zu oft NEIN sagen, als ein paar Mal zu oft JA gesagt.

Auch jetzt ist es niemand anderer als das Ego, das sich sorgt, dass Malek etwas Schlimmes zugestoßen sein könnte. Die Seele hingegen, die immer mit ihm verbunden ist, weiß genau, dass er wohlauf ist und sich gerade entweder in der Küche ein Käsebrot mit übertrieben viel Senf zubereitet oder in der Garage an seinem alten Pick-up rumbastelt oder aber sich im Bad einen runterholt. Andere Möglichkeiten kommen nicht in Frage.

Da ich dennoch überaus nervös bin, rufe ich ihn an. Er geht aber nicht ran. Wie lange wird mir das Universum noch erlauben, mit diesem Mann zusammen zu sein? In mir brodelt es wie in einem Geysir kurz vor dem Ausbruch. Dabei habe ich nicht die leiseste Ahnung, was mich gerade so fürchterlich umtreibt. Und wie zum Henker soll mir da der Fluss weiterhelfen? Vielleicht sollte ich meinen *Yogic Lifestyle* aufgeben und mir außerdem eine neue Zahnärztin suchen. Meine Zähne hat sie in letzter Zeit sowieso arg vernachlässigt. Steht sie überhaupt noch zu ihrem Beruf? Und sollte sie mit ihren achtzig Jahren nicht auch langsam mal an die Rente denken?

„Why Iceland?“, schreie ich den Fluss an, der selbst so laut ist, dass meine Stimme nicht gegen ihn ankommt. Normalerweise hat er eine beruhigende Wirkung auf mich, mein Fluss. Normalerweise werden meine Gedanken in seiner Anwesenheit geordneter. Heute jedoch bin ich aufgewühlt und völlig aus der Balance, und zwar aus dem gleichen, mir aber leider unbekannten Grund, weshalb ich schon seit Tagen mit Malek streite, mit Henry ungeduldig bin und mir selbst das Handgelenk verstauche.

Es sind bereits zwei Stunden vergangen. Irgendetwas stimmt nicht. Ich mache mich auf den Rückweg, schneller als sonst, zurück durch unseren Wald, der so gut riecht, aber das nehme ich nicht wahr, der Frühling ist da, ist mir scheißegal, ich beginne zu rennen, alles ist grün und blau und der schneebedeckte Berg glitzert in der Sonne, *I'm living the dream,* doch das alles kann mir den Buckel runterrutschen, denn irgendetwas stimmt nicht, ich spüre es ganz genau, irgendetwas Ungutes geschieht gerade oder ist bereits geschehen.

***

Mit zitternden Knien trete ich auf die Terrasse, die Küchentür steht offen und da sitzt sie, mit dem Rücken zu mir, am Tisch und lacht ihr ungehemmtes, betörendes Lachen, mit dem sie bisher jeden und jede um den Finger gewickelt hat.

Malek steht schon wieder am Herd, mit einem Teller in der Hand – ist das etwa mein Geburtstagskuchen, den er da so selbstverständlich und unbekümmert in sich hineinfuttert?

Plötzlich prustet er los – die Frau muss etwas unfassbar Komisches gesagt haben – und spuckt dabei ein paar Krümel auf den Boden. Erst als er mich und meinen entsetzten Gesichtsausdruck sieht, hört er schlagartig auf zu lachen.

Sheela dreht sich nach mir um, das Gesicht voller Freude, als sie mich erblickt. Sie steht auf, um mir entgegenzukommen. Ich betrete die Küche und mache mir nicht die Mühe zu lächeln, weshalb Sheela, die mich gerade umarmen wollte, irritiert vor mir stehen bleibt. Niemand sagt etwas.

Malek sieht mich fragend an. Er spürt, dass er etwas falsch gemacht hat, nur versteht er nicht, was.

„Happy Birthday", sagt Sheela und lächelt mich so liebevoll an, dass ich nicht anders kann, als danke zu sagen.

Auf dem Tisch stehen rote Rosen und eine Flasche Champagner.

„Soll ich wieder gehen?", fragt sie.

„Ich weiß es nicht", höre ich mich selbst sagen, „vielleicht."

„*Vielleicht* heißt auch *nein*", zitiert sie mich und wendet sich ab, um die Küche zu verlassen. Als sie an Malek vorbeigeht, wirft sie ihm einen kurzen, aber umso intensiveren Blick zu. Er lächelt sie an, wie man jemanden anlächelt, den man extrem attraktiv findet. Mir ist zum Sterben zumute.

Ohne ihn eines Blickes zu würdigen, gehe ich an Malek vorbei in den Flur und sehe gerade noch, wie sich die Haustür hinter ihr schließt. Ich stürze hinterher und reiße die Tür auf. Sie geht auf ihr Auto zu, ist schon fast angekommen, mir bleiben ungefähr drei Sekunden, um eine Entscheidung zu treffen. Sie wirft mir einen Blick zu und steigt ein. Dann schnallt sie sich an und sieht mich noch ein letztes Mal an. Wenn ich jetzt nicht reagiere, werde ich sie nie wieder sehen, das weiß ich.

Wie eine tollwütige Liebeskranke renne ich auf das Auto zu, wobei ich mich von außen sehe, wie in einem melodramatischen Film. Für die Frau, die da rennt, habe ich nichts als Verachtung übrig.

„Du hast gewonnen", sagt die Frau aus dem Film, doch die Frau im Auto kann sie nicht hören. Trotzdem lächelt die Frau im Auto, von oben herab, wie mir scheint. Der Film ist so schlecht, dass ich ihn ausschalten muss.

Sheela steigt aus und bleibt vor mir stehen. Selten war ich ihr so dankbar wie jetzt. Dankbar dafür, dass sie nichts kommentiert, keine blöden Fragen stellt, sondern mich einfach nur in die Arme nimmt und hält. Ich schließe die Augen und erinnere mich an mein altes Leben. Was davon ist noch übrig, und wie oft bin ich seitdem gestorben? Ist das gerade nur ein kurzer Rückfall oder doch das unausweichliche Schicksal, dem man nicht entkommt? Wer bin ich mit Sheela, und wer ohne? Welches Ich ist wahrhaftiger? Und was sagt die Seele dazu?

Dann muss ich weinen. Mehr aus Selbsthass denn aus Rührung.

„Lass uns einen Spaziergang machen“, schlage ich vor, „ich würde dir gerne den Wald zeigen.“

„Sehr gerne“, erwidert Sheela, und wir gehen los.

Die ersten zehn Minuten spazieren wir schweigend. Obwohl viele unausgesprochene Fragen in der Luft hängen, müssen wir zuerst den Schock dieses völlig missglückten Wiedersehens verarbeiten. Meine Knie sind immer noch zitterig.

Wir nehmen den gleichen Weg wie ich vorhin, nur dass wir beim Waldweg nach rechts abbiegen, denn meinen Fluss werde ich ihr bestimmt nicht zeigen, nicht, dass sie ihn mir noch wegnimmt.

Nach einer Weile wird Sheela langsamer und fängt an, mich von der Seite aus zu beobachten. Sie versucht, mich zu röntgen, da ihr dies aber nicht gelingt, fängt sie plötzlich an, lautstark die uns umgebende Natur zu bestaunen. *Ah!*, macht sie, und *Oh, was für eine Luft! Und diese Ruhe! Dieser Frieden! Herrlich!*

Ich gehe überhaupt nicht darauf ein.

Aber ich wundere mich. Ich wundere mich über die Maßen. Da geht sie nun, die Frau mit der Nase, spaziert vergnügt durch meinen Wald, mein Land, mein

Leben, staunt über die Schönheit der Natur und tut so, als wäre zwischen uns alles cool und als wären wir gute Bekannte und nie mehr gewesen als das.

Weiß sie, dass ich ihretwegen die Stadt verlassen habe?

Weiß sie, dass ich immer noch von ihr träume?

Weiß sie, dass meine sehr alte und sehr esoterische Zahnärztin extra und mit ganz viel Mühe versucht hat, die *energetische Verbindung* zwischen uns zu *cutten*?

„Warum hast du eigentlich aufgehört zu schreiben?“, reißt sie mich aus meinen profunden Gedanken.

„Ich hatte keine Lust mehr.“

„Schade. Du hattest so viel Talent.“

„Woher willst du das wissen? Du hast doch nie was von mir gelesen.“

„Ich habe deinen Kurzfilm gesehen.“

In diesem Moment klingelt mein Telefon. Es ist Malek. Ich überlege, ob ich rangehen soll, und entscheide mich dafür.

„What's up, panther, are you ok?“, fragt er.

„No“, sage ich.

„You need help?“

„No.“

„Sure?

„Yeah, we're just taking a walk.“

„I'm sorry I let that crazy woman into our house.“

„Well ...“

Instinktiv lasse ich mich ein Stück zurückfallen, damit Sheela möglichst wenig von dem Telefonat mitbekommt.

„Alex?“ Maleks Stimme klingt komisch.

„Yes?“

„Be careful!“

„Okay.“

Wir legen auf. Irritiert stecke ich mein Handy ein. Das sagt er sonst nie, *be careful*, da ich sowieso immer übervorsichtig bin.

„Alles gut?“, fragt Sheela.

Ich nicke. Was hat sie mit ihm gemacht, dass er meint, mich warnen zu müssen? Was hat er in ihr gesehen?

Und was bringt einem ein Spaziergang durch die schönste Natur, wenn man so sehr im Kopf ist, dass man von der schönsten Natur rein gar nichts mitbekommt? Wenn einem die düstersten und destruktivsten Gedanken durch den Kopf schießen und wenn alle Versuche, das Gedankenkarussell durch eine tiefere und bewusstere Atmung zu stoppen, misslingen?

Könnte man sich auch gleich in ein dunkles Kellerloch begeben und sich dort weiter quälen.

Sheela Shahbazi. Jeder einzelne meiner sich überschlagenden Gedanken kreist um sie. Schon immer habe ich es geliebt, über sie nachzugrübeln. Über ihr Wesen im Vergleich zu meinem, über unsere Gemeinsamkeiten und Unterschiede. Denn wenn ich über sie nachdenke, denke ich vor allem über mich nach, über mich im Kontrast zu ihr. Als bräuchte ich sie, um mich selbst in regelmäßigen Abständen überprüfen zu können. *Updaten* zu können. Zum ersten Mal kommt mir der Gedanke, dass ich sie vielleicht nur benutze, immer schon nur benutzt habe, um mich mit mir selbst zu duellieren. Fragt sich nur, wer bei dem heutigen Duell gewinnen wird: mein altes oder mein neues Ich?

Bei der nächsten Weggabelung bleibt sie stehen, zeigt in die Richtung, die uns zum Fluss führen würde, und sagt: „Wollen wir da langgehen? Da sieht es so schön aus!"

„Nein, nein, das täuscht, da ist es überhaupt nicht schön", sage ich und schlage genau den anderen Weg ein.

Da sie jedoch keinerlei Anstalten macht, mir zu folgen, bleibe ich nach wenigen Metern stehen, um auf sie zu warten.

Mit verschränkten Armen steht sie da, unnachgiebig und stolz wie eine zornige Göttin – eher würde sie sterben, als auch nur ein einziges Mal das zu tun, was *ich* will.

Ich fange an, mich zu dehnen, als kämen wir gerade vom Joggen. Sie sieht mir dabei zu und rührt sich nicht vom Fleck.

Die Klügere gibt nach, denke ich noch, aber so klug bin ich dann leider doch nicht, weshalb ich erst mal die Baum-Pose einnehmen und mich erden muss. Etwa fünf Minuten stehe ich so da, inzwischen bin ich ein Profi in Sachen Baum-Pose, was erstaunlich ist, nachdem ich früher nicht in der Lage gewesen bin, auch nur für drei Sekunden auf einem Bein zu stehen.

„Was machst du da?", fragt Sheela schließlich.

„Ich bin ein Baum."

„Wieso?"

„Wieso nicht?"

Ich löse die Pose erst auf, als ich mich voll und ganz geerdet fühle. Dann verschränke ich, wie sie, die Arme vor der Brust und warte.

Hier stehen wir nun. Wie zwei Gockel kurz vor dem Kampf. Da ich aber nicht kämpfen will, setze ich mich auf den Boden, lehne mich gegen einen Baum, streiche mit der Hand über das angenehm weiche Moos und versuche, Sheela zu vergessen.

Ist aber schwer, da sie direkt vor mir steht und mich böse anglotzt.

„Was machst du?", fragt sie schon wieder voller Herablassung.

„Ich entspanne mich und nehme es locker", antworte ich mit einem gewissen Stolz, während ich nach wie vor das Moos streichle – vielleicht haben die vielen Hausaufgaben der Zahnärztin doch etwas gebracht.

„Können wir jetzt weitergehen?", fragt sie genervt.

„Sure", sage ich und stehe unbekümmert auf. Wir gehen weiter, auf *meinem* Weg.

„Was hast du eigentlich vor in Island?", frage ich nonchalant, denn jetzt, da ich auf einmal entspannt bin und es locker nehme, fällt es mir furchtbar leicht, ganz normale Sachen zu sagen.

„Ich drehe einen Werbefilm für Kawasaki."

„Ach so, Werbung ..."

Gelangweilt winke ich ab. Glücklicherweise bin ich zu keinem Zeitpunkt so naiv gewesen, zu glauben, sie sei allein meinetwegen hierhergekommen.

Plötzlich ergreift sie meine Hand und bleibt abrupt stehen. Sie guckt, als würde sie mich gleich küssen wollen – glaubt diese Irre ernsthaft, dass ich sie jetzt einfach so küssen würde?

Die Frau ist eine Zumutung. Sie muss gespürt haben, dass Dr. Gregersdotter versucht hat, unsere *ätherischen Bänder* zu trennen. Sonst wäre sie wohl nicht extra hierhergekommen, um sicherzustellen, dass ich ihr nach wie vor verfallen bin.

Was, wenn ich ihr immer noch verfallen bin?

„Gibt es etwas, das du mir sagen willst?“, frage ich.

Sheela lächelt. Ihre Augen sehen irgendwie faltig aus, die Zähne sind vom Rauchen gelb geworden und Maleks Hände sind auf jeden Fall viel schöner als ihre.

„Nein, warum? Willst du mir etwas sagen?“

Na ja, nicht direkt sagen, ich hätte da eher ein paar Fragen an dich. Zum Beispiel: Was machst du hier? Oder: Wieso ausgerechnet an meinem Geburtstag? Oder: Weißt du, dass ich deinetwegen Berlin verlassen habe? Oder: Stimmt es, dass du Sooki geheiratet hast? Obwohl ausgerechnet du immer so vehement gegen die Ehe gewettert hast? Warum hast du mich nicht zur Hochzeit eingeladen? Und warum hast du eigentlich nicht mich geheiratet?

Die üblichen Fragen halt.

Stattdessen sage ich aber lieber: „Ich glaube, wir sollten jetzt umkehren. Malek wundert sich bestimmt.“

Da ist er wieder, dieser abschätzige, böse Sheela-Blick. „Du hast dem Typen nichts von mir erzählt, oder?“

Dem *Typen*. Als wäre Malek irgend so ein dahergelaufener Hund.

„Ne, warum sollte ich", lüge ich, denn natürlich habe ich Malek *alles* über Sheela erzählt – oder zumindest *einiges*.

Schon wieder lächelt sie. Verschmitzt, freundlich und doch immer ein wenig von oben herab.

„Ich hab geheiratet", sagt sie und macht ein spitzes Gesicht.

„Ich weiß. Herzlichen Glückwunsch", sage ich und mache ein noch spitzeres Gesicht.

Auf einmal müssen wir lachen. What da fuck.

Noch immer staksen wir sinnlos und ziellos im Wald herum. Einen Gesprächsstoff gibt es nicht und allmählich verliere ich die Geduld und auch die Lust an diesem absurden Spaziergang, den Sheela jedoch in vollen Zügen zu genießen scheint. Immer wieder macht sie *Ah!* und *Oh!* und *Schau mal, der schöne Baum!*, und ich sage, *ja, ja, der ist schön, aber jetzt auch nicht schöner als die ganzen anderen Bäume, die wir bisher gesehen haben und die wir noch sehen werden*, und irgendwann habe ich dann wirklich die Nase voll und bleibe stehen.

„Komm schon, Sheela, das macht doch alles keinen Sinn. Als ob du dich für Bäume interessieren würdest! Und wie du meinen Mann behandelst! Erst flirtest du mit ihm und dann sprichst du so abfällig über ihn, was soll das?"

„Häh, ich hab doch nicht mit ihm geflirtet! Wie kommst du denn auf so was?" Sie sieht aus, als versuche sie, besonders dümmlich dreinzublicken. Funktioniert aber nicht.

„Doch, du hast geflirtet, und das weißt du auch. Du flirtest immer. Mit allen. Mit Frauen, mit Männern – sogar mit dem Leben."

Sie lacht.

„Hör auf zu lachen!", schimpfe ich weiter, da ich nicht länger gewillt bin, ihr dreistes Verhalten schweigend hinzunehmen – die Zeiten des Schweigens sind für mich endgültig vorüber. „Sag mir lieber, ob du damals wirklich Herpes gehabt hast oder ob das alles wieder nur so eine Scheißlüge von dir war!?"

„Ich hatte wirklich Herpes."

Betroffen sehen wir uns an.

„Und danach, als das Herpes weg war? Warum hast du dich danach nicht mit mir getroffen?"

Meine Stimme ist leiser geworden und irgendwie brüchig, ich merke, dass ich mich vor ihrer Antwort fürchte, die lange auf sich warten lässt, als müsse Sheela tief in ihrem Gedächtnis danach graben.

„Weil ich dich vor mir schützen wollte."

„Warum?"

Sie zuckt ratlos mit den Schultern und sieht mich nachdenklich an.

„I was in a dark place", sagt sie schließlich auf Englisch, weil man so was nur auf Englisch sagen kann.

Vielleicht stimmt das. Vielleicht wusste sie schon immer, dass wir nicht füreinander gemacht sind.

„Und warum bist du jetzt hier?", frage ich ungeduldig.

„Hab ich doch gesagt, ich drehe einen Werbespot."

„Nein, das meine ich nicht. Ich meine, warum bist du hier mit mir im Wald? Warum bist du zu mir gekommen?"

„Du hast doch gesagt, ich soll kommen!"

„Ja schon, aber das ist über ein Jahr her! Warum kommst du erst jetzt?"

Wieder zuckt sie mit den Schultern. „Ich hatte viel zu tun."

Sie blickt hilflos zu Boden. So kommen wir nicht weiter.

Es stimmt, ich hatte ihr mal geschrieben, und zwar kurz nachdem Malek mir eine Art Antrag gemacht hatte, wobei ich finde, dass man das wirklich nicht als Antrag durchgehen lassen konnte. Jedenfalls kam dieser „Antrag" so überraschend und ausgerechnet direkt nach einem Orgasmus, was daher recht unüberlegt und wenig überzeugend wirkte, dass ich so getan habe, als würde ich den Antrag nicht ernst nehmen. In Wirklichkeit hatte ich aber einfach nur Angst. Angst, Sheela noch immer im Herzen zu tragen. Angst vor meinem eigenen Verhalten, meinem eigenen Scheitern. Angst, als ehemalige Suchtkranke vielleicht doch nicht der Typ für eine Ehe zu sein. Und weil ich eben so viel Angst hatte, habe ich mich natürlich betrunken und im Suff Matteo kontaktiert und nach Sheelas Nummer gefragt und ihr sofort geschrieben und gesagt, sie solle sich umgehend nach Island begeben. Am nächsten Morgen habe ich das natürlich bitter bereut, was aber egal war, da Sheela sowieso nicht antworten würde.

„Ich werde bald aufbrechen“, sagt sie jetzt, „ich habe noch einiges für den Dreh vorzubereiten. Aber es hat mich gefreut zu sehen, wie gefestigt du inzwischen bist.“

Sie kramt ihren Tabak aus der Tasche und dreht sich in aller Seelenruhe eine Zigarette.

„Gefestigt – was ist das denn für ein Scheißwort!“, blaffe ich sie an, was Sheela lediglich mit einem Lächeln quittiert.

Obwohl ich vorhin noch erfolgreich den Baum gemacht habe, fühle ich mich gerade ganz und gar nicht gefestigt, sondern vollkommen chaotisch. So fühle ich mich eigentlich meistens neben Sheela: chaotisch, orientierungslos und verschwommen, was mich extrem ärgert, da ich keineswegs chaotisch bin, auch nicht verschwommen, sondern ziemlich klar und analytisch und logisch, und trotzdem passiert es mir jedes Mal, dass ich mich in ihrer Anwesenheit als das reinste Chaos empfinde. Warum ist das so?

Helene kommt mir in den Sinn, die mich, wenn sie mich hier mit Sheela sehen könnte, sofort zurechtweisen würde: *Das darf doch nicht wahr sein, Alex, dass du schon wieder diesem Phantom hinterherrennst! Merkst du nicht, was für destruktive Gefühle diese Frau in dir auslöst? Wie sehr sie dich emotional zurückwirft? Hast du das wirklich nötig? Brauchst du das, dich in ihrer Gegenwart abgelehnt, klein und chaotisch zu fühlen, um dich verlieben zu können? Hast du vergessen, wer du bist? Was für eine ausdrucksstarke, reflektierte, vielseitige Frau du bist, die ein wundervolles Kind geboren hat und mit Hingabe großzieht, die seit Jahren eine Beziehung auf*

Augenhöhe führt und dabei die volle Verantwortung für sich und ihr Leben übernimmt? Was bringt es dir, einem Geist aus der Vergangenheit hinterherzujagen?

„Nichts“, sage ich laut in den Wald hinein, „es bringt mir absolut nichts.“

„Was bringt dir nichts?“, will Sheela wissen, und endlich gelingt es mir wieder, ihr in die Augen zu sehen.

Sie hat Augen wie schwarze Ufos und ein wunderschönes Gesicht, das lässt sich nicht bestreiten. Ein Gesicht, das mir vertraut und doch vollkommen fremd ist. Vielleicht habe ich Sheela nur erfunden.

Ihr Handy piepst. Sie holt es aus der Tasche, sieht nach, lächelt, schreibt etwas zurück und steckt es wieder weg.

„Übrigens, lieben Gruß von Sooki.“

„Danke. Lieben Gruß zurück. Ist sie auch hier?“

„Ja. Sie wartet im Hotel auf mich.“ Sie wirft mir einen sonderbaren Blick zu. „Aber es läuft nicht mehr so gut zwischen uns. Ich bin mir nicht sicher, ob ich das noch länger mitmachen werde.“

Sie scheint auf eine Reaktion zu warten, als ich jedoch schweige, fügt sie hinzu: „Ich glaube, es war ein Fehler, sie zu heiraten.“

Sheela lächelt mich seltsam an, und diesmal lächle ich nicht zurück, sondern denke: *Bist du deshalb hier, Sheela, weil dir mit Sooki langweilig geworden ist?*

Sie lächelt hartnäckig weiter und tritt ganz dicht an mich heran, als hoffe sie, dass mein Körper ihrem nicht widerstehen könne.

„Ich hab dich vermisst“, säuselt sie, „du mich auch?“

„Vielleicht“, sage ich und in dem Moment wird mir klar, dass Sheela und ich wie Eis und Feuer sind. Während ich mich ihr gegenüber immer wieder bereitwillig geöffnet habe, auch auf die Gefahr hin, verletzt zu werden, hat sie bloß immer so getan, als würde sie sich öffnen, ist in Wirklichkeit aber distanziert und unverwundbar geblieben.

Und plötzlich fällt es mir wie Schuppen von den Augen. Selbstverständlich werde ich ihr meinen Fluss zeigen! Wem, wenn nicht ihr? Überhaupt begreife ich erst jetzt die wahre Bedeutung dieses Flusses. Seinen eigentlichen Sinn und Zweck.

„Ich zeige dir noch schnell meinen Lieblingsfluss, okay? Hast du noch kurz Zeit?“

„Wenn’s nicht zu lange dauert.“

„Den musst du gesehen haben! Nicht nur die Luft hier ist der Hammer, auch das Wasser ist der Wahnsinn! Komm mit!“

Ich sprinte los, sie folgt mir zögerlich.

Schon bald kann man es hören, das leise Rauschen des Flusses in der Ferne.

„Müssen wir so rennen?“, fragt sie, denn auf einmal habe ich es sehr eilig.

„Ja, wir wollen doch schwimmen gehen!“

Wir erreichen den Fluss an einer anderen Stelle als der gewohnten. Hier sind die Felsen um einiges spitzer und der Fluss wirkt sogar noch wilder.

„Wow“, sagt Sheela und starrt gebannt auf das tobende Gewässer, „wow ...“

Mein Fluss verschlägt ihr die Sprache.

„Ich glaube, ich werde Malek einen Antrag machen", sage ich, „genau an dieser Stelle. Ich hoffe, er sagt ja."

Sie sieht mich irritiert an. „Irgendwie verstehe ich dich nicht."

„Das ist nämlich genau die Stelle, an der ich mir zum ersten Mal selbst begegnet bin."

„Irgendwie habe ich mir deinen Mann ganz anders vorgestellt."

„Wie denn?"

„Keine Ahnung. Ihr seid einfach so verschieden. Ich finde, ihr passt nicht zusammen."

Ich merke, wie mich erneut die Wut überkommt. Was redet diese überhebliche Person?

„Wir ergänzen uns", sage ich und bereue den Satz sofort, da ich es nicht nötig habe, mich und Malek und unsere Liebe zu verteidigen.

„Vielleicht hast du recht. Dein Mann ist bestimmt nett."

Nett?? Jetzt dreht sie wohl total durch.

„Vielleicht bin ich einfach ein bisschen enttäuscht, weißt du. Weil mir immer schon klar gewesen ist, dass du dir eine schöne, heile Welt aufbauen würdest, natürlich mit einem Mann und einem Kind und so. Das wolltest du ja immer. Vielleicht finde ich es einfach nur enttäuschend zu sehen, dass ich recht hatte."

„Das kann dir nicht *immer schon klar gewesen* sein", erwidere ich, „weil es nicht *immer schon klar gewesen* ist. Und es hat überhaupt nichts damit zu tun, dass es ein Mann ist. Das hättest du sein können. Das hättest du sein sollen."

Sie starrt mich entgeistert an. Ihr Blick ist eingefroren und sie sieht aus, als wäre ihr jegliches Blut aus dem Körper entwichen.

„Dennoch ist es ein Mann", entgegnet sie in kindlichem Trotz, „und er sieht aus wie Ennis!"

„Echt, findest du? Finde ich überhaupt nicht. Er ist viel *männlicher* als Ennis. Aber nicht so männlich wie du."

„Was soll das denn heißen?", fragt sie sichtlich ungehalten.

„War nur ein Scherz. Was ich damit sagen wollte, ist, dass Malek kein nerviger Macho-Mann ist, sondern total feinfühlig und kreativ und ehrlich und loyal. Außerdem ist er mutig. Er hat keine Angst vor tiefen Gewässern und auch nicht vor tiefen Menschen."

Sheela verzieht das Gesicht. Sie sieht aus, als müsse sie gleich kotzen.

„Dann hast du ja einen guten Fang gemacht."

Ich sehe großmütig über ihren hilflosen Sarkasmus hinweg und fahre fort: „Früher war es mir immer nur wichtig, dass jemand intelligent ist. Aber heute reicht mir das nicht mehr. Heute interessieren mich nur noch Menschen, die intelligent sind *und* ein großes Herz haben."

„Ich habe ein großes Herz", sagt Sheela in vollem Ernst und mit absoluter Überzeugung.

Das hättest du gerne, sage ich nicht, sondern bloß: „Glaubst du, wir haben uns gegenseitig erfunden?"

„Was meinst du damit?“

Sie sieht mich verunsichert an. Versucht mich zu lesen, scheitert dabei jedoch kläglich. Sie hat den Röntgenblick nie beherrscht, das war alles Projektion, ich war diejenige mit dem Blick gewesen, schon immer nur ich.

„Egal. Es gibt keine falschen Entscheidungen“, sage ich und bewege mich langsam auf sie zu. Dabei atme ich ganz ruhig ein und aus. So ruhig wie jetzt bin ich in meinem Leben noch nicht gewesen. Ich stelle mich neben sie. Ergreife ihre kleine Hand. Streichle ihr sanft über die Wange. Drücke ihr einen zarten Kuss auf den Mund, den sie erwidert.

Wir küssen uns lange. Zwei Frauen am Fluss, der so nah ist, dass man das Wasser auf der Haut spüren kann. Er tobt und wütet, als würde er uns rufen. Aber vielleicht ist das auch gar kein Toben und Wüten, vielleicht ist es nur ein Spiel. Mir wird schwindelig, doch ich mag diesen Schwindel. Ich habe schon lange gespürt, dass ich in einem früheren Leben ertrunken bin. Ertränkt worden bin, von irgendwem. Oder war das in meinem jetzigen Leben? In meinem zukünftigen?

Es ist ein schöner Kuss. Trotzdem fühlt er sich leer an. Hat er also doch gewirkt, der Zauber der Zahnärztin?

Ich löse mich von ihr und mache einen Schritt zurück. Meine Seele denkt an Malek – und in dem Moment ruft er an. Aber ich gehe nicht ran. Muss ich nicht. Wir sehen uns sowieso gleich. Würdest du, Sheela, jemals nackt durch den Wald rennen und der Sonne einen eigenen Tanz widmen?

„Lass uns zurückgehen“, sage ich voller Vorfreude und bin doch unendlich traurig. Denn ich weiß, das ist unser Ende.

***

DANK

Mein besonderer Dank gilt meinem wunderbaren Mann sowie meiner Mutter, die beide unerschütterlich an mich geglaubt und mich immer wieder ermutigt und unterstützt haben. Ebenso danke ich meinem Vater.

Ninja Berger danke ich für unsere außergewöhnliche, inspirierende Freundschaft und für all die Abenteuer, die wir mit- oder nebeneinander durchlebt haben.

Außerdem danke ich meinen Kindern, meinen Geschwistern, den Schwiegereltern und auch Lucy, Gika & Ali Wilke, die in düsteren Zeiten wie eine zweite Familie für mich waren.

Ich danke Mareike Almedom, Franziska Fuhrmann, Teresa Kuhn, Liane Köll, Marie Ting, Rita Serra-Roll, Torsten Schulz, Rebecca Martin, Vivian Perkovic – und natürlich Simone Hasselmann, Isabel Schickinger und der gesamten Verlagsagentur Kolf.

Zu guter Letzt danke ich Nina Gruber (für die schöne, bereichernde Zusammenarbeit), Linda Müller und dem gesamten Haymon Verlag, außerdem Olivia (for being Olivia) sowie all den Männern und Frauen, die mich beflügelt und geärgert haben.

Hinweise zu möglichen Triggern: Diese Hinweise nehmen auf Menschen mit traumatischen Erfahrungen Rücksicht. Aus subjektiver Sicht können Trigger von Bedeutung sein oder nicht, unabhängig davon, in welchem Kontext oder Medium sie sich finden. Wir möchten an dieser Stelle deshalb anmerken: „Vielleicht habe ich dich nur erfunden“ konfrontiert dich an wenigen Stellen mit sexueller Gewalt.

Dieses Buch wurde auf höchstem ökologischem Standard gedruckt, ausschließlich aus Substanzen, die wieder in den biologischen Kreislauf rückgeführt werden können. Cradle to Cradle™-zertifiziert by gugler*, klimapositiv, auf Papier, das in Österreich produziert wurde, und ohne Plastikfolie, die dein Lieblingsbuch unnötig einhüllt – für unsere Umwelt und unsere Zukunft.

Umschlag und
Bindung ausgenommen
www.gugler.at

Gedruckt nach der Richtlinie „Druckerzeugnisse“
des Österreichischen Umweltzeichens.
gugler* print, Melk, UWZ-Nr. 609, www.gugler.at

greenprint*
klimapositiv gedruckt

Auflage:
4 3 2 1
2025 2024 2023 2022

HAYMON verlag
Innsbruck-Wien
www.haymonverlag.at

ISBN 978-3-7099-8156-6

Inhaltliche Betreuung, Lektorat: Haymon Verlag / Nina Gruber
Projektleitung: Haymon Verlag / Lisa-Marie Holzknecht
Buchinnengestaltung nach Entwürfen von himmel. Studio für Design und Kommunikation, Innsbruck / Scheffau – www.himmel.co.at
Satz: Da-TeX Gerd Blumenstein, Leipzig
Umschlaggestaltung, Vor- und Nachsatz: SWIMGUT DESIGN, unter Verwendung eines Fotos von Daria Kruchkova